AF191417

Das Buch

Eine junge Frau wird in ihrer Wohnung überfallen und bestialisch ermordet. In scheinbar blinder Wut hat der Täter unzählige Male auf sie eingestochen. Schnell fällt der Verdacht auf ihren Ex-Freund, der die Trennung offenbar nicht überwunden hat. Doch seine Anwältin Annabelle Hart glaubt nicht, dass er der Täter ist, auch wenn alles auf ihn hindeutet. Gemeinsam mit dem Privatdetektiv Felix Hertzlich macht Annabelle sich daran, die Unschuld ihres Mandanten zu beweisen und stößt dabei auf einen kranken Killer, der eine Frau nach der anderen hinrichtet.

Als Annabell und Felix das düstere Geheimnis hinter den Morden aufdecken, kommen sie dem Täter näher, als sie es jemals hätten tun sollen …

Die Autorin

Melisa Schwermer, geb. 1983 in Offenbach, hat Germanistik und Philosophie in Darmstadt studiert und sich nach ihrem Abschluss als Thrillerautorin einen Namen in der Buchbranche gemacht. Ihr „So bitter die Schuld" stürmte die Amazon-Charts und hielt sich wochenlang an der Spitze. Der Titel wurde außerdem für den Kindle Storyteller Award 2016 nominiert. Seitdem hat die Reihe um den Ermittler Fabian Prior etliche Leserinnen und Leser begeistert. Melisa hat bisher über 250.000 Bücher verkauft.

Als Tochter eines Lehrers und einer Heilpädagogin entschied sich Melisa Schwermer für die Rebellion gegen die Ansichten und Forderungen ihrer Eltern und somit gegen das Abitur. Nach einer Lehre als Industriekauffrau und dem Abitur am Abendgymnasium studierte sie Germanistik und Philosophie. Nach einer Zwischenstation als Berufsschullehrerin und Universitätsdozentin arbeitet sie nun neben dem Schreiben und ihrer Tätigkeit als freie Lektorin als Pädagogin und hilft benachteiligten Jugendlichen.

Düsterhof ist ihr erster Roman, der im FeuerWerke Verlag erschienen ist.

Düsterhof

Ein Thriller von Melisa Schwermer

Mehr zur Autorin finden Sie auf
www.facebook.com/melisa.schwermer,
www.instagram.com/melisaschwermer, www.melisa-schwermer.com
und www.feuerwerkeverlag.de/melisa-schwermer

Abonnieren Sie auch unseren Verlags- und Autoren-Newsletter und
erfahren Sie so als Erster von unseren **Neuerscheinungen, Autorennews** und exklusiven **Buch-Gewinnspielen**:
www.feuerwerkeverlag.de/newsletter

Originalausgabe April 2022
© FeuerWerke Verlag, alle Rechte vorbehalten
Maracuja GmbH, Laerheider Weg 13, 47669 Wachtendonk
Herstellung: Books on Demand GmbH
Printed in Europe
Umschlaggestaltung: HollandDesign/Simone Holland unter Verwen-
dung von Shutterstock 246363103 (StockPhotosArt)
Lektorat: Simona Turini, Karlsruhe

ISBN: 978-3-949221-22-4

Kapitelverzeichnis

1. Kapitel

DIE Luft im Raum kam ihm stickig vor, bis er merkte, dass er vor Anspannung kaum atmete. Genau wie sein Opfer zu seinen Füßen. Er konnte den Blick nicht von all dem Blut wenden, das aus den Wunden in ihrem Oberkörper floss und sich auf dem Laminatfußboden zu einer Lache sammelte. Es würde nicht mehr lange dauern, bis das Herz die restlichen Tropfen aus dem Körper der Frau gepumpt hatte.

»Du hast den Tod verdient, das weißt du hoffentlich«, flüsterte er mehr zu sich selbst als zu ihr. Er war immer vorsichtig gewesen, und dann kam sie daher und war so kurz davor, alles zunichtezumachen. »Du hättest einfach die Füße stillhalten sollen. Jetzt musst du die Konsequenzen tragen.«

Ein Wimmern entrang sich ihrer Kehle, ihre Muskeln krampften und ließen ihren Körper zucken. Erst jetzt bemerkte er, dass auch er zitterte.

In seinem Kopf höhnte sein Vater: *Sei kein Schwächling!*

»Das bin ich nicht«, sagte er, und seine Stimme klang plötzlich fremd für ihn. »Ich habe es oft genug bewiesen.«

Er zitterte nicht vor Angst oder weil ihm die Situation unangenehm war. Er zitterte, weil er so ergriffen war.

Die Frau zu seinen Füßen holte stockend Luft und versuchte, etwas zu sagen. Tränen rannen über ihre aufgeplatzten Lippen. Die Worte gingen in einem feuchten Rasseln unter. Ihr Kiefer stand unnatürlich nach rechts. Er hatte ihn ihr wohl gebrochen. Wieder setzte sie an, etwas zu sagen. Er winkte ab, als wäre sie eine lästige Fliege, die ständig auf der gleichen Stelle landete.

Ihr Kampf ums Überleben faszinierte ihn. Es war so anders als alles, was er bisher erlebt hatte. Er saugte den Anblick in sich auf, um sämtliche Eindrücke in seiner Erinnerung zu speichern und sie jederzeit abrufen zu können. Ihre Angst und ihre Verzweiflung waren so greifbar, so viel intensiver als bei Tieren. Die Emotionen spiegelten sich in ihren vor Furcht aufgerissenen Augen, in denen einige Äderchen geplatzt waren und das Weiße teilweise rot färbten. Trotz der Panik musste sich ihr Herzschlag verlangsamt haben, denn das Blut quoll nur noch in gemächlichen Schüben aus ihrem Oberkörper. Es ging zu Ende.

Wenn dieser Moment zwischen Leben und Tod doch nur ewig währen könnte! Gleichzeitig sehnte er den Augenblick herbei, in dem der Glanz in ihrem Blick erlosch, ihre blutigen Arme auf den Boden sanken und ihr Gesicht keine Spur von Leben mehr zeigte.

Die Frau wurde von einem Hustenanfall geschüttelt und spuckte winzige Blutstropfen auf ihr Kinn. Ihre Hände zuckten in Richtung Hals, doch ihr fehlte die Kraft, und sie fielen auf halbem Weg wieder herab.

Er kniete sich vor sie und blickte ihr in die Augen. Es würde nicht mehr lange dauern, das sah er ihr an. Nachdem sie zu Anfang so um ihr Leben gekämpft hatte, war sie nun dabei, aufzugeben. Ihre Atmung ging flacher, und wie automatisch passte er seine daran an. Als ihr Kopf zur Seite sackte, umschloss er mit einer Hand ihren Kiefer und drehte ihr Gesicht wieder zu sich. Er wünschte, er könnte ihre Haut spüren, doch er durfte die Handschuhe nicht ausziehen.

»Bitte ...«, flüsterte sie in einem letzten Anfall von Überlebenswillen, dann war der Kampf verloren. Der Glanz verschwand. Nur noch ein kleiner Rest Tränenflüssigkeit lief aus den Augenwinkeln, als ihre Muskeln erschlafften.

»Mein Gott.« Er wisperte die Worte so andächtig, als hätte er einem Wunder beigewohnt. Es war viel zu schnell vorbeigegangen.

Er nahm seine Hände von ihrem Gesicht, erhob sich und ließ seinen Blick eine Weile auf ihr ruhen. Jetzt war sie nur noch totes, blutleeres Fleisch.

»Siehst du?«, sagte er zu seinem Vater, dessen Stimme mittlerweile verstummt war. »Dein Sohn ist kein Schwächling. Vielleicht glaubst du mir jetzt endlich.«

Seine Stimme hatte sich verändert. Sie klang machtvoll. Ja, das war das richtige Wort. Die Tat hatte ihn auf eine neue Stufe gehoben. Sie hatte etwas geweckt, das tief verborgen, aber immer schon da gewesen war. Die Dunkelheit, die so viele Möglichkeiten für ihn bereithielt.

Eine Finsternis, die sich nicht so anfühlte. Es war ein Erwachen, und er wollte am liebsten hinausspazieren und es sofort wieder tun.

Und dann würde er sich mehr Zeit lassen. Viel mehr Zeit.

2. Kapitel

Einige Stunden zuvor

ETWAS polterte gegen die Scheibe neben Felix' Kopf. Er krallte seine Hände ums Lenkrad und versuchte krampfhaft, den Wagen in der Spur zu halten, doch das Heck brach aus und er schleuderte auf einen Brückenpfeiler zu.

Dann schlug er die Augen auf. Es dauerte einen Moment, bis er realisiert hatte, dass er im Schatten eines Baumes auf einem Parkplatz stand. Dort hatte er ein Nickerchen eingelegt, nachdem er seine Schwester zu ihrer Reitstunde gebracht hatte. Normalerweise wartete er nicht vor dem Reiterhof, aber nach der gestrigen Nachtschicht hatte ihn die Müdigkeit übermannt und die Pause war dringend notwendig gewesen.

Das Geräusch, das ihn aus dem Schlaf gerissen hatte, stammte von einer Frau, die neben dem Wagen stand und nun erneut an die Scheibe klopfte.

»Jaja«, murmelte Felix. Was sollte das? Hatte er sie irgendwie eingeparkt oder so? Er lockerte seinen verspannten Nacken, indem er den Kopf kreisen ließ, und stieg schließlich aus.

»Guten Tag. Ich wollte Sie nicht wecken«, sagte die Frau und strich sich mit einem entschuldigenden Lächeln eine Strähne ihres Kurzhaarschnitts aus der Stirn. Sie trug warme Reithosen aus Wildleder, bei deren bloßem Anblick Felix ins Schwitzen geriet.

In der Nähe war Carsten Wimmer, der Sohn der Hofbesitzerin, damit beschäftigt, das Gras am Wegrand zu mähen. Neugierig starrte er zu ihnen herüber. Vermutlich fand er die enge Hose aus einem anderen Grund als Felix schweißtreibend.

Klar, du hast ganz aus Versehen an meine Scheibe geklopft, während ich da gerade mein Powernap eingelegt habe, dachte Felix und bemühte sich, zurückzulächeln. »Stehe ich im Weg oder was?«

Die Frau winkte ab. »Ach Quatsch, nein. Sie müssen Felix Hertzlich sein, wenn mich nicht alles täuscht.«

Felix zog die Augenbrauen hoch. War er etwa so bekannt? »Das ist richtig. Und Sie sind …?«

»Sinta Hoymann. Ich habe gerade Ihre entzückende Schwester kennengelernt.«

Entzückend also. Da musste sich Natalie von ihrer besten Seite gezeigt haben.

»Mein Ex ist ihr Reittherapeut.« Sie verdrehte die Augen. Anscheinend war sie nicht besonders gut auf den Mann zu sprechen. »Ist aber auch egal. Ich habe jedenfalls erfahren, dass Sie Privatdetektiv sind, und könnte Ihre Hilfe gebrauchen.«

Nun war Felix auf einen Schlag wach. Seine Auftragslage war momentan mau; eigentlich arbeitete er gerade nur an einer Sache, die relativ langweilig war. Ein Ehepaar lag mit seinem Nachbarn im Clinch, der die beiden beschuldigte, immer wieder Müll in seinen Vorgarten zu werfen. Felix sollte nach Einbruch der Dunkelheit das Grundstück überwachen, um den wahren Übeltäter ausfindig zu machen und so die Vorwürfe nachweislich zu entkräften. Die letzten drei Abende hatte er vor dem Haus im Auto gesessen, aber niemanden beobachten können. Und Müll war seitdem auch nicht mehr aufgetaucht.

»Worum geht es denn? Ich werd schauen, ob ich dafür Zeit habe«, gab er sich beschäftigt. Man musste sich rarmachen, dann waren die Leute auch bereit, mehr zu bezahlen. Wer befürchten musste, aus Zeitmangel abgelehnt zu werden, der erhöhte sein Angebot.

»Haben Sie ein Büro? Dann würde ich später dort vorbeikommen.«

Wunderbar. Genau die Frage, die er nicht gebrauchen konnte. Nein, er hatte keine externen Räumlichkeiten. Früher hatte er die Detektei in seiner Wohnung betrieben, aber als Natalie nach dem Tod ihrer Eltern bei ihm eingezogen war, hatte er umdisponieren müssen. Die zwei Zimmer im oberen Stock der Maisonettewohnung in der Einkaufsmeile von Fürstenfeldbruck hatte sie mit ihren zahllosen alten

Computermodellen in Beschlag genommen. Bei ihrem Einzug hatte Felix versucht, sie davon zu überzeugen, ein paar der Geräte wegzuwerfen, die eigentlich besser in ein Museum passten, war aber kläglich gescheitert.

Neben der exzessiven Beschäftigung mit True Crime und dem Internet war das Herumbasteln an alten und neuen Computern nun mal ihr Hobby – oder ihre Inselbegabung, wie ihre Psychologin es nannte. Somit blieb ihm nichts anderes übrig, als sein Wohnzimmer auch als Schlafzimmer zu nutzen und sein Arbeitszimmer ihr zuliebe aufzugeben.

»Lassen Sie es uns doch gleich durchsprechen, dann kann ich Ihnen sagen, ob es überhaupt reinpasst. Ich bin wie gesagt sehr beschäftigt«, redete er sich raus. Vermutlich würde sie sofort wieder abspringen, wenn er ihr die Wahrheit sagte.

Sinta Hoymann wirkte kurz irritiert, nickte dann aber. »Also, gestern Nacht, da ist was Seltsames passiert. Ich war nach ein Uhr noch mal bei meinem Pferd, Ramiro heißt er.«

Aha, dachte Felix. Hoffentlich war das nur die Einleitung für ihr eigentliches Anliegen. Diese Riesenviecher waren ihm mehr als suspekt. »Was wollten Sie denn so spät noch hier im Stall?«, fragte er.

»Nicht hier, der Ramiro steht auf dem Zedernhof. Heute bin ich nur hier, weil ich was bei Robin abholen wollte. Aber das spielt keine Rolle.« Sie winkte ab. »Wissen Sie, ich bin ein wenig schusselig und sperre mich manchmal aus der Wohnung aus. Was ich schon für den Schlüsseldienst ausgegeben habe, Sie würden staunen. Deshalb hab ich in meinem Spind im Stall einen Zweitschlüssel deponiert. Die Schränke schließen wir nicht ab, da ist nichts Wertvolles drin, also kann ich da immer ran. Jedenfalls wollte ich gestern Nacht den Schlüssel holen, weil ich meinen mal wieder in der Wohnung gelassen hatte, und hab mir gedacht, ich schau noch mal eben nach meinem Ramiro.«

Bitte sag jetzt einfach, dass dir was gestohlen wurde und ich den Übeltäter finden soll, dachte Felix. Er konnte es sich nicht leisten, einen Auftrag wegen seiner Aversion gegen Pferde abzulehnen.

»Na ja«, fuhr sie fort, als er nichts entgegnete. Was sollte er auch sagen? »Eigentlich wollte ich nur mal kurz reinschauen, aber er war noch wach und hat direkt gewiehert, als er mich bemerkt hat. Ich bin also zu ihm und habe gesehen, dass er am Hals eine blutende Wunde hatte. Das musste gerade erst passiert sein.«

»Oh«, sagte Felix. »Das klingt beängstigend.«

»Nicht wahr? Ich hab natürlich sofort Alarm geschlagen bei den Hofbesitzern. Seit zwei Jahren oder so kommt es doch immer mal wieder vor, dass Pferde nachts angegriffen werden und das meist nicht überleben. Die Person, die dafür verantwortlich ist, wurde immer noch nicht geschnappt.«

»Hier in der Gegend ist das passiert?«, fragte Felix, da er noch nichts davon gehört hatte. Bestimmt hätte seine Schwester es ihm erzählt, denn seit ihren Therapiestunden stand sie auf Pferde.

Sinta schüttelte den Kopf. »Eher weiter weg. Aber das heißt doch nicht, dass er nicht auch hier sein Unwesen treiben kann«, sagte sie. »Mir wollte jedoch niemand glauben, weil die Wunde halt nicht sonderlich groß war. Die Vero und ihr Mann haben sofort gesagt, dass da was im Stroh gewesen sein muss. Ein Stein oder so, den haben sie auch gefunden. Aber ich glaub, das ist Unsinn. Meiner Meinung nach hat jemand den Ramiro angegriffen.«

»Und was erwarten Sie nun von mir?«, fragte Felix unschlüssig.

Sollte er sich nachts in die Box legen und das Pferd bewachen? Das konnte sie vergessen. Andererseits … Möglicherweise war das leicht verdientes Geld. Er musste ja nicht in direkten Kontakt zu dem Pferd kommen, sondern konnte einfach den Hof observieren. Vermutlich würde der Täter eh nicht mehr zurückkommen, wenn er einmal beinahe erwischt worden war. Sofern es denn überhaupt einen gab und das Tier sich nicht selbst verletzt hatte.

»Sie sollen den Pferderipper für mich finden, damit ihm ein für alle Mal das Handwerk gelegt wird.«

Felix runzelte die Stirn. Wie sollte er das anstellen, wenn die Angriffe, auf die Sinta Hoymann anspielte, gar nicht hier in der Gegend stattgefunden hatten? Bestimmt war die junge Frau nicht bereit, ihm einen großen Betrag für Spesen und Reisekosten zu zahlen. »Ist das nicht eher Aufgabe der Polizei?«

»Die macht ja nichts, sonst würde es nicht über einen so langen Zeitraum immer wieder passieren. Tierquälerei ist ja nur

Sachbeschädigung.« Sie verzog wütend das Gesicht. »Da könnte man kotzen.«

»Also, wenn Sie möchten, kann ich mich in die Sache mal einlesen und Ihnen ein Angebot erstellen. Die Ermittlungen dazu dürften auf den ersten Blick recht umfangreich werden ...«

»Ist mir egal. Ich habe keine Familie und verdiene als Bankkauffrau genug. Wichtig ist mir nur, dass meinem Pferd nichts passiert und auch kein anderes mehr zu Schaden kommt. Dieses Schwein gehört hinter Gitter. Wenn ich rumfrage, finde ich bestimmt andere Betroffene, die sich an Ihrem Honorar beteiligen. Bitte, Sie müssen mir helfen.«

Felix überlegte kurz. Es war überhaupt nicht abzusehen, was da an Arbeit auf ihn zukam. Andererseits hatte er auch nichts zu verlieren, er gab bei der Annahme eines Auftrags schließlich keine Erfolgsgarantie. Wenn er Sinta Hoymann unzureichende Ergebnisse lieferte, konnte sie die Zusammenarbeit immer noch beenden, und bis dahin hätte er wenigstens ein bisschen Geld verdient, das er dringend gebrauchen konnte.

»Na schön«, sagte er. »Ich kann nichts versprechen, aber ich schau mir den Fall mal an.«

3. Kapitel

NACH dem Fitnessstudio war Sinta Hoymann noch extra an den Stadtrand von München gefahren, wo die Supermärkte länger als bis 21 Uhr geöffnet hatten. Jetzt war sie endlich zu Hause und kam beinahe um vor Hunger. Sie nahm die Tüte mit den Lebensmitteln vom Beifahrersitz und stieg aus. Der Abendwind wehte kühl über ihre Schultern und ließ sie frösteln, als sie über die Straße ging. Ihr Blick fiel auf ihr Küchenfenster, hinter dem das Licht des Aquariums den Raum leicht erhellte. Hatte sich da gerade etwas bewegt? Ein Schatten, der vom Fenster zurückgewichen war?

Die Balkontür zum Schlafzimmer, das neben der Küche lag, stand sperrangelweit offen; sie musste heute Morgen vergessen haben, sie zu schließen. Auch wenn ihre Wohnung im ersten Stock lag, war es theoretisch kein Problem, in einem unbeobachteten Moment dort hochzuklettern und bei ihr einzusteigen. Ihre Mutter hatte immer gemeckert, sie solle die Fenster nicht offen stehen lassen, aber seit sie nicht mehr mit Robin Thaler zusammen war, genoss sie es, endlich bei frischer Luft schlafen zu können.

Robin hatte sich immer beschwert, dass es nachts zu kühl sei. Nicht nur bei dieser Gelegenheit hatte sie sich gefragt, ob er die Frau in der Beziehung war. Zum Glück hatte das nun ein Ende. Wobei sie ausgerechnet jetzt jemanden gebrauchen könnte, der für sie die Lage checkte. Was, wenn sich da wirklich gerade ein paar Kriminelle in ihrer Wohnung zu schaffen machten?

Einen Moment beobachtete sie skeptisch, ob sich oben noch etwas regte, konnte allerdings nichts entdecken. *Als ob hier auf dem Land jemand einbrechen würde,* beruhigte sie sich selbst. Aber sie hatte doch etwas gesehen. Oder spielte ihr das Licht der Laternen einen Streich?

Vielleicht waren es einfach ihre Nerven, die nach der Sache mit Ramiro blank lagen. Und Robin, der Arsch, hatte ihr absolut keine

Unterstützung angeboten. Stattdessen hatte er sie an diesen Privatdetektiv abgeschoben, dem sie nun einen Haufen Geld würde bezahlen müssen. Sie musste unbedingt zusehen, dass sie noch andere Opfer des Pferderippers ins Boot holte, sonst würde sie das ein Vermögen kosten. Was man nicht alles aus Liebe zu seinem Tier machte!

Mittlerweile bereute Sinta es, Robin überhaupt um Hilfe gebeten zu haben. Er würde das nur als Chance betrachten, sich mit ihr zu versöhnen. Wie letztens, als sie miteinander geschlafen hatten und er wieder mehr hineininterpretiert hatte, als da war.

O Mist! Siedend heiß fiel ihr ein, dass sie heute Abend ja eigentlich mit ihm verabredet gewesen war, damit er ihr endlich ihren Schlüssel zurückgeben konnte. Den hatte er heute Nachmittag, als sie ihn beim Wimmer-Hof hatte abholen wollen, natürlich vergessen gehabt, und sie als Entschädigung zum Essen eingeladen. War er das etwa in ihrer Wohnung? Eigentlich hatten sie zu einem Italiener gehen wollen. Ausgerechnet der, wo sie sich kennengelernt hatten. Was für eine großartige Idee für ein Treffen, bei dem sie ihm klarmachen wollte, dass ihre Beziehung endgültig beendet war! Ihr Unterbewusstsein hatte vermutlich dafür gesorgt, dass sie den Termin völlig verdrängt hatte. Sie hatte einfach keine Lust mehr, so zu tun, als bestünde noch immer die Möglichkeit zur Versöhnung.

Wenn er wirklich in ihrer Wohnung auf sie wartete, und er war es bestimmt, der da hinter ihrem Küchenfenster herumlungerte, konnte er sich auf was gefasst machen. Oder es war einfach der Benjamin-Baum, dessen Krone sich in einem Luftzug bewegt hatte. Robin war immerhin ein Weichei und würde ihr nicht auflauern. Mit diesem Gefühl stiefelte sie los und schloss, ohne zu zögern oder das Gefühl von Angst zuzulassen, ihre Wohnungstür auf. In der Diele lauschte sie kurz, aber kein Robin begrüßte sie, und auch sonst war niemand zu sehen.

Na bitte, dachte sie und kickte ihre Schuhe von den Füßen. Da nahm sie aus dem Augenwinkel eine Bewegung wahr. Und die kam nicht vom Benjamini.

4. Kapitel

DER Gestank raubte Felix fast den Atem. Obwohl alle Fenster im Auto geschlossen waren, dünstete der Geruch nach Gülle herein, der von dem Traktor ausging, hinter dem Felix seit geraumer Weile klemmte. Erst hatte eine Autokolonne auf der Gegenfahrbahn verhindert, dass er überholte, und jetzt fehlte ihm in der lang gezogenen Kurve die Sicht. Das ging auch seinem Hintermann so. Der Mercedesfahrer schien allerdings so langsam die Geduld zu verlieren, denn er klebte an Felix' Stoßstange. In regelmäßigen Abständen zog der Kerl links herüber und gab kurz Gas, nur, um es sich dann doch wieder anders zu überlegen. Jetzt hockte er mit seinem Wagen quasi auf Felix' Rückbank.

»Vollidiot«, murmelte Felix, als der Typ einen erneuten Überholversuch startete. Mit etwas Pech würde er es schaffen, einen Unfall zu bauen, und so dafür sorgen, dass sich Felix noch mehr verspätete.

Natalie saß bestimmt schon auf heißen Kohlen. Wenn sie etwas in den Wahnsinn trieb, dann, dass jemand sich nicht an Vereinbarungen hielt. Wobei er zugeben musste, dass sie sich in diesem Punkt schon ein wenig gebessert hatte. Überhaupt machte sie in letzter Zeit deutliche Fortschritte, seit sie diese Reittherapie angefangen hatte.

Als ihre Psychologin Felix von dem heilpädagogischen Reiten erzählt hatte, war er zunächst alles andere als begeistert gewesen. Und das lag nicht nur daran, dass er Pferden mit ihren riesigen Köpfen und lebensgefährlichen Hufen nicht gerade zugetan war.

Er hielt es für vollkommenen Schwachsinn, dass die Interaktion mit den Tieren das Selbstbewusstsein und die Kommunikationsfähigkeit seiner Schwester stärken sollte. Mittlerweile musste er allerdings zugeben, dass er mit dieser Ansicht ziemlich danebengelegen hatte. Natalie machte Fortschritte, wenngleich sie noch lange nicht so weit war, einer fremden Person in die Augen zu schauen oder gar unter Menschen zu gehen. Dafür hatten sich ihre Stimmungsschwankungen reduziert, und sie konnte ihre Emotionen ihm gegenüber zumindest verbal deutlicher mitteilen. Eine Entwicklung, die ihm Hoffnung machte.

Der Mercedesfahrer war anscheinend mal wieder mit seiner Geduld am Ende und startete erneut einen Versuch, an ihnen vorbeizuziehen, als der Traktor vor Felix nach links blinkte, um in einen Waldweg abzubiegen. Unwillkürlich hielt Felix die Luft an und ging vom Gas. Vor seinem inneren Auge sah er die beiden Fahrzeuge schon ineinanderkrachen. Zum Glück merkte der Vollidiot jedoch früh genug, was Sache war, und machte eine Vollbremsung, nur, um mit aufheulendem Motor an Felix vorbeizurasen, sobald der Traktor den Weg freigemacht hatte.

Felix wischte sich die schweißnassen Hände an den Jeans ab. Deshalb war er lieber mit seiner Vespa unterwegs. Er konnte viel flexibler reagieren, und das Tempo war wesentlich gechillter, sodass er gar nicht erst in solche Gefahrensituationen kam. Das Wetter an diesem Tag hätte gepasst, aber nicht einmal zehn Pferde würden Natalie dazu bringen, auf Felix' geliebten Motorroller aus den Neunzigern zu steigen. Vielleicht würden sie das auch noch irgendwann hinbekommen.

Nach etwa fünf Minuten Fahrt lichtete sich der Wald, und die Einmündung auf den Feldweg, der zum Pferdehof führte, kam in Sicht. Felix schaute auf die Uhr. Zehn Minuten war er mittlerweile zu spät. Das würde Natalie nicht begeistern, aber es lag im Rahmen dessen, was für sie noch akzeptabel war.

Der Schotter knirschte unter seinen Reifen, als er den Wagen neben dem Eingangstor parkte. Er schaute sich um, konnte seine Schwester aber nirgends entdecken. Anders als sonst wartete sie nicht bereits am Zwinger des Hofhundes auf ihn, über dessen Freilassung sie jedes Mal aufs Neue diskutieren mussten.

Natalie fand es gar nicht gut, dass die Mischung aus Rottweiler und Labrador die meiste Zeit hinter Gittern war. Felix hingegen war dankbar dafür. Das monströse Vieh war ihm nicht geheuer, so wie es ihn jedes Mal ankläffte, sobald er das Gelände betrat. Gut, das war der Job des Wachhundes, aber wer konnte schon garantieren, dass er nicht auch mal zuschnappte, wenn ihm ein Besucher nicht passte?

Er wollte dem Hund lieber nicht ohne Maschendrahtzaun zwischen ihnen begegnen. Deshalb betrat er den Hof nur dann, wenn es unbedingt sein musste, denn sobald die Besitzer draußen waren, lief das Ungetüm frei herum.

So anscheinend auch heute, denn der Zwinger wirkte verlassen. Also nahm Felix sein Handy vom Beifahrersitz und schrieb Natalie eine Nachricht, dass er jetzt da sei. Während er wartete, checkte er seinen Maileingang.

Nur eine konkrete Anfrage für einen Auftrag war dabei. Ein Mann erklärte ihm in mangelhafter Rechtschreibung, dass seine Frau vorläufig von zu Hause ausgezogen und in einem Frauenhaus untergekommen sei. Natürlich, so versicherte er, hätte seine Frau überhaupt keinen Grund, sich vor ihm zu verstecken. Er müsse dringend mit ihr reden und fragte, ob Felix die Suche nach ihrem Aufenthaltsort für ein maximales Honorar von 150 Euro übernehmen könnte.

Felix löschte die Nachricht, ohne eine Antwort zu schicken. Abgesehen davon, dass es für diese Entlohnung unmöglich war, erfolgreiche Ermittlungen durchzuführen, würde er sich hüten, einen derartigen Auftrag anzunehmen. Keine Frau begab sich ohne triftigen Grund in ein Frauenhaus, und er würde keinesfalls einem prügelnden Ehemann dabei helfen, sein Opfer aufzuspüren. Leider, das war ihm klar, würde der Mann mit etwas Hartnäckigkeit bei einem weniger seriösen Kollegen mit seiner Anfrage Erfolg haben.

Eine weitere Mail stammte von dem Ehepaar, das mit dem Nachbarn im Clinch lag. Der Mann bat um Auskunft darüber, ob Felix mit seinen Ermittlungen bereits weitergekommen wäre. Er tippte eine kurze Antwort und klickte sich durch den restlichen Posteingang. Neben etlichen Spamnachrichten hatte ihm noch sein Steuerberater geschrieben, dessen Mail er geflissentlich ignorierte. Buchhaltung konnte einem so richtig den Tag verderben, und darauf hatte er bei diesem Wetter nun wirklich keine Lust.

Nachdem er den Spam in den Papierkorb verschoben und diesen geleert hatte, schaute er sich erneut um. Von Natalie war immer noch nichts zu sehen, und auf seine SMS hatte sie auch nicht reagiert. Wenn er nicht ewig in seinem Auto warten wollte, das sich allmählich in eine

Sauna verwandelte, bedeutete das wohl, dass er sich in die Höhle des Löwen – oder eher die des Labrador-Rottweiler-Mischlings begeben musste.

Seufzend griff Felix an den Türöffner, wandte sich zur Seite und erstarrte. Seine Hand zuckte zurück, als hätte er sich verbrannt.

Direkt vor der Fahrertür stand ein Pferd, dessen Schweif beim Vertreiben von ein paar Fliegen gegen seine Scheibe klatschte. Felix leckte sich über die Lippen und pustete die Luft aus. Als Begrüßung wäre ihm der Hofhund sogar noch lieber gewesen als dieses riesenhafte und unberechenbare Tier.

Entspann dich, die Hufe sind weit weg von dir, und es ist eine Menge Blech zwischen euch, sagte er sich, was aber nur bedingt half. Wenn das Pferd austrat, konnte es mit Sicherheit locker die Scheibe der Fahrertür zertrümmern und ihm die Hufe ins Gesicht rammen.

Warum auch immer ein Pferd so etwas machen sollte, zog er sich auf. Selbstironie half bei Unbehagen am besten. So auch dieses Mal. Felix regte sich ein wenig ab und lehnte sich zur Seite, um nach dem zum Tier gehörenden Menschen Ausschau zu halten.

Carsten Wimmer, der Sohn der Hofbesitzerin, stand mit dem Rücken zu ihm vorn am Kopf des Pferdes und schien nicht im Entferntesten daran zu denken, den Weg frei zu machen. Sachte, um das Tier nicht zu erschrecken, klopfte Felix gegen die Frontscheibe.

Der Bauer wandte sich ihm zu, nickte grimmig und führte das Pferd endlich weiter. Als er den Eindruck hatte, dass die beiden weit genug weg waren, wagte Felix es, die Fahrertür zu öffnen und auszusteigen.

Nun entdeckte er auch seine Schwester, die steifgliedrig über den Hof in seine Richtung gestakst kam. Ihr Blick war starr zu Boden gerichtet und ihre Miene ausdruckslos, was Felix seltsam vorkam. Er war es gewohnt, dass das Leben mit Natalie zwischen wenigen guten und vielen trüben Tagen hin- und herpendelte, aber normalerweise war sie nach der Reittherapie gelöster und fast schon entspannt.

Ganz anders heute. Ohne ihn zu begrüßen oder auch nur den Blick zu heben, ging sie an ihm vorbei und stieg auf den Rücksitz seines Wagens. Ein untrügliches Signal dafür, dass sie nicht in der Stimmung war, mit ihm zu kommunizieren. Nachdem sie sich angeschnallt hatte, verschränkte sie ihre Arme vor der Brust und starrte auf ihre Oberschenkel, als läge dort eine besonders fesselnde Lektüre.

Felix ließ sich auf den Fahrersitz fallen und startete den Motor.

»Na?«, sagte er, da die Psychologin ihm geraten hatte, Natalie auch in einer solchen Situation zumindest ein Gesprächsangebot zu machen.

»Danke, dass du mich abholst«, sagte sie so tonlos, wie man überhaupt nur sprechen konnte.

»Aber klar.« Felix lenkte den Wagen auf den Feldweg. »Wie war es heute?«

»Es hat mir nicht gefallen.«

Felix zog die Augenbrauen hoch. Selbst wenn sie nach der Reitstunde nicht immer blendender Laune war, so hatte sie bisher nie davon gesprochen, dass es ihr keinen Spaß gemacht hätte. Im Gegensatz zu ihm liebte sie alle Tiere, und ganz besonders Pferde, seit sie mit ihnen in Kontakt gekommen war. Irgendetwas musste vorgefallen sein.

»War der Therapeut blöd zu dir?«, wagte er einen Schuss ins Blaue, denn eine andere Erklärung für ihren Gemütszustand konnte er sich nicht vorstellen.

Nun hob Natalie den Kopf und warf Felix über den Rückspiegel einen Blick zu, bevor sie sich wieder abwandte. »Er ist kein Therapeut.«

Oje. Großer Fehler. Er durfte die Begriffe nicht so gedankenlos durcheinanderwerfen. »Ja, ich weiß, ent…«

»Therapeutisches Reiten ist nur ein Oberbegriff«, legte sie da auch schon los. »Darunter fallen folgende Tätigkeiten …«

»Ich weiß, tut mir leid. Das nächste Mal achte ich darauf, wie ich ihn nenne.«

Natalie war nun voll in ihrem Element und ließ sich nicht beirren. »Zum einen gibt es die Reittherapie, die zum Beispiel bei Depressionen oder Traumata eingesetzt wird. Psychotherapeuten machen eine Weiterbildung für die Arbeit mit dem Pferd in der Psychotherapie.«

Felix hatte an der Einmündung zur Landstraße gehalten und tippelte auf dem Gaspedal herum, während er auf eine Lücke im Verkehr wartete. »Natalie, ich weiß das doch alles. Du hast es mir schon hundertmal erklärt.«

»Dann gibt es die Hippotherapie, eine pferdegestützte physiotherapeutische Maßnahme. Auch hier kommen echte Therapeuten zum Einsatz, nämlich weitergebildete Physiotherapeuten, die Menschen mit körperlichen Einschränkungen behandeln.« Sie hatte die Informationen fast atemlos heruntergerattert und holte nun tief Luft.

Endlich eine Lücke. Felix trat aufs Gas und lenkte den Wagen auf die gegenüberliegende Fahrbahn in Richtung Fürstenfeldbruck. »Und schließlich gibt es …«

»Als Letztes gibt es noch das heilpädagogische Reiten«, unterbrach Natalie ihn unbeirrt und brachte Felix damit zum Schweigen. »Wie der Name schon sagt, arbeiten hier Pädagogen mit einer Weiterbildung für die Arbeit mit dem Pferd, keine Therapeuten. Es stehen soziointegrative, rehabilitative und pädagogische Interventionen im Vordergrund, und das Angebot richtet sich unter anderem an Menschen wie mich mit Autismus.«

»Wie gesagt, ich werde es ab jetzt richtig verwenden.«

Natalie warf ihm einen Blick zu, den sie für streng hielt, der allerdings eher wie eine Grimasse wirkte. »Das hast du schon oft gesagt.«

»Ja, aber dieses Mal halte ich mich dran«, versprach er, obwohl er es vermutlich nicht einhalten würde. »Willst du mir jetzt verraten, was heute so blöd gelaufen ist?« Im Rückspiegel beobachtete Felix, wie ihr Gesicht wieder an Ausdruck verlor. Sie antwortete nicht. Eine Weile schwiegen sie, dann versuchte es Felix noch einmal. »Rede doch mit mir, Natalie. War irgendjemand anderes gemein zu dir? Warum hast du so schlechte Laune?«

Hoffentlich war seine Schwester von niemandem gemobbt worden. In der Schulzeit hatte sie damit reichlich negative Erfahrungen gemacht und sich nach solchen Situationen besonders stark in sich zurückgezogen. Wenn etwas Derartiges passiert sein sollte, würde er sie mit ein wenig Pech nicht überzeugen können, jemals wieder auch nur einen Fuß auf den Reiterhof zu setzen.

»Na komm, sag schon. Bist du wegen den Leuten vom Hof so mies drauf?«

»Es heißt wegen der Leute.«

»Wegen der Leute vom Hof?«, korrigierte Felix seine falsche Grammatik.

»Die Reitstunde ist ausgefallen.«

Na super, dachte Felix. Hätte Thaler dann nicht wenigstens vorher absagen können, damit er sich die Fahrerei hätte sparen können? Als hätte er nicht schon genug um die Ohren …

»Robin wollte gerade mit mir und Warnja auf den Platz, da kamen zwei Männer und haben ihn mitgenommen«, erklärte Natalie weiter, und ihre Frustration war ihr deutlich anzuhören.

Felix konzentrierte sich auf die Straße. »Das klingt ja seltsam. Und er hat nicht gesagt, weshalb er so plötzlich wegmusste?«

»Er nicht, aber die anderen Leute vom Hof. Sie sagen, er hätte jemanden umgebracht«, stellte Natalie lakonisch fest. »Seine Ex-Freundin. Du kennst sie; sie hat dir den Auftrag gegeben, den Pferderipper zu finden.«

»Wie bitte? Das kann nicht dein Ernst sein!«, rief Felix aus.

»Über ernste Themen wie dieses macht man keine Scherze«, sagte Natalie.

»Das ist mir klar, sorry. Und er wurde von zwei Männern mitgenommen, sagst du?« War er etwa wirklich verhaftet worden, weil die Polizei ihn für den Täter hielt? Eine Schlussfolgerung, die man als Ermittler schnell ziehen konnte, denn bei den meisten Morden standen die Täter in irgendeiner Beziehung zu ihrem Opfer.

In diesem Fall gab es da aber eine ganz andere Person, die nach Felix' Ansicht in den Fokus rücken sollte: der Unbekannte, der das Pferd der Ermordeten angegriffen hatte.

Bislang hatte Felix den Auftrag von Sinta Hoymann als nicht so dringlich eingestuft und sich noch nicht wieder bei ihr gemeldet. Lediglich über den sogenannten Pferderipper, der sein Unwesen in ganz Bayern trieb, hatte er einige Recherchen angestellt. Tatsächlich hatte es vor etwas mehr als zwei Jahren auch hier im Umkreis ähnliche Fälle gegeben. Der erste Vorfall hatte sich sogar ganz hier in der Nähe ereignet. Mit einer nicht näher bezeichneten Stichwaffe war mehr als dreißigmal auf den Hals sowie die Herz- und Lungengegend einer Stute eingestochen worden, bis diese ihren Verletzungen erlag.

Der Angriff war zwar etwas mehr als zwei Jahre her, aber seitdem hatten sich Vorfälle dieser Art auf das gesamte Bundesland verteilt, bis Sinta Hoymanns Pferd vergangene Woche verletzt worden war. Und nun war die Frau tot. Hatte sie den Ripper etwa auf frischer Tat ertappt, der sie dann aus Angst, von ihr verraten zu werden, getötet hatte?

Felix packte das schlechte Gewissen. Er hätte Sinta Hoymann von Anfang an ernster nehmen müssen. Seit sie ihn beauftragt hatte, war ihm nichts weiter eingefallen, als halbherzig alte Artikel über die Angriffe auf Pferde zu lesen. Wann war sie umgebracht worden? Hätte er den Mord verhindern können, wenn er sich mehr reingehängt hätte?

Vermutlich nicht. Auch mit mehr Engagement hätte er den Pferderipper nicht innerhalb von wenigen Tagen gerichtssicher identifizieren und der Polizei ausliefern können. Und doch fühlte er sich mies, weil er sich nicht richtig gekümmert hatte. Wobei allerdings durchaus die Möglichkeit bestand, dass dieser Tierquäler gar nichts mit der Tat zu tun hatte.

»Er war es nicht. Robin würde so etwas nicht tun.«

»Das weiß man nie«, antwortete Felix wahrheitsgemäß, was er sofort bereute. Im Rückspiegel sah er, wie sich Entsetzen auf Natalies Gesicht ausbreitete.

»In Deutschland gilt die Unschuldsvermutung«, fauchte sie ihn an. »Diese ist zwar nicht explizit im Grundgesetz festgehalten, aber sie ergibt sich aus der Europäischen Menschenrechtskonvention und außerdem der Allgemeinen Erklärung der Menschenrechte und besagt, dass jede Person, die wegen einer Straftat angeklagt ist, bis zum gesetzlichen Beweis ihrer Schuld als unschuldig gilt. Als Polizist solltest du das wissen.«

»Ich bin kein Polizist mehr«, entgegnete Felix genervt. Manchmal hatte er ihre Belehrungen so satt, auch wenn sie nichts dafürkonnte, sondern ihre Krankheit sie so reagieren ließ.

»Aber du hast das Studium abgeschlossen. Es war einmal dein Beruf, also musst du es wissen.«

»Ja, ich weiß aber auch, dass das nicht bedeutet, dass man jeden für unschuldig hält. Man darf nur niemanden vorverurteilen und muss bei Ermittlungen auch Beweise einbeziehen, die gegen die Schuld eines Verdächtigen sprechen.«

Natalie verschränkte die Arme und schaute aus dem Fenster. Ihre Lippen waren fest aufeinandergepresst und nur noch als ein schmaler Strich zu sehen. Ihre Unterhaltung war anscheinend fürs Erste beendet, und Felix war dafür gar nicht mal so undankbar. Die Kripo würde schon einen triftigen Grund haben, wenn sie Thaler verhaftet hatte. Einen Haftbefehl bekam man schließlich nicht einfach so. Allerdings wusste er aus eigener leidvoller Erfahrung, dass auch die Polizei nicht immer ganz sauber arbeitete.

Bevor er sich weiter mit Natalie anlegte und ihren Missmut auf sich zog, wollte er sich zumindest ein wenig schlaumachen, was wirklich an der Sache dran war. Möglicherweise war alles bloß ein blödes Missverständnis, das unter den Stallleuten zu einem Gerücht über Mord und Totschlag hochgekocht war. Immerhin wurden auch wichtige Zeugen zu Vernehmungen mitgenommen, und es war offensichtlich kein Polizeiaufgebot vor Ort gewesen, das Thaler verhaftet hatte.

5. Kapitel

ANNA betrachtete den Strauß Rosen auf ihrem Schreibtisch, dessen untere Hälfte in rotes Seidenpapier eingewickelt war. Ein Bote hatte ihn ihr am Morgen vor der Kanzlei in die Hand gedrückt, und der intensive Duft erfüllte nun ihr Büro. Die weißen Blütenblätter waren mit zartrosa Tupfern übersät und sahen ein wenig so aus, als wäre jede einzelne Rose von einem Künstler mit großer Sorgfalt gestaltet worden. So als hätte er bei jedem Tupfer genau überlegt, wo er sitzen sollte, damit sich ein harmonisches Gesamtbild ergab.

Sie strich sich über die Haare und überprüfte den Sitz des Dutts. Zum Teufel mit diesem verdammten Strauß und erst recht mit demjenigen, der ihn ihr geschickt hatte! Sie beugte sich zum Telefon und bat ihre Assistentin Daniela zu sich ins Büro. Kaum zehn Sekunden später stieß die junge Frau mit Notizblock und Stift bewaffnet die Tür auf und blieb mit einem Stirnrunzeln stehen. Ihr Blick ruhte auf dem üppigen Strauß.

»Mögen Sie Rosen?« Anna ließ einen Bleistift über ihren Handrücken gleiten.

»Äh, ja.«

»Dann nehmen Sie sie mit. Zum Wegwerfen sind sie zu schade, und außerdem passen sie wirklich hervorragend zu Ihrem heutigen Outfit.«

Daniela grinste. Sie trug eine weiße Hose, darüber eine rosafarbene Bluse und passende Pumps, womit sie eher an den Empfang einer Schönheitsklinik als in eine Anwaltskanzlei passen würde, aber über Geschmack ließ sich ja bekanntlich streiten. Vorsichtig hob sie den Strauß an und hielt ihre Nase gegen eine der Blüten. Das Seidenpapier knisterte leise. »Die duften fantastisch. Vielen Dank. Von wem sind die denn?«

Anna zuckte die Schultern und steckte den Stift zurück in den Köcher. »Keine Ahnung.«

Natürlich kannte sie den Absender genau, aber sie wollte sich jetzt nicht damit auseinandersetzen. Am liebsten wäre es ihr, sie müsste sich überhaupt nicht mehr damit auseinandersetzen. Auch Daniela konnte sich vermutlich denken, dass die Blumen nicht von einem Mandanten stammten, denn die schickten als Dankeschön für eine erfolgreiche Verteidigung ganz sicher keinen derart romantischen und überdimensionierten Strauß.

»Hier ist eine Karte.« Daniela zog einen roten Umschlag hervor und legte ihn auf den Tisch. Erwartungsvoll schaute sie ihre Chefin an. Anscheinend hoffte sie, Anna würde die Karte sofort lesen. Die Neugierde war der Assistentin an der Nasenspitze anzusehen.

»Sie sollten die vielleicht besser ins Wasser stellen, nicht dass sie noch welken«, sagte Anna und machte so deutlich, dass sie der Karte keine weitere Beachtung schenken würde. Sie und ihre Assistentin pflegten im Büro zwar ein freundschaftliches Verhältnis, aber das drang Anna doch zu weit in ihre Privatsphäre ein. Zumal sie befürchtete, dass die Nachricht sie aus der Fassung bringen könnte.

Daniela machte ein enttäuschtes Gesicht, nickte aber und zog sich zurück.

Anna nahm eine Akte und schlug sie auf. Ihr Blick huschte über den Text, aber in Gedanken war sie woanders, und nach einigen Minuten musste sie wieder zum Anfang zurück und von vorn beginnen.

Gegen zwölf klingelte ihr Telefon, und sie war erleichtert, eine kurze Pause einlegen zu können. Ihre Augen brannten vom vielen Lesen, und außerdem hatte sie mal wieder das Trinken vergessen.

»Doktor Grüninger ist dran, der Haftrichter«, sagte Daniela.

Er wusste, dass Anna hin und wieder auch Pflichtverteidigungen annahm, und wollte ihr vermutlich einen Mandanten beiordnen. »Stellen Sie durch.«

Anna streckte sich, klappte die Akte zu und nahm sich einen Notizzettel. Gesprächsnotizen machte sie lieber handschriftlich, da sie sich so erste Details besser merken konnte. »Guten Morgen, Doktor Grüninger«, begrüßte sie den Richter.

»Guten Morgen? Wir haben bereits Mittag, Frau Hart.« Er klang belustigt. Thomas Grüninger war einer der wenigen Haftrichter, mit denen sie gerne zusammenarbeitete. Er schien immer gute Laune zu haben, trotz des stressigen Alltags mit einer behinderten Tochter.

Anna rieb sich übers Gesicht und zupfte dabei an der Stirn eine Strähne aus ihrer Frisur. Momentan war sie wirklich durch den Wind. »Ach, da sehen Sie mal. So schnell vergeht die Zeit, wenn man bis zum Hals in Arbeit steckt. Was kann ich für Sie tun?«

»Oh, Sie sind also ausgelastet? Eigentlich wollte ich Ihnen einen Mandanten beiordnen. Den habe ich gerade in Untersuchungshaft geschickt.«

»Was wird ihm denn vorgeworfen? Ich schließe morgen aller Voraussicht nach einen Fall ab und hätte dann Luft.«

»Er steht unter Mordverdacht. Für die Details müssten Sie sich mit Herrn Feindt in Verbindung setzen, er leitet die Ermittlungen.«

Das klang interessant, aber Dietmar Feindt machte seinem Namen alle Ehre. Mit ihm als Gegner würde die Verteidigung kein Zuckerschlecken werden. Andererseits liebte Anna Herausforderungen. »Also gut, ich schaue mir die Sache an. Heute wurde er verhaftet, sagten Sie?« Damit blieb dem Verdächtigen eine Woche, um einen Anwalt oder eine Anwältin zu benennen. Sie hatten also noch genug Zeit, einander kennenzulernen und zu entscheiden, ob sie miteinander arbeiten wollten.

»Korrekt. Soll ich Ihnen die Informationen schicken?«

»Machen Sie das. Vielen Dank.« Anna beendete das Gespräch und stand auf, um ihr dunkles Kostüm glatt zu streichen. Nach einem kompletten Vormittag am Schreibtisch knurrte nun ihr Magen. Sie brauchte jetzt dringend etwas Fett- oder Zuckerhaltiges, sonst würde sie Probleme mit dem Kreislauf bekommen.

Das mit der gesunden Ernährung klappte ja hervorragend. Das Müsli, das sie sich extra gekauft hatte, um nicht immer Leberkässemmel zu frühstücken, stand noch ungeöffnet im Schrank, und in der Kanzleiküche wurden die Bananen langsam dunkelbraun. Bei dem Gedanken daran, sich jetzt das langweilige Körnerfutter reinzupfeifen, bekam Anna schlechte Laune. Wenn sie sich nachher noch mit Feindt treffen musste, brauchte sie Nervennahrung.

Sie wartete einen Moment vor dem Bildschirm, bis die Infos von Doktor Grüninger im Mailpostfach eintrudelten, druckte sie aus und verließ mit ihrem Make-up-Täschchen das Büro.

»Haben Sie einen neuen Fall angenommen?«, fragte Daniela. Die Rosen hatte sie in eine Vase gestellt. Anna hoffte, dass ihre Assistentin sie später mit nach Hause nehmen würde, damit sie sie nicht andauernd sehen musste, wenn sie ihr Büro verließ.

Anna nickte und legte ihr den Ausdruck auf den Tisch. »Mordverdacht. Mehr weiß ich auch noch nicht. Machen Sie bitte einen Termin bei Feindt für mich? Wenn möglich in einer Stunde, ich muss mich eben frisch machen, dann was essen und am Nachmittag noch ins Untersuchungsgefängnis. Das Zeitfenster ist also klein.«

»Mach ich. Und Sie sehen super aus, frisch machen haben Sie gar nicht nötig.« Daniela lächelte und zwinkerte ihr zu.

Anna lachte leise. »Danke, aber Sie kennen mich doch.«

Auf dem Weg zu den Toiletten hörte sie ihre Assistentin bereits telefonieren.

Kurze Zeit später saß sie in ihrem Mini, kontrollierte noch einmal den Lippenstift und zog die Karte aus ihrer Aktentasche, die sie auf den Beifahrersitz gestellt hatte. Der Umschlag war nicht zugeklebt. Einen Moment fragte sie sich, ob Daniela wohl gelinst hatte, doch dazu war gar keine Gelegenheit gewesen. Bei Grußkarten war es eben üblich, dass man die Lasche nur einsteckte.

Mit dem Fingernagel öffnete sie den Umschlag und zog die Karte heraus. Der Inhalt war handschriftlich, er musste sie also im Laden abgegeben haben. Sie überflog die Zeilen und klappte das Schreiben dann wütend zusammen. Dieser verdammte Mistkerl, was glaubte er eigentlich …

Nein! Sie würde sich davon nicht provozieren lassen.

Durch das geöffnete Seitenfenster warf sie die Karte auf die Straße und brauste dann los. Für sie war die Sache abgeschlossen, und das sollte auch so bleiben, egal wie sehr er sich bemühte.

Kurze Zeit später wartete Anna in Feindts Büro, während der Staatsanwalt für sie beide Kaffee holte. Auf dem Schreibtisch herrschte ein heilloses Chaos, Akten stapelten sich, lose Notizen lagen herum, ein Teller mit den Resten einer Laugenbrezel und eine Tasse standen gefährlich nah am Rand, und die Tastatur des Computers war nur anhand des Kabels auszumachen, das auf der Rückseite herunterhing. Anna konnte beim besten Willen nicht verstehen, wie hier jemand ordentliche Ermittlungen durchführen konnte, ohne die Übersicht zu verlieren. Sie fragte sich, ob hier jemals eine Putzfrau Zutritt bekam und was diese sich wohl dabei dachte.

Es juckte sie fast in den Fingern, aufzuräumen, also lenkte sie sich ab, indem sie einen der Kunstdrucke an der Wand studierte. In grellen Farben waren verschieden große und schiefe Rechtecke auf der Leinwand verteilt, die vermutlich Felder eines Bauern darstellen sollten, denn im Hintergrund war neben Bäumen, die aus Strichen bestanden, eine Scheune mit Traktor zu sehen. Feindt war nicht nur ein Chaot, er hatte zudem einen äußerst schlechten Geschmack.

Die Tür öffnete sich, und der Staatsanwalt kam herein. Ähnlich wie sein Büro wirkte heute auch seine Frisur: unordentlich und durcheinander. Ganz anders als im Gerichtssaal standen einzelne graue Strähnen wild von seinem Kopf ab, als hätte er gerade einen Mittagsschlaf gemacht. Vermutlich stimmte das sogar.

In der rechten Hand trug er zwei Kaffeetassen, die bis unter den Rand gefüllt waren. Kein Platz mehr für Milch, die für Anna eigentlich obligatorisch war, die er aber ohnehin nicht mitgebracht hatte. Einen Moment stand er ratlos vor dem Schreibtisch und schien zu überlegen, wo er die Tassen abstellen sollte. Dann drehte er sich zu ihr und drückte ihr eine in die Hand.

»So, da wären wir. Sie wollen also Herrn Thaler vertreten?«, fragte er mit einem süffisanten Lächeln.

»Deshalb bin ich hier«, antwortete Anna und schielte auf die Uhr. Es war schon nach zwei und sie hatte keine Lust, sich zu lang aufzuhalten.

Feindt nippte an seiner Tasse und verzog das Gesicht. Der Kaffee schien scheußlich zu schmecken, und Anna beschloss, ihren unberührt zu lassen.

»Da haben Sie sich aber ein ganz schönes Kaliber ausgesucht. Vor allem, wenn man bedenkt, dass Sie momentan …«

Anna hob die Hand und brachte ihn so zum Schweigen. »Mein Privatleben tut hier nichts zur Sache und geht Sie auch nichts an«, sagte sie scharf. Wie konnte er es wagen, ihr so zu kommen? Und was sollte das überhaupt mit dem Fall zu tun haben?

»Na, Sie werden ja sehen. Die Akte ist dick, aber ich kann Ihnen vorab ein paar Details zum Sachverhalt nennen. Ich nehme nicht an, dass Sie schon eingearbeitet wurden.«

»Es wäre schön, wenn Sie mir einen kurzen Überblick geben könnten, ja. Ich will gleich noch zu Herrn Thaler und habe nicht genug Zeit, mich vorher einzulesen.« Sie hasste dieses Rumgeplänkel, und Feindt machte das besonders gern. Am liebsten wäre es ihm vermutlich gewesen, sie hätte ihn auf Knien angefleht, ihr doch Informationen zukommen zu lassen.

»Also, ich habe Sie gewarnt. Es geht hier um eine Beziehungstat.« Er ließ das Wort einen Moment im Raum stehen, aber sie tat ihm nicht den Gefallen, darauf zu reagieren. »Ihr Mandant, Robin Thaler, war am fraglichen Abend mit seiner Expartnerin verabredet. Sie hatten sich schon vor einer Weile getrennt, und sie wollte ihren Schlüssel zurückhaben. Da er, wie uns verschiedene Zeugen bestätigt haben, die Trennung nicht akzeptieren wollte, hat er sie zu dieser Gelegenheit zum Essen eingeladen. Vermutlich in der Hoffnung, dass es an dem Abend zur großen Versöhnung kommt. Tja, hätte die arme Frau mal lieber das Schloss ausgetauscht.« Feindt schaute sie durchdringend an.

Anna zwang sich zu einem Lächeln. Nur zwei Sätze, und sie hatte schon ein genaues Bild des Mandanten im Kopf. Vielleicht hatte Feindt doch recht. Es würde eine Herausforderung werden, die Sache angesichts ihrer Vorgeschichte mit dem neutralen Blick der Anwältin zu betrachten. Am liebsten hätte sie Doktor Grüninger angerufen und ihm gesagt, dass der Fall doch nichts für sie war. Aber Herausforderungen waren dazu da, gemeistert zu werden. Außerdem würde sie niemandem die Genugtuung geben, dass ihre privaten Probleme ihre Arbeit beeinflussten, weder Feindt noch …

Sie verdrängte den Gedanken. Jetzt galt es, sich auf den Fall zu konzentrieren. Verdammte Rosen! Warum brachten sie so ein dummer Strauß und ein paar Anspielungen von Feindt so sehr aus dem Konzept?

»Wie dem auch sei. Frau Hoymann, das ist der Name des Opfers, erschien jedenfalls nicht zu diesem Treffen. Das hat Herrn Thaler sehr aufgebracht. Wie sehr, das geht aus seinen Textnachrichten hervor, die er am selben Abend an das Opfer versendete. Da Frau Hoymann ihn ignorierte, fuhr er schließlich zu ihr, drang mit dem Schlüssel in ihre Wohnung ein und ließ seine Wut an ihr aus. Zuerst schlug er sie mehrere Male ins Gesicht, bevor er mit einem scharfen Gegenstand mehr als zehnmal auf sie einstach. Eine klassische Übertötung, Sie kennen das.«

Annas Hals schnürte sich bei der Vorstellung zu. Vor ihrem inneren Auge sah sie eine andere Täter-Opfer-Konstellation vor sich. Sie verdrängte das Bild und konzentrierte sich aufs Wesentliche. »Einem *scharfen Gegenstand*? Höre ich da heraus, dass Sie die Tatwaffe nicht gefunden und meinem Mandanten zugerechnet haben?«, fragte sie.

»Bislang nicht, nein. Aber das ist auch nicht notwendig. Wir haben genug Indizien. Unsere Befragungen haben ergeben, dass Herr Thaler am fraglichen Abend kurz nach der Tat von einem der Nachbarn vor dem Haus gesehen wurde, wie er Sturm geklingelt hat.«

Anna zog die Augenbrauen zusammen. Sie hatte es geschafft, ihre Befindlichkeiten beiseitezuschieben, und war in den Arbeitsmodus gewechselt. »Weshalb sollte er klingeln, wenn er doch einen Schlüssel hatte?«

»Das ist reine Spekulation, denn er schweigt sich zu den Vorwürfen aus. Ich vermute, dass es ein Schachzug von ihm war, den er für besonders clever hielt. Es war nämlich zu einem Zeitpunkt, als Frau Hoymann bereits tot war. Sehr wahrscheinlich sollte das eine Art Beweis dafür sein, dass er nicht der Täter ist, da er nach ihrem Ableben immerhin noch vergeblich geklingelt hat. Im Gefühlsrausch konnte er offenbar nicht mehr klar denken.«

»Er hat sich also die Zeit genommen, bei ihr zu klingeln, anstatt zu flüchten?« Das klang nun wirklich seltsam in Annas Ohren. Wenn er direkt nach der Tat geklingelt hatte, hätte er voller Blut sein müssen und somit riskiert, dass die Nachbarn diese Beobachtung unverzüglich der Polizei meldeten.

»So sieht es aus. Ganz schön abgebrüht, was?«

»Warum hat der Nachbar nicht sofort die Polizei angerufen?«, fragte Anna. »Hat er all das Blut nicht bemerkt, mit dem die Kleidung meines Mandanten getränkt gewesen sein muss? Denn wäre das der Fall, hätten Sie den Verdächtigen wohl am selben Abend festgenommen und nicht erst heute, vier Tage später.«

Eine Sekunde zeigte sich Verunsicherung in seinem Gesicht, die er aber sofort mit einem falschen Lächeln wegwischte. »Es war dunkel. In der Straße gibt es noch die alten Laternen mit dem orangefarbenen Licht. Es dürfte ihm gar nicht aufgefallen sein, erst recht, wenn die Kleidung dunkel war.«

»Wenn? Heißt das, Sie haben nicht nur keine Tatwaffe, sondern konnten auch nicht die Kleidung des Verdächtigen sicherstellen, die er während der Tat getragen hat?«

»Also bitte, was glauben Sie denn? Dass er sie vier Tage auf dem Stuhl neben seinem Bett gelagert hat? Die hat er in der Zwischenzeit natürlich entsorgt. Aber keine Sorge, wir haben genug andere Indizien, die gegen ihn sprechen. Zum Beispiel hat er kein Alibi. Dazu die Vorgeschichte – und in der Wohnung sind überall seine Fingerabdrücke sowie DNS-Spuren.«

»Natürlich sind die da zu finden, er war mit dem Opfer liiert.« Anna ballte unter der Tischplatte eine Hand zur Faust. Bislang klang das für sie nach schlampigen Ermittlungen.

Feindt hatte es sich leicht gemacht, den naheliegendsten Verdächtigen überprüft und sich auf ihn eingeschossen, weil er kein Alibi hatte. Zugegebenermaßen war sie aufgrund ihrer Erfahrungen versucht, Feindts Version der Geschehnisse zu glauben. Aber wenn sie es nüchtern und aus der Vogelperspektive betrachtete, war alles, was Feindt eben vorgetragen hatte, nichts als Vermutung.

»Wie dem auch sei. Lesen Sie sich die Akte durch und Sie werden sehen, dass es an den Vorwürfen nicht viel zu rütteln gibt. Ihr Mandant ist ein Mörder, und es wäre besser für ihn, wenn Sie ihn dazu bringen würden, ein Geständnis abzulegen.« Er wühlte einen Moment auf seinem Schreibtisch, zog eine Akte hervor und drückte sie ihr in die Hand.

»Das hätten Sie wohl gern«, murmelte Anna, verabschiedete sich mit aufgesetzter Freundlichkeit und verließ das stickige Büro.

6. Kapitel

IN der Wohnung war von Natalie nichts zu sehen. Anscheinend war sie beleidigt auf ihr Zimmer gestürmt, nur weil Felix ihr nicht uneingeschränkt zugestimmt hatte. Natürlich wollte auch er nicht glauben, dass es wirklich Thaler war, der Sinta Hoymann ermordet hatte. Allerdings war der gruselige Unbekannte, der mordend durch die Gegend zog und sich wahllos Opfer suchte, eher die Ausnahme. Zudem bestand die Möglichkeit, dass es Robin Thaler gewesen war, der aus Wut das Pferd seiner Ex-Freundin angegriffen hatte, sodass die Tat gar nicht dem Ripper zuzuschreiben war. Vielleicht hatte der Pädagoge auch die Hoffnung gehabt, dass sich seine Ex-Freundin nach diesem schrecklichen Erlebnis wieder in seine Arme flüchten würde.

Wobei das wirklich ärgerlich wäre, immerhin hatte Natalie lange gebraucht, um sich an den Pädagogen zu gewöhnen und sich ihm zu öffnen. Ihn zu verlieren, würde sie um viele Schritte zurückwerfen.

Wie dem auch sei, um sich ein Urteil bilden zu können, hatte Felix schlicht zu wenig Einsicht in die Sache, und das musste Natalie bei all ihrer Sympathie für den Pädagogen akzeptieren.

Felix setzte sich auf die Couch und schnappte sich seinen Laptop, um zu sehen, ob es im Internet schon etwas über die Verhaftung zu lesen gab. Mit den Füßen auf dem Tisch wartete er, bis das Gerät hochgefahren war. Die Lüfter drehten auf und klangen wie ein landendes Flugzeug. Der Zeitpunkt, sich einen neuen zu besorgen, war laut Natalie längst überschritten, aber er sah es nicht ein, für viel Geld ein Gerät zu ersetzen, das noch funktionierte. Endlich erschien der Desktop auf dem Monitor und Felix klickte den Browser an.

Die meisten Artikel bezogen sich lediglich auf die Tat selbst und unterschieden sich nur in dem Grad, wie reißerisch sie geschrieben waren. Die Nachricht, dass es eine Verhaftung gegeben hatte, war noch nicht zu den Newsseiten vorgedrungen. Falls es denn eine Verhaftung war und Thaler nicht nur als Zeuge vernommen wurde.

Felix klappte den Laptop zu und lehnte sich zurück. Da er erneut eine lange Nacht vor sich hatte, würde er einen kurzen Mittagsschlaf einlegen, bevor er für sich und Natalie etwas kochte. Vielleicht Ratatouille, ihr Lieblingsessen, das er wiederum hasste. Als Versöhnungsangebot quasi. Er konnte sich später auf dem Weg immer noch eine Bratwurst holen.

Gerade hatte er die Augen zugemacht, da hörte er, wie sich Natalies Zimmertür öffnete. Kurz darauf tapsten ihre nackten Füße die Holzdielen der Wendeltreppe herunter.

»Ich habe recherchiert«, sagte sie tonlos und setzte sich an den Esstisch.

Felix verdrehte hinter den geschlossenen Lidern die Augen. Warum konnte sie es nicht einfach gut sein lassen? Sie würde ohnehin zu keinem Ergebnis kommen.

»Hör mal, Natalie«, sagte er und richtete sich auf. »Ich glaube überhaupt nicht, dass Thaler schuldig ist. Im Auto habe ich mich nur blöd ausgedrückt. Außerdem muss man auf die Gerüchte vom Hof gar nichts geben, das hast du doch selbst gesagt. Vielleicht wurde er ja gar nicht verhaftet, sondern nur als Zeuge mitgenommen. So wird es gewesen sein.«

»Er wurde verhaftet.«

Erstaunt schaute Felix seine Schwester an. Hatte er bei seiner Suche im Internet etwas übersehen? Eine dunkle Ahnung überkam ihn. »Woher weißt du das? Du hast doch nicht etwa …?«

»Das war problemlos herauszufinden. Dafür musste ich niemanden hacken. Du musst ihm helfen, seine Unschuld zu beweisen.« Natalie starrte durchdringend die Luft vor sich an.

»Weshalb sollte *ich* das müssen? Wenn er in Untersuchungshaft sitzt, bekommt er auf jeden Fall einen Anwalt, selbst wenn er sich keinen leisten kann. Das ist dann dessen Aufgabe.«

»Dass Detektive mit Anwälten zusammenarbeiten, ist nicht unüblich.«

Felix massierte sich die Schläfen. Für derartige Diskussionen fehlte ihm gerade wirklich die Geduld. »Bei einer solchen Kooperation werden die Detektive aber engagiert und gehen nicht einfach hin und ermitteln wild rum. Ich muss auch irgendwie mein Geld verdienen.«

»Das ist nicht fair.« Natalies Blick drückte Unverständnis aus. »Ich habe über den Pferderipper recherchiert und bin sicher, dass er es war, der sie umgebracht hat. Das herauszufinden, wäre eigentlich deine Arbeit gewesen.« Sie verschränkte die Arme vor der Brust und bedachte die Tischplatte mit einem wütenden Blick, der vermutlich Felix gelten sollte.

»Also schön«, sagte er um des lieben Friedens willen. »Erzähl mir, was du weißt.«

Natalie straffte die Schultern, und ihr Gesicht verzog sich zu einem Lächeln. Sie räusperte sich, als würde sie einen wichtigen Vortrag halten. »Robin Thaler wurde heute Vormittag verhaftet, weil ihm vorgeworfen wird, vor vier Tagen seine Ex-Freundin in ihrer Wohnung in Hebertshausen brutal ermordet zu haben«, ratterte sie die Informationen herunter und klang dabei wie die Pressesprecherin der Polizei. »Mit einem scharfen Gegenstand wurde mehrfach auf ihren Oberkörper eingestochen, außerdem soll sie zuvor mehrere Schläge gegen den Kopf bekommen haben.«

Felix staunte nicht schlecht über diese Fülle an Informationen, auch wenn es eigentlich nicht das war, was er hatte wissen wollen. Er fragte sich, woher sie das alles hatte. Da er selbst die Nachrichtenseiten durchwühlt hatte, wusste er, dass sie sie von da schon mal nicht haben konnte. Hoffentlich sagte sie die Wahrheit und hatte sich nicht wieder in die Datenbank der Polizei gehackt. Irgendwann würde sie noch dabei erwischt werden, und dann gab es richtig Ärger.

»Woher weißt du das alles?«, fragte er.

»Die Menschen benutzen Facebook wie ein Tagebuch.«

»Und wer hat so detailliert darüber berichtet? Thaler wird wohl kaum selbst gepostet haben, dass er für den Mord an ihr verhaftet wurde.«

Natalie schnalzte mit der Zunge, während sie mit dem Zeigefinger ein unsichtbares Muster auf ihren Handrücken malte. »Auf dem Facebook-Profil von Sinta Hoymann wurden die letzten Tage sehr viele Spekulationen gepostet. Manche behaupten, er wäre es gewesen, der das Pferd angegriffen hat. Daran sieht man, wie haltlos die Behauptungen sind. Das würde er nämlich niemals tun, das weiß ich.«

»Das eine schließt das andere aber nicht aus«, sagte Felix. Wenn Natalie von etwas derart überzeugt war, würde er gar nicht erst versuchen, ihr eine andere Meinung aufzudrücken. »Nur weil er es nicht war, der das Pferd verletzt hat, muss er nicht in dem anderen Fall auch unschuldig sein. Es kommt sehr häufig vor, dass Morde von Expartnern begangen werden, weil der Mann nicht akzeptieren kann, dass die Frau sich trennen will.«

»Das weiß ich, ich kenne mich bestens im Bereich Mord und Totschlag aus. Wird eine Frau ermordet, besteht in etwa der Hälfte der Fälle ein Tatverdacht gegen den ehemaligen oder aktuellen Partner und bestätigt sich dann auch im Laufe der Ermittlungen. Bei Robin ist das nicht der Fall. Er kann es nicht gewesen sein, weil er kein Blut sehen kann. Als ich mich mal am Zaun geschnitten habe, konnte er mir nicht helfen.«

»Ah, das ist natürlich ein Grund«, sagte Felix und versuchte, nicht allzu sarkastisch zu klingen. Natalie hatte bei ihrem Bruder ein feines Gespür dafür, wenn er sie auf den Arm nahm.

»Ganz genau. Aber es gibt noch mehr. Seine Fingerknöchel waren unverletzt. Mir wäre es aufgefallen, wäre es anders gewesen. Wer jemanden schlägt, verletzt sich meistens selbst dabei.«

Nun war Felix beeindruckt. Das war eine scharfsinnige Beobachtung, die in der Tat ermittlungstechnisch relevant sein könnte. Aber um das beurteilen zu können, fehlten ihm zu viele Fakten. Es war gut möglich, dass das Opfer mit einem Gegenstand geschlagen worden war und der Täter keine Verletzungen haben musste. Da er die Diskussion beenden wollte, stimmte er Natalie in der Hoffnung zu, sie damit zufriedenzustellen. »Klingt so, als wäre er wirklich unschuldig.«

»Genau«, sagte sie, und ihre Gesichtszüge entspannten sich. »Und deshalb musst du es beweisen. Es wird sicher schnell gehen und nicht sehr aufwendig sein, das meiste weißt du ja jetzt schon. Die Hintergrundrecherche zu dem Pferderipperfall übernehme ich, und du kümmerst dich darum, mehr über den Abend des Angriffs herauszufinden.«

Felix seufzte. Sie meinte es wirklich ernst und würde keine Ruhe geben, bevor er einwilligte. Offenbar wollte sie unter allen Umständen ihren Pädagogen zurück, und Felix konnte das nachvollziehen. »Also gut«, sagte er. »Ich schau, was ich rausfinden kann.«

Dann würde er wohl keinen Mittagsschlaf einlegen, sondern zu dem Stall fahren, in dem das Pferd von Sinta Hoymann untergestellt war, um dort mit seinen Ermittlungen zu beginnen.

7. Kapitel

DER Münchner Stadtteil Giesing galt als bodenständig und war bekannt für seine Vielfalt an Architektur, Bier und Fußball, denn hier hielt der Verein TSV München 1860 seine Spiele ab und auch der FC hatte dort seinen Sitz. Anna war von klein auf Fußballfan, hatte aber an diesem Tag ein anderes Ziel, das ihr wohlvertraut war: die Justizvollzugsanstalt.

Sie parkte ihren Mini am Straßenrand unter den Bäumen, die entlang der Stadelheimer Straße die Wege säumten. Zum Glück hatte sie noch einen Schattenplatz erwischt. Wobei man sich ja oft täuschte, da die Wanderung der Sonne tückisch war, und wenn man zurückkam, hatte sich das Auto in einen Brutofen verwandelt.

Unsinn, dachte Anna. *Nicht die Sonne wandert, sondern die Erde dreht sich.* Warum sagte man das überhaupt so?

Sie schnallte sich ab und nahm ihre Tasche vom Beifahrersitz. Für Mai war es außergewöhnlich warm, und sie schwitzte. An Tagen wie diesen verfluchte sie ihren Beruf, in dem viel und vor allem ordentliche Kleidung obligatorisch war. Es sollte ihr mal jemand erklären, wie man bei sechs, acht oder zehn Stunden schwitzenden Sitzens das Leinenkostüm faltenfrei halten sollte. Außerdem wurden an Tagen mit über 25 Grad ihre Füße im Laufe des Vormittags immer dicker, sodass sie spätestens nach dem Mittagessen in den eleganten Pumps wie aufgequollene Elefantenfüße aussahen.

Für den Termin in der Justizvollzugsanstalt hatte sie sich zusätzlich einen Blazer übergezogen, mit dem Effekt, dass sie sich wie ein Würstchen auf dem Grill fühlte, das jeden Moment aufplatzen würde.

Anna seufzte, straffte die Schultern und stöckelte über den schmalen Rasenstreifen, der die Parkplätze vom Bürgersteig trennte. Ihr Absatz blieb in der trockenen Erde stecken, und sie stieß einen Fluch aus. Heute war wirklich nicht ihr Tag. Vielleicht wäre es besser gewesen, sie hätte den Termin auf morgen früh gelegt. Bis dahin hätte sie nicht nur den verdammten Rosenstrauß, den Daniela hoffentlich mit nach Hause nehmen würde, aus ihrem Bewusstsein verdrängt, sondern auch einen ersten Blick in die Akte werfen können.

Nein, Schluss jetzt mit diesen Gedanken! Sie zog den Absatz aus der Erde und ging mit zielstrebigem Schritt auf den Eingang zu. Die große Tasche baumelte an ihrer Hüfte und zerknitterte den Leinenstoff zusätzlich.

Am Empfangsklotz, wie sie das Häuschen neben dem massiven Eingangstor nannte, überprüfte man zunächst ihre Daten. Wie immer ließen sich die Beamten Zeit, und sie musste eine gefühlte Ewigkeit vor der Gefängnismauer warten. Der Beton reflektierte die Sonneneinstrahlung, und sie fühlte sich, als stünde sie vor einer Heizung. Schweiß trat ihr auf die Stirn, und sie hatte Durst, was ihre Laune nicht gerade hob.

Reiß dich zusammen, und bleib professionell, sagte sie sich. *Dein Mandant kann nichts für die Umstände.*

Endlich reichte der Mann ihren Ausweis durch die Luke und gab ihr ein Schildchen, das sie sich gut lesbar an die Jacke pinnen sollte. Wie oft hatte der Kerl sie schon gesehen,und wie oft spulte er monoton seinen Text ab – immer der gleiche übrigens –, so als wäre sie ein Schulmädchen, das zum Rektor gerufen wurde? Aber gut, das war nun mal sein Job. Bestimmt nicht sonderlich erfüllend, und die Bezahlung ließ sicher auch zu wünschen übrig. Eigentlich ein Wunder, dass er dabei so freundlich blieb.

Anna schenkte ihm ein Lächeln, als sich die Tür öffnete und sie dem angenehm temperierten Gang zum Warteraum folgte. Darauf eingestellt, dass sie auch dort noch mal würde warten müssen, zückte sie ihr Smartphone. Allerdings erwartete sie bereits ein Beamter, der sie in Empfang nahm und ihre Tasche beäugte. Anna lächelte freundlich und reichte sie ihm. Als Anwältin würde sie ihre Tasche nicht in einem Spind einschließen müssen, dennoch musste der Inhalt kontrolliert werden.

»Folgen Sie mir bitte«, sagte der Beamte freundlich, nachdem er die Tasche einer flüchtigen Untersuchung unterzogen und ihr zurückgegeben hatte.

Sie traten in einen weiteren Gang, um schließlich vor dem Besprechungszimmer – oder Anwaltszimmer, wie man es hier nannte – anzuhalten. Die sommerlichen Temperaturen waren noch nicht hinter den dicken Mauern angekommen, und jetzt war Anna beinahe froh, dass sie den Blazer anhatte. Das sollte mal einer verstehen. Wärme konnte sie nicht ertragen, dafür fror sie aber auch bei jeder passenden und unpassenden Gelegenheit. Für ihren Kreislauf gab es wohl keine ideale Temperatur.

Anna bedankte sich und schaltete vor dem Betreten des Zimmers noch schnell ihr Handy aus.

Robin Thaler saß in sich zusammengesunken am Tisch. Er war ein schmächtiger Typ mit hellbraunen Haaren, die ihm fast bis auf die Schultern reichten. Annas Absätze klapperten auf dem Linoleumboden, als sie eintrat, und er hob den Kopf. Seine strahlend blauen Augen wirkten todtraurig. Anna fragte sich, ob er um seine Ex-Freundin trauerte, die er offenbar noch geliebt hatte, oder ob er traurig war, weil man ihn erwischt hatte. War das Einzige, was er bedauerte, dass er hier im Gefängnis saß? Sie kannte die Argumente von mordenden Expartnern zur Genüge. Keiner von denen bereute seine Tat wirklich. Immer glaubten sie, die Frau habe es verdient, sei selbst daran schuld, weil sie es zu weit getrieben habe. Ihr Hals verengte sich, und sie merkte, dass sich Tränen ihren Weg bahnten.

Anna schluckte, dann wandte sie sich an den Beamten, der ihr aufgeschlossen hatte. »Nehmen Sie ihm bitte die Handschellen ab.«

Der Beamte reagierte einen Moment nicht, so als müsse er überlegen, ob er das dürfe, schlurfte aber dann zu Thaler, um mit einem Schlüssel die Handschellen zu lösen und sie an seinem Gürtel zu befestigen. Sein Auftreten hinterließ bei Anna den Eindruck, dass er sich schon sein Urteil über den Verdächtigen gebildet hatte. Es lautete: schuldig.

Nachdem der Wachmann draußen war, stellte Anna die Tasche auf dem Boden ab und setzte sich dem Mann gegenüber. »Mein Name ist Annabelle Hart, und ich bin als Ihre Pflichtverteidigerin beigeordnet worden.« Sie lächelte und streckte ihm die Hand hin, die er ignorierte.

»Ich brauche keinen Anwalt«, antwortete er mit einer für seinen Körperbau überraschend tiefen Stimme.

»Wie kommen Sie darauf? Es gibt viele gute Gründe, sich durch einen Anwalt vertreten zu lassen.« Anna packte einen Notizblock und einen Bleistift aus, um zu signalisieren, dass sie nicht so einfach wieder verschwinden würde.

»Ach ja?«

»Nun, ich bin zum einen dafür da, ein faires Verfahren zu gewährleisten. Einsicht in Gerichtsakten bekommen Sie beispielsweise nur über mich. Darin kann ich entlastendes Material finden und beurteilen, wie sehr Sie die Beweise an die Wand drücken und welchen Spielraum wir haben.«

Robin Thaler zuckte nur mit den Schultern.

»Davon abgesehen liegt die Entscheidung bei dem Vorwurf gegen Sie nicht bei Ihnen. Sie werden beschuldigt, Ihre Ex-Freundin umgebracht zu haben, und da gegen Sie Untersuchungshaft vollstreckt wurde, bekommen Sie automatisch einen Anwalt oder eine Anwältin beigeordnet, sofern Sie keinen benennen. Im Gegensatz zu den USA darf man sich in Deutschland vor Gericht nicht selbst verteidigen, wenn es um eine Freiheitsstrafe von mehr als einem Jahr geht.« Anna lehnte sich zurück. Thaler schwieg und schaute sie nicht an.

»Wie wäre es, wenn Sie mir einfach mal Ihre Version der Geschehnisse erzählten«, sagte sie nach einer Weile.

Thaler schüttelte unmerklich den Kopf. »Ich möchte mich zu der Sache nicht äußern.«

»Das ist generell eine gute Strategie, wenn Sie mit der Polizei oder dem Staatsanwalt sprechen. Aber mir gegenüber können und sollten Sie offen sein, nur so kann ich Ihnen helfen.«

Schwieg er, weil er sich nicht selbst belasten wollte? Anna fühlte sich plötzlich unwohl. Wenn er tatsächlich schuldig war, wäre sie dann noch in der Lage, das für ihn bestmögliche Urteil herauszuholen? Hatte er es verdient, dass sie die Vorwürfe auf einen Totschlag abmilderte oder gar versuchte, ihn zu entlasten, Haftprüfung zu veranlassen und am Ende einen Freispruch zu erlangen, wenn er in Wirklichkeit geplant hatte, seine Ex-Freundin brutal umzubringen? Sie musste dringend die Akte lesen, um sich ein Bild zu machen. Noch konnte sie den Fall ablehnen.

Der Pädagoge saß weiterhin da wie ein Häufchen Elend, knetete seine Hände und schwieg.

»Hören Sie, es ist wichtig, dass wir beide uns unterhalten«, versuchte Anna es erneut. »Das Gespräch ist vertraulich, also müssen Sie sich ...«

»Haben Sie mich nicht verstanden? Ich möchte mich nicht äußern. Sie würden mir eh nicht glauben. Meinen Sie, ich hätte nicht bemerkt, wie skeptisch Sie mich angesehen haben, als Sie reingekommen sind?« Er stand auf und ging zur Tür, um laut zu klopfen. Der Beamte von vorhin schloss wenige Sekunden später auf.

»Bringen Sie mich bitte zurück zu meiner Zelle«, sagte Thaler.

Der Beamte schaute Anna fragend an. Ein so kurzes Mandantengespräch hatte er vermutlich auch noch nicht erlebt. Anna zuckte mit den Schultern.

»Überlegen Sie es sich!«, rief sie ihrem Mandanten zu, bevor er aus dem Raum geführt wurde.

Als sie allein war, fiel die Anspannung ein wenig von ihr ab. Hatte Thaler tatsächlich ihre Zweifel bemerkt und wollte deswegen nicht mit ihr reden? Oder lag der Grund für sein Schweigen darin, dass er schuldig war und keine Möglichkeit sah, wie sie ihn verteidigen sollte? Möglicherweise lag es auch daran, dass sie eine Frau war, und er glaubte, ein Mann könne seine Beweggründe eher nachvollziehen und ihn besser verteidigen.

Sie nahm sich vor, ihn am nächsten Tag erneut zu besuchen, um ihn darauf anzusprechen. Wenn Thaler lieber einen männlichen Anwalt wollte, hätte sie zumindest einen Grund, den Fall abzugeben, ohne vor Staatsanwalt Feindt das Gesicht zu verlieren.

Draußen vor der JVA schaltete sie ihr Handy ein. Drei Anrufe in Abwesenheit, einer von Daniela und zwei von ihrem Ex. Außerdem hatte er eine SMS geschickt. Obwohl ihr von vornherein klar war, dass es unerfreulich werden würde, öffnete sie die Nachricht.

Plötzlich glaubte Anna, in dem gefühlt viel zu dicken Kostüm keine Luft mehr zu bekommen. Dieses verdammte Schwein hatte sie beobachtet. Unwillkürlich schaute sie sich um, konnte aber niemanden entdecken. Mit zittrigen Fingern öffnete sie den obersten Knopf ihrer Bluse und las die Nachricht erneut.

Geht man so mit Geschenken um? Das wirst du noch bereuen!

Wütend schaltete sie erst das Display und dann gleich das Handy wieder komplett aus. Glaubte er wirklich, sie würde es sich anders überlegen, wenn er nur aufdringlich genug war? Das Gegenteil war der Fall. Mit jeder Aktion sorgte er nur dafür, dass sie sich emotional weiter von ihm entfernte.

Aber noch etwas anderes ging ihr durch den Kopf. Konnte sie Robin Thaler wirklich vertreten? Wie konnte sie einem Mann zu einer möglichst milden Strafe verhelfen, der seine Expartnerin augenscheinlich bedrängt und gestalkt hatte, ihr möglicherweise sogar Gewalt angetan hatte? Wollte sie dafür verantwortlich sein, dass er freigesprochen wurde, weil Staatsanwalt Feindt seine Arbeit nicht ordentlich gemacht hatte, obwohl er womöglich schuldig war? Nein, das konnte sie mit ihrem Gewissen nicht vereinbaren.

8. Kapitel

DER Zedernhof, auf dem das Pferd von Sinta Hoymann untergestellt war, war ein gänzlich anderes Kaliber als der Stall, bei dem Natalie ihre Therapiestunden mit Robin Thaler hatte. Schon der Weg dorthin glich eher einer Allee als einem Feldweg; die geteerte, schmale Straße war von den hohen, namensgebenden Zedern gesäumt. Die Einfahrt wirkte frisch asphaltiert und wurde eingerahmt von weißen Kiesbeeten, in denen verschiedene Gräser wuchsen. Rechter Hand befand sich ein saniertes Wohnhaus, dessen Veranda aus »Schöner Wohnen« stammen könnte. Auch die Stallgebäude aus hellbraunem Holz mit Stahlzäunen sowie die Scheune wirkten neu, sauber und kein bisschen heruntergekommen. Vermutlich würde man das hier eher als Gestüt bezeichnen und nicht als Pferdestall.

Zu Felix' Erleichterung war weder ein Zwinger noch ein Hofhund zu sehen. Nur ein paar getigerte Katzen lagen am Rand einer Koppel und ließen sich die Sonne auf den Pelz scheinen. Mit ihnen hatte er keine Probleme, denn die Wahrscheinlichkeit, dass sie ihn anfallen würden, war relativ gering, und riesige Beine mit gefährlichen Hufen daran hatten sie auch nicht zu bieten. Er betrat das Gelände und schaute sich nach jemandem um, mit dem er reden konnte.

Aus dem Augenwinkel nahm er eine Bewegung wahr. Eine Frau, die er zuvor nicht bemerkt hatte, stand von einem gepolsterten Rattansessel auf und kam auf ihn zu. Anscheinend war sie die Besitzerin des Hofes.

»Kann ich Ihnen helfen?«, fragte sie lächelnd. Ihre Kleidung war leger, aber stilvoll, ihre blonden Haare hatte sie am Hinterkopf zu einem Dutt gebunden.

Felix schüttelte ihre Hand. Er stellte sich mit einem falschen Namen vor, und Veronique Gmeiner nannte ihm ihren.

»Meine Eltern sind große Frankreich-Fans, und ich darf darunter leiden«, erklärte sie ihm, als er sich noch über die abenteuerliche

Kombination aus französischem Vor- und urbayerischem Nachnamen wunderte.

»Ich hoffe doch, dass Sie mir helfen können, Veronique«, sagte er schließlich. »Vor Kurzem ist eine Ihrer Mieterinnen«, nannte man das überhaupt so?, »ums Leben gekommen.«

»Heilige Maria.« Ihr Gesicht spiegelte Entsetzen wider. »Die arme Sinta Hoymann, Gott hab sie selig. Dann sind Sie von der Kripo? Ich hab mich schon gefragt, wann endlich jemand kommt.«

»Meine Kollegen waren also noch nicht hier, um Sie zu befragen?« Felix würde den Teufel tun und das Missverständnis aufklären, zumal sie keine Anstalten machte, ihn nach einem Ausweis zu fragen. Dank der vielen schlechten Krimis, die im Fernsehen liefen, schien sie sich nicht einmal darüber zu wundern, dass er allein unterwegs war.

»Ach, i wo.« Sie öffnete das Tor und bedeutete ihm, ihr auf die Veranda zu folgen. »Es ist so schrecklich, wenn so etwas Grausames im näheren Umfeld passiert. Man meint immer, solche Bluttaten würden nur woanders verübt, in Amerika oder so, aber das Böse gibt es wohl überall.«

Sie setzten sich auf die Stühle im Schatten des Vordaches.

»Da haben Sie wohl recht«, sagte Felix. »Manchmal ist es einem näher, als man glaubt.«

Einen Moment sagte keiner von ihnen etwas. Dann fragte Veronique Gmeiner: »Darf ich Ihnen was zu trinken anbieten?«

Felix lehnte dankend ab. Er hatte nicht vor, sich länger als nötig hier aufzuhalten.

»Vermutlich werden Sie das nicht beantworten dürfen, aber gibt es denn schon einen Verdächtigen? Der Kerl, der ihr das angetan hat, muss so schnell wie möglich hinter Gitter, bevor er sich an weiteren Frauen vergreifen kann.«

»Aus ermittlungstaktischen Gründen darf ich dazu tatsächlich nichts sagen«, erwiderte Felix, obwohl er gern sofort auf den Ripper zu sprechen gekommen wäre. Ein bisschen professionelle Zurückhaltung war angebracht, sonst würde wohl selbst Veronique Gmeiner misstrauisch werden. »Wie kommen Sie darauf, dass der Täter männlich ist? Haben Sie jemanden in Verdacht?«

»Na ja, von dem, was man so hört … Sie wissen das sicher besser als ich, aber angeblich war ihr Gesicht bis zur Unkenntlichkeit zertrümmert, und man hat mehrfach auf sie eingestochen. Dass eine Frau so brutal vorgeht, kann ich mir einfach nicht vorstellen. Ich hoffe, Sinta musste nicht allzu sehr leiden.«

Felix zügelte seine Neugier und verkniff sich die Frage nach weiteren Details. Er lehnte sich in dem Stuhl zurück, und das Rattan knarzte unter ihm. »Wie gut kannten Sie Frau Hoymann denn?«, fragte er.

»Ziemlich gut, würde ich behaupten. Sie war immerhin beinahe täglich bei uns auf dem Hof.« Ihr Blick wanderte zu einem der Stallgebäude. Vermutlich das, wo das Pferd von Sinta Hoymann untergestellt war. Zwei junge Männer führten gerade wuchtige schwarze Tiere von bestimmt 500 Kilo durch die Einfahrt, und Felix hielt unwillkürlich die Luft an. Er war froh, dass sich ein Zaun zwischen dem Wohnhaus und dem restlichen Grundstück befand.

Veronique Gmeiner winkte den beiden zu, dann fuhr sie fort: »Wir bieten ein Rundumpaket an; mein Mann mistet die Ställe aus, wenn er nicht wie gerade jetzt auf einem Lehrgang ist, und ich übernehme das Füttern. Sinta war eine der wenigen, die sich lieber selbst kümmern wollten. So sind wir uns auf dem Hof häufig begegnet und auch öfter mal zusammen ausgeritten. Irgendwann entwickelt sich da natürlich so etwas wie eine Freundschaft. Mein Gott, was wird denn jetzt nur aus Ramiro?«

Felix zuckte nur mit den Schultern. Hunde oder Katzen kamen in der Regel ins Tierheim, wenn der Besitzer verstarb, aber gab es so etwas auch für Pferde? Das konnte er sich kaum vorstellen.

Veronique Gmeiners Mundwinkel zuckten leicht, doch sie fing sich wieder und straffte die Schultern. »Wissen Sie, was ich glaube? Dass ihr Ex-Freund es war.«

Felix lehnte sich interessiert vor. »Wie kommen Sie denn darauf?« Nun hatte er doch Durst, aber er wollte das Gespräch nicht ausgerechnet jetzt unterbrechen.

»Na ja, die beiden haben eine ziemlich unschöne Trennung durch. Der Kerl soll ganz schön aufdringlich und aggressiv sein. Und trotzdem hat Sinta sich die Entscheidung wirklich nicht leicht gemacht.«

»Sie reden von Herrn Thaler?«, fragte Felix. Er kannte den Pädagogen zwar nur flüchtig durch seine Schwester, und sie hatten nie mehr als ein paar Worte gewechselt, aber Thaler war ihm immer wie ein besonnener Charakter vorgekommen. Sollte er sich wirklich so getäuscht haben?

Veronique Gmeiner beugte sich vor und senkte ihre Stimme zum Zeichen, dass jetzt etwas Pikantes kam. »Der konnte schon ziemlich eifersüchtig sein, wenn man dem glaubt, was Sinta so über ihn erzählt hat. Ein paarmal hab ich ihn hier gesehen, und er mochte es gar nicht gern, wenn sie sich allzu intensiv mit anderen Männern unterhalten hat. Da gab es auch schon mal Streit.«

»Die Eifersucht war der Grund für die Trennung?«, fragte Felix.

»Wenn man so will. Wobei ich auch zugeben muss, dass die nicht so ganz unbegründet war. Bei einem Ausritt hat mir Sinta mal gestanden, dass sie sich zu einem anderen Mann hingezogen fühlt, mit dem sie sich sogar manchmal getroffen hat. Da lief was, das sag ich Ihnen. Das hat bestimmt mit reingespielt. Um wen es sich dabei handelte, hat sie mir allerdings nicht verraten.«

Interessant, dachte Felix. Vielleicht war er bei der Sache mit dem Pferderipper doch auf dem Holzweg. Robin Thaler wäre immerhin nicht der erste Mann, der seine Partnerin aus verletztem Ehrgefühl umgebracht hatte. Andererseits war Felix es Sinta Hoymann irgendwie schuldig, den Angriff auf ihr Pferd nicht aus den Augen zu verlieren. »Bei unseren Ermittlungen ist uns zu Ohren gekommen, dass vor Kurzem das Pferd von Frau Hoymann angegriffen wurde. Können Sie mir darüber etwas erzählen?«

»Wie bitte?« Veronique Gmeiner zog die Augenbrauen hoch und schaute ihn ungläubig an. »Wer behauptet denn so was?«

»Es stimmt also nicht?«, fragte Felix vage zurück. Er konnte wohl kaum ansprechen, dass er die Information von Sinta Hoymann selbst bekommen hatte, solange Veronique Gmeiner glaubte, dass er von der Kripo kam.

»Also, Ramiro hatte vor ein paar Tagen eine kleine Wunde am Hals, das stimmt schon.« Ihre Hand wanderte an ihren eigenen Hals. »Aber dass jemand in unsere Stallungen eingedrungen sein und auf ihn eingestochen haben soll, ist heilloser Unsinn.«

»Ich kann Ihnen nur sagen, was uns zugetragen wurde. Und natürlich darf ich die Quelle nicht nennen.«

»Wie dem auch sei, so war es nicht, das weiß ich ganz sicher.« Sie nickte, wie um sich selbst in ihrer Ansicht zu bestätigen. »Ich war nämlich dabei«, fügte sie noch schnell hinzu.

»Sie waren anwesend, als dem Tier die Verletzung zugefügt wurde?«

»Nicht in dem Moment, aber in der Nacht, als Sinta die Wunde entdeckt hat. Sie hat uns sofort aus dem Bett geklingelt, weil es schon ganz schön geblutet hat, und wir haben uns gemeinsam um Ramiro gekümmert. Und den Übeltäter haben wir auch gefunden.«

»Wer war es?«, fragte Felix und gab sich ahnungslos. Vermutlich meinte sie den Stein, den Sinta Hoymann angesprochen hatte.

»Wissen Sie, zuerst dachten wir wirklich, dass es jetzt unseren Hof erwischt hätte. Es werden ja immer mal wieder Pferde im Stall oder auf der Weide getötet … und in letzter Zeit treibt sich hier so ein seltsamer Kerl rum. Der steht stundenlang an der Koppel; manchmal wirft er altes Brot über den Zaun, obwohl wir ihn schon mehrmals verscheucht haben, weil die Pferde davon eine Kolik bekommen können. Den haben wir natürlich erst mal verdächtigt. Auf den zweiten Blick aber war die Wunde harmlos.« Sie hielt Zeigefinger und Daumen etwa zehn Zentimeter auseinander. »Ein kleiner Riss, nicht tief, und als wir dann im Stroh in seiner Box schauten, haben wir einen scharfkantigen Stein entdeckt, der voller Blut war. Daran muss er sich beim Hinlegen aufgeschnitten haben.«

Felix gab sich überrascht. »Ein Stein? Wie kam der in die Box?«

»Das passiert bei der Ernte schon mal. Sie glauben ja nicht, was wir da schon alles in den Strohballen gefunden haben. Schuhe, Hosen, tote Vögel, einmal sogar ein verrostetes Messer. Als mein Mann noch selbst gemäht hat, war es noch schlimmer. Heute beschäftigt er sich mehr mit der Zucht und dem Verkauf; unsere Felder lässt er von jemandem mähen, der seine eigenen, modernen Maschinen mitbringt. Wir haben ja gar nicht genug Stellfläche für all die Traktoren und Heupressen und so.«

»Ein Stein also«, wiederholte Felix. Er überlegte, ob der wirklich für einen Schnitt am Hals verantwortlich sein konnte. Veronique Gmeiner zumindest wirkte äußerst überzeugt von dieser Theorie.

War Sinta Hoymann in Bezug auf ihr Pferd einfach nur paranoid gewesen, und hatte Robin Thaler sie umgebracht? Der Mann, bei dem Felix' Schwester regelmäßig Reitstunden nahm, sollte ein brutaler Killer sein? Bei dieser Vorstellung wurde ihm ganz anders.

»Normalerweise fallen solche Gegenstände beim Einstreuen der Boxen auf, aber dieses Mal wurde wohl etwas übersehen.«

»Haben Sie den Stein noch?«, fragte Felix ohne viel Hoffnung.

»Puh. Also bewusst weggeworfen habe ich ihn nicht. Mein Mann hat ihn gefunden. Der ist aber, wie erwähnt, gerade auf einem Lehrgang. Ich kann ihn also nicht fragen. Wenn Sie mit mir rüberkommen wollen, können wir nachsehen, ob der Stein da noch irgendwo liegt.«

»In den Stall?« Dorthin wollte Felix ganz bestimmt nicht, allerdings konnte er der Hofbesitzerin wohl kaum auf die Nase binden, dass ihm Pferde ganz und gar nicht geheuer waren.

»Aber ja. Ins Haus hat mein Mann ihn bestimmt nicht mitgenommen. Kommen Sie.« Sie stand auf, und Felix folgte ihr widerwillig.

An der Tür zur Stallgasse blieb er stehen und schaute sich um. Kühle Luft strömte ihm entgegen, die erstaunlicherweise so gar nicht nach Mist roch, wie er es sich vorgestellt hatte. Alles wirkte sauber und aufgeräumt. Im Gegensatz zu dem, was er als Kind von den Urlauben mit seinen Eltern auf österreichischen Bauernhöfen kannte, waren die Decken und Wände nicht mit dicken Spinnweben überzogen. Zum Glück schienen die Pferde gerade auf der Weide zu sein, denn sämtliche Boxen waren leer.

»Da vorn, da steht der Ramiro. Eine Einzelbox, weil er manchmal ein wenig ungestüm ist«, sagte Veronique Gmeiner und deutete auf eine der durch Bretterwände unterteilten Nischen.

»Aha«, machte Felix. Es fiel ihm schwer, Interesse zu heucheln.

Sie betrat die Box und schaute sich kurz um. »Also, hier ist schon mal nichts. Hätte mich aber auch gewundert, wenn mein Mann den einfach aufs Fenstersims gelegt hätte.« Sie kam wieder heraus und ging in den gegenüberliegenden Raum. »Hier sind die Putzutensilien und die persönlichen Sachen der Besitzer«, rief sie Felix zu, der noch immer im Eingangsbereich stand. »Ah, und da ist er ja auch. Kommen Sie ruhig her. Bestimmt wollen Sie nicht, dass ich ihn anfasse, falls Sie nach Fingerabdrücken oder so suchen wollen. Wobei Sie aber wahrscheinlich hauptsächlich die von meinem Mann finden werden.«

»Sehr gut mitgedacht«, sagte Felix und setzte sich in Bewegung. *Im Gegensatz zu mir,* fügte er in Gedanken hinzu. Bis auf ein Taschentuch hatte er nichts, worin er den Stein einpacken konnte, und das würde sicherlich nicht besonders professionell wirken. Das Gleiche galt, wenn er das Ding einfach hierließ, nachdem er sich so dafür interessiert hatte.

Er betrat die kleine Kammer gegenüber der Boxenreihe. Auf einer Bank direkt neben der Tür lag der besagte Stein. Felix staunte nicht schlecht. Das Bruchstück war wirklich groß und ziemlich scharfkantig, als hätte jemand die eine Seite geschliffen. Vermutlich war das durch die Mähmaschine passiert, die mit ihren wuchtigen Schneidblättern einen Gesteinsbrocken geteilt und so diese Kante erzeugt hatte, die voll mit getrocknetem Blut war. Kein Wunder, dass sich das Tier daran verletzt hatte.

»Ich muss eben etwas aus dem Auto holen, ich bin gleich wieder da«, entschuldigte sich Felix und machte kehrt.

Irgendwas in seinem Erste-Hilfe-Kasten würde sich schon dafür eignen. Wenigstens ein paar Latexhandschuhe wollte er sich überziehen. Er hatte Glück und fand einen Druckverschlussbeutel. Was auch immer der in dem Kasten zu suchen hatte, er kam ihm gerade recht.

Er nahm noch ein Paar Handschuhe heraus und ging zurück zum Stallgebäude, wo er den Stein unter den neugierigen Blicken von Veronique Gmeiner einpackte. Gott sei Dank hatte er etwas gefunden, denn so genau, wie sie ihm dabei zusah, wäre sie bestimmt misstrauisch geworden, hätte er das Teil einfach in sein Taschentuch gewickelt.

Nachdem er die Handschuhe ausgezogen hatte, schüttelte er der Hofbesitzerin die Hand und verabschiedete sich. Sie fragte ihn nach einer Visitenkarte, für den Fall, dass ihr noch etwas einfallen sollte –

sie musste wirklich viele Fernsehkrimis schauen –, aber er gab vor, sie nicht gehört zu haben, und beeilte sich, zum Auto zu kommen. Hoffentlich merkte sie sich sein Kennzeichen nicht, sonst könnte er richtig Ärger bekommen, wenn die echten Kripobeamten doch noch auftauchen sollten und sich wunderten, welcher »Kollege« denn schon mit ihr gesprochen hatte.

9. Kapitel

DIE Leuchtziffern des Digitalweckers strahlten mahnend rot in die Dunkelheit des Pensionszimmers. Unaufhaltsam schritt die Zeit voran, während er sich, wie schon die letzten Nächte, ruhelos herumwälzte. Man könnte meinen, dass sein Gewissen die Ursache dafür wäre, doch in Wirklichkeit hielt ihn die Erinnerung wach.

Immer wieder ging er in Gedanken die wenigen Minuten durch, die ihm erneut Herzklopfen bereiteten. Es war viel zu schnell vorbeigegangen, und doch war es der Anfang von etwas Großem, das spürte er. Als wäre an diesem Abend ein Knoten geplatzt. So wie damals, als er gerade mal elf Jahre alt gewesen war …

Vater hatte ihn auf die Weide geschickt. Die Erinnerung in ihm war so lebendig, als wäre es gestern gewesen. Es war ein kühler Morgen im November, der Boden war mit Raureif überzogen und feucht, Dampf stieg vom Rasen auf. Am Himmel leuchtete schwach die Sonne durch die weiße Wolkendecke. Sein Vater hatte ihm aufgetragen, die Weide abzuäppeln. Eine Aufgabe, die er hasste und die in seinen Augen zudem völlig sinnlos war. Warum konnten die Hinterlassenschaften der paar Pferde, die auf dem Hof für den Zuverdienst untergestellt waren, nicht einfach auf der Wiese bleiben und dort verrotten? Das war doch der natürliche Kreislauf.

Sein Vater duldete darüber aber keine Diskussionen und hatte ihm noch vor dem Frühstück eine Schubkarre bereitgestellt und Handschuhe in die Hand gedrückt, die ihm viel zu groß waren und ständig von seinen Fingern rutschten.

Da er hungrig war, machte er sich daran, mit dem Rechen die platt getretenen Äpfel auf einen Haufen zu schieben und diese dann mit der Schippe in die Schubkarre zu verfrachten. Die vollständigen Äpfel sammelte er mit der kleinen Harke auf. Mit den Jahren hatte er sich angewöhnt, die Weide im Schachbrettmuster abzulaufen, um sich besser merken zu können, wo er schon gesammelt hatte. Als er etwa die Hälfte geschafft hatte, richtete er sich auf, dehnte sein Kreuz und nahm den Rechen wieder zur Hand.

Aus dem Augenwinkel bemerkte er plötzlich eine Bewegung und versteifte sich. Sein Vater zog ihn immer damit auf, dass es hier draußen gefährlich war, weil jederzeit Bären vorbeikommen konnten. Er glaubte seinem Vater zwar kein Wort, aber nun, als er mit zusammengekniffenen Augen gegen die Sonne starrte und einen dunklen Hügel entdeckte, befürchtete er, sich jeden Moment einem Braunbären gegenüberzusehen. Der Fellberg bewegte sich allerdings nicht auf ihn zu, sondern zappelte nur herum, und als er genau hinsah, entdeckte er, dass es sich um ein Pferd handeln musste.

Seine Eingeweide zogen sich zusammen. Es musste gestürzt oder anderweitig verletzt sein und nicht mehr hochkommen.

Langsam näherte er sich dem Tier, um es nicht noch mehr zu erschrecken. Sein Fell glänzte, und als er sich hinunterbeugte, um es zu streicheln, stellte er fest, dass es feucht war. Das Pferd verharrte einen Moment und versuchte dann erneut, sich hochzustemmen, wobei eines der Vorderbeine immer wieder wegknickte. Es schnaubte und schien keine Kraft mehr für einen weiteren Versuch zu haben. Wer wusste schon, wie lange es hier bereits lag und ums Überleben kämpfte?

Er ging nach vorn zum Kopf und legte seine Handfläche auf die Stirn des Tieres. In seinen Augen erkannte er etwas. Eine Art Flehen, die Bitte, ihm zu helfen. Das Urvertrauen, dass jetzt alles gut werden würde, dass er da war, um es zu retten.

»Bleib ganz ruhig, ich helfe dir«, redete er beruhigend auf das Tier ein, auch wenn er wusste, dass es vermutlich wenig Hoffnung gab. Ein Pferd, das sich das Bein gebrochen hatte, musste erschossen werden, das war die Devise seines Vaters. Natürlich konnte man den Tierarzt rufen, der es einschläfern würde, aber sein Vater sah es nicht ein, für ein totes Pferd auch noch Geld zu bezahlen.

Fieberhaft überlegte er, ob es eine andere Lösung gab. Eine, bei der sein Vater nichts von dem verletzten Tier mitbekommen würde, sodass man es noch retten konnte. Er könnte die Besitzer informieren, wofür er in den Unterlagen seiner Eltern nach der Adresse suchen müsste. Wenn es jedoch zu lange dauerte, bis er zurück ins Haus kam, würde sein Vater nach ihm suchen und das Tier finden. Einen Tierarzt anzurufen, kam ebenfalls nicht infrage, denn bis zu dessen Eintreffen würde es zu lange dauern.

Noch einmal streichelte er über das seidige Fell, dann löste er sich seufzend von dem Anblick des Pferdes. »Gleich kommt jemand, um dich zu erlösen«, sagte er zu dem Tier und machte sich auf den Weg, um seinem Vater Bescheid zu sagen.

Der holte sofort sein Gewehr aus dem Keller und packte ihn am Arm. »Du kommst mit!«

»Nein, bitte nicht. Ich will das nicht sehen«, antwortete er und versuchte, sich loszumachen, wofür er eine Ohrfeige kassierte.

»Warum ist mein Sohn nur so ein gottverdammter Schwächling? Wie willst du jemals diesen Hof übernehmen, wenn du nicht mal eine Maus töten kannst?«

Das stimmte nicht. Er war kein Schwächling. Im Gegensatz zu seinem Vater waren ihm Tiere nun mal nicht egal. Man merkte deutlich, dass sie so etwas wie Angst empfinden konnten, oder auch Freude. Sie waren fühlende Lebewesen.

»Wart mal! Ich hab eine bessere Idee. Du kommst nicht nur mit, du wirst es erschießen, damit du endlich lernst, nicht so rührselig zu sein wie eine Muschi!« Sein Vater umfasste seinen Arm noch fester und schleifte ihn hinter sich her.

Bei dem verletzten Tier angekommen, drückte er ihm das Gewehr so heftig gegen die Brust, dass er aufpassen musste, nicht nach hinten umzufallen.

Zögernd legte er seine Hände um den Schaft, und sein Vater ließ los. Das Gewicht der Waffe überraschte ihn. Sie war schwer und kalt.

»Setz dem Ganzen ein Ende«, sagte sein Vater und blickte ihn durchdringend an. Von diesem Moment hing ab, ob er seinen Sohn weiterhin als Weichei oder als Mann ansehen würde. Einer, der in die Fußstapfen seines Vaters treten könnte.

Ihm blieb keine Wahl, er musste es tun, musste sich beweisen. Noch einmal holte er tief Luft und legte das Gewehr an seine Schulter.

»Auf die Brust zielen, damit du das Herz triffst«, leitete sein Vater ihn an.

Er starrte das Tier an, das ein tiefes Wiehern von sich gab, als würde es ein letztes Mal um sein Leben flehen. Dann schloss er die Augen und drückte ab. Es gab einen ohrenbetäubenden Knall, und der Schaft des Gewehrs knallte gegen seine Schulter. Vor Schmerz hätte er fast aufgeschrien. Der Gestank des Schießpulvers drang ätzend in seine Nase, und er atmete durch den Mund. Das Pferd blies Luft durch die Nüstern, schnaubte heftig. Das bedeutete, dass es noch leben musste.

Als er sich traute, die Augen zu öffnen, sah er, dass er lediglich den Hinterlauf des Tieres getroffen hatte. Blut lief aus der Wunde, das Pferd zappelte, und die Augen drehten sich wie Billardkugeln kurz vorm Einlochen. Rasch wandte er den Blick ab, weil er es nicht ertragen konnte, dieses Leid mit anzusehen.

Sein Vater packte ihn im Genick und zwang seinen Kopf zurück. Schnell schloss er die Augen, woraufhin sein Vater ihn so heftig schüttelte, dass er beinahe hinfiel.

»Sieh hin! Schau genau an, was du angerichtet hast! Nicht mal das bekommst du ordentlich hin!«, brüllte er und verpasste ihm eine weitere Ohrfeige, sodass seine Wange wie Feuer brannte. Dann riss er ihm das Gewehr aus der Hand und zielte seinerseits auf das Pferd. Erneut versuchte er, sich noch rechtzeitig wegzudrehen, doch die Augen des Tiers starrten ihn ein letztes Mal anklagend an.

Damals hatte er nicht begriffen, was für ein erhabenes Gefühl es war, die Macht über Leben und Tod zu haben. Mit der Zeit merkte er, dass er das immer wieder haben wollte, und er hatte es sich auch immer wieder geholt. Angefangen hatte er bei Mäusen und Katzen vom eigenen Hof, über Füchse, die er mit alten Schlagfallen seines Großvaters im Wald fing, und die Hunde von fremden Höfen. Bis ihm die nicht mehr gereicht hatten und er sich irgendwann auch an größere Tiere wagte.

Vor ein paar Tagen war dasselbe mit der Frau geschehen. Er allein hatte bestimmt, wann ihre Zeit gekommen war, zu gehen. Er hatte die Macht für sich genutzt und jede Sekunde davon genossen. Wie schon damals spürte er genau, dass er es wieder fühlen wollte.

10. Kapitel

ANNA war für ihre Verhältnisse früh aufgestanden und hatte es tatsächlich geschafft, sich ein gesundes Frühstück zuzubereiten. Normalerweise aß sie nichts, bevor sie in der Kanzlei war, was dann dazu führte, dass sie spätestens am Vormittag von Heißhunger geplagt wurde und sich ungesunden Kram reinstopfte. Heute Morgen hatte sie sich einen Obstteller gemacht und diesen mit wenig Appetit hinuntergewürgt, in der Hoffnung, dass sie es so bis zum Mittag schaffte, um dann an ihren Gemüsesticks zu knabbern.

Schon als sie den Mini vor dem Bürokomplex parkte, kamen ihr erste Zweifel, und sie wäre am liebsten in die Bäckerei gegenüber gegangen, um sich ein Schokocroissant zu holen. Waren ein paar Kilo weniger auf den Hüften wirklich all diese Versagungen wert? Man lebte doch nur einmal. Dann lieber mit etwas Speck, aber genussvoll.

Nur der einsetzende Regen, der sich schon den ganzen Morgen durch schwüle Temperaturen angekündigt hatte und der vom Wind seitlich gegen die Fahrertür gedrückt wurde, hielt sie im Endeffekt davon ab, nach drüben zu gehen. Umständlich griff sie nach dem Schirm und der Aktentasche, stemmte die Tür auf, spannte den Schirm auf und schaffte es, aus dem Auto ins Gebäude zu kommen, in dem ihre Kanzlei lag, ohne dass ihre Haare nass wurden.

Im Treppenhaus schüttelte sie das Wasser vom Schirm und öffnete die Tür. Sofort sprangen ihr die verdammten Rosen ins Auge, die noch immer auf dem Tisch ihrer Assistentin standen. Anna zielte mit dem Regenschirm auf den Schirmständer, warf ihn und traf. Dann wandte sie sich an Daniela.

»Wollten Sie die nicht mit nach Hause nehmen?«, fragte sie mit einem Nicken auf die Blumen.

Daniela lächelte. »Ich finde sie hier schöner. So habe ich mehr davon, zu Hause bin ich ja fast gar nicht.«

Anna nickte. Hätte sie die Scheißteile doch lieber gleich in den Müllcontainer im Hinterhof geworfen! Sie schluckte den Kommentar runter, der ihr auf der Zunge lag, und ging in ihr Büro.

Auf ihrem Tisch lag ein Stapel Briefe, die ihre Assistentin wie jeden Morgen aus dem Briefkasten geholt hatte. Ganz oben ein roter Umschlag.

»Das darf doch nicht wahr sein«, zischte Anna und ließ ihre Aktentasche auf den Schreibtischstuhl fallen. Mit zittrigen Fingern griff sie nach dem Umschlag und starrte ihn an, als wäre er ein giftiges Insekt. Er war zerknüllt und etwas schmutzig, also handelte es sich mit ziemlicher Sicherheit um den Brief, den sie gestern aus dem Fenster ihres Minis geworfen hatte. Obwohl sie es durch seine SMS bereits geahnt hatte, machte ihr das hier erst richtig deutlich, dass er sie beobachtet hatte.

Nachdem sie weggefahren war, hatte er die Karte wohl vom Boden aufgehoben und in den Briefkasten geworfen. Mit fahrigen Fingern strich sie sich über die mit Haarlack fixierte Frisur.

Es klopfte. Ohne eine Antwort abzuwarten, steckte Daniela den Kopf durch die Tür. »Kaffee? Ich wollte mir gerade einen machen.« Sie stockte kurz und blickte auf den roten Umschlag. »Sie haben aber einen hartnäckigen Verehrer. Schon die zweite Karte innerhalb von zwei Tagen«, sagte sie.

»Das ist dieselbe wie gestern. Ich hatte sie auf die Straße geworfen, das hat ihm wohl nicht gepasst, also hat er sie in den Briefkasten gesteckt.«

Daniela verzog irritiert das Gesicht. »Die war nicht bei der Post dabei«, sagte sie.

»Wie bitte?«

»Die lag schon hier, als ich kam. Auf der Tastatur. Ich dachte, Sie hätten sie vielleicht vor dem Prozess persönlich in Empfang genommen und dorthin gelegt.«

»Aha. Okay. Danke.« Anna versuchte ein Lächeln, um sich zu beruhigen. Sie knetete ihre Finger, die sich trotz der Schwüle plötzlich eiskalt anfühlten.

»Ist alles in Ordnung?«, fragte Daniela.

»Ja, ja. Bestens. Ich nehme auch einen Kaffee. Danke.«

Daniela nickte und zog sich zurück, während Anna zu dem Zweisitzer ging und sich darauffallen ließ. Die Karte hatte sie immer noch in der Hand. Nun zerriss sie sie mitsamt dem Umschlag und ließ die Fetzen auf den kleinen Beistelltisch rieseln. Sie überlegte, was das alles zu bedeuten hatte. Zum einen hatte Daniela die Karte vermutlich gelesen, denn wenn sie bei ihrer Ankunft auf der Tastatur gelegen hatte, Anna sie aber vom Poststapel genommen hatte …

Wobei das nicht das Schlimmste war. Der Inhalt selbst wirkte auf jemanden, der nicht in ihrer Situation steckte, vermutlich schmeichelnd. Die eigentliche Katastrophe war, dass die Obsession ihres Ex-Freundes langsam gefährliche Züge annahm.

Nicht nur, dass er sie immer häufiger beobachtete und verfolgte, ständig vor ihrer Tür stand oder sie mit Anrufen belästigte, nun war er nicht mal mehr davor zurückgeschreckt, in ihre Kanzlei einzubrechen – beziehungsweise musste er irgendwoher einen Schlüssel haben, denn die Eingangstür und die Fenster waren unversehrt. Sie musste wohl die Schlösser austauschen – und am besten die bei ihr zu Hause gleich mit. Niemand konnte voraussagen, was er sich als Nächstes leisten würde.

Anna schüttelte vehement den Kopf. »Nein«, sagte sie, als könnte er sie hören. »Du wirst mich nicht kleinkriegen, du Arschloch.« Vielleicht hatte er ihr Büro ja verwanzt und hörte sie, also wiederholte sie die Worte lauter und deutlicher. Dann nahm sie die Post zur Hand und verbannte die Gedanken an ihn in die hinterste Ecke ihres Geistes. Trotzdem konnte sie sich kaum konzentrieren.

Nachdem sie mit der Post fertig war, widmete sie sich der Akte von Robin Thaler. Da sie das Gefühl hatte, ihr Dutt säße so fest, dass sie kaum ihre Stirn bewegen konnte, lockerte sie das Haargummi ein wenig und massierte ihre Kopfhaut, um die Durchblutung anzuregen und sich so besser konzentrieren zu können.

In dem Ordner, den sie von Staatsanwalt Feindt erhalten hatte, lagen direkt obenauf die Aufnahmen, die der Kriminaldauerdienst am Tatort gemacht hatte. Sie zeigten ein schreckliches Schlachtfeld, das die Qualen von Sinta Hoymann in ihren letzten Sekunden deutlich werden ließ. Anna hatte schon ein paar übel zugerichtete Leichen gesehen, aber was der Täter dieser Frau angetan hatte, war nicht einfach zu ertragen.

Ihre Strategie, Opfer nicht mehr als menschliche Wesen zu betrachten, sondern als Exponate in einem Wachsfigurenkabinett, funktionierte dieses Mal nicht. Hauptsächlich lag das an den weit aufgerissenen Augen der jungen Frau, die trotz des Todes so lebendig wirkten. Anna beugte sich zum ersten Bild hinab; in der Spiegelung konnte man den Fotografen erkennen. Irgendwo hatte sie mal gelesen, dass einige befragte Serientäter angegeben hatten, dass es sie besonders antörnte, ihr eigenes Antlitz in den sterbenden Augen der Opfer zu sehen.

Sie schüttelte sich und konzentrierte sich wieder auf das Foto. Das Gesicht der Frau war seltsam verschoben. Sie warf einen schnellen Blick auf die Liste mit den festgestellten Verletzungen. Jochbein- und Kieferbruch. Ihre Züge wirkten dadurch wie die Horrormaske aus dem Film *Scream,* denn Sinta Hoymanns Mund war zu einem hohlen Schrei geöffnet. Der Täter hatte mit Gewalt auf sie eingeschlagen, vermutlich, um sie ruhigzustellen.

Daran war sie allerdings nicht gestorben. Getrocknetes Blut klebte am Kinn, und eine Spur führte zu ihrem Hals hinab, auf dem deutliche Würgemale zu sehen waren. Wieder schaute Anna auf die Liste. Kehlkopfbruch. Auch der hatte noch nicht zum Tod geführt, obwohl er das ohne Hilfe über kurz oder lang getan hätte. Sinta Hoymann war durch all die Verletzungen, die ihr Angreifer ihr zugefügt hatte, qualvoll verblutet.

Auf dem nächsten Bild war sie in der Totalen fotografiert worden. Sie lag auf der Seite, die Beine hochgezogen wie ein Embryo, der sich schützen wollte. Ihr Oberteil war zerfetzt, der Täter hatte es ihr vom Körper gerissen, den BH ebenfalls. Da sie ihre Hose noch trug und keinerlei Spuren darauf hindeuteten, gingen die Ermittler davon aus, dass sie nicht sexuell missbraucht worden war. Immerhin das war ihr erspart geblieben.

Im Oberkörper der jungen Frau zählte Anna mindestens fünf Messerstiche, laut Bericht war sie aber elfmal attackiert worden. Die restlichen Wunden waren wegen der Körperhaltung und all des Blutes nicht zu erkennen. Weitere Bilder zeigten Nahaufnahmen der Arme,

Hände, Beine und Füße. Zwei Fingernägel waren bis aufs Nagelbett eingerissen; sie waren vermutlich bei ihrem verzweifelten Versuch, sich gegen den Angreifer zu wehren, abgebrochen.

Anna wurde schlecht, und sie lehnte sich kurz im Stuhl zurück, legte die Hände über die Augen und schüttelte den Kopf. Der Täter musste voller Hass gewesen sein, er wollte, dass Sinta Hoymann litt. Dies war nicht einfach ein Zufallsmord oder eine Tötung im Affekt. Hier hatte jemand sehr große Wut empfunden, die er an ihr ausgelebt hatte, bis sie schließlich qualvoll starb.

Seufzend widmete Anna sich den Zeugenaussagen. Direkte Zeugen der Tat gab es keine, aber Nachbarn hatten angegeben, gegen zehn Uhr gehört zu haben, wie die Wohnungstür von Sinta Hoymann mit einem lauten Krachen zugeschlagen wurde. Kurz darauf wäre weiterer Radau aus der Wohnung gedrungen, aber niemand hatte sich die Mühe gemacht, nach ihr zu sehen. Einer der Nachbarn hatte bemerkt, wie gegen halb elf ein Mann bei Sinta Hoymann klingelte, und Robin Thaler im Nachhinein eindeutig identifiziert.

Noch am selben Abend wurde die Leiche von einem Anwohner entdeckt. Er kam von der Spätschicht nach Hause und hatte bemerkt, dass die Wohnungstür des Opfers nur angelehnt war, ihre Leiche gefunden und die Polizei gerufen.

Ermittlungen im Umfeld von Opfer und Täter hatten ergeben, dass Robin Thaler keinesfalls ein so netter Kerl war, wie es auf den ersten Blick wirkte. Laut Aussagen – und die waren übereinstimmend – war er ein eifersüchtiger Mann und hatte dem Opfer, als sie noch eine Beziehung führten, immer wieder unterstellt, ihn zu betrügen. Das ging so weit, dass er sie wohl mehrfach verfolgt und beobachtet hatte, wenn sie sich mit Freunden traf. Nach der Trennung, die von ihr ausgegangen war, wollte er bis zu ihrem Tod nicht einsehen, dass die Beziehung beendet war. Immer wieder hatte er ihr aufgelauert, um sie anzuflehen, zu ihm zurückzukommen, oder sie nächtelang mit Nachrichten bombardiert.

Anna knirschte mit den Zähnen. Warum verstanden manche Männer das einfache Wort »Nein« nicht?

Einige Ausdrucke der Nachrichten lagen der Akte bei.

Lass es uns bitte noch mal versuchen.

Ich kann ohne dich nicht weitermachen.

Wir lieben uns doch.

Antworte jetzt, oder ...

Oder was? Würde er sie sonst umbringen? Ihr das Gesicht einschlagen? Mit dem Messer auf sie einstechen? Wobei die Tatwaffe wohl kein Messer gewesen war. Dafür waren die Wundränder zu ausgefranst, die Schnitte nicht glatt genug. Eine Axt kam auch nicht infrage. Die Kriminaltechnik hatte noch nicht herausfinden können, worum es sich wirklich handelte. In den Wunden waren winzige Partikel gefunden worden, deren Analyseergebnis noch ausstand.

Anna massierte sich den schmerzenden Nacken. Nach dem, was sie bisher gelesen hatte, sah es tatsächlich schlecht aus für Robin Thaler. Er war zur fraglichen Zeit am Tatort gewesen, was auch die Handydaten bestätigt hatten. In der Wohnung waren überall seine Spuren zu finden gewesen, und wie es aussah, passte auch das Motiv. Verschmähte Liebe hatte schon so manche Frau das Leben gekostet.

Tatsächlich sprach viel dafür, dass Robin Thaler der Täter war. Es gab keine Einbruchsspuren. Sinta Hoymann hatte ihrem Mörder also entweder die Tür geöffnet oder er hatte sich selbst Zugang verschafft, und zwar mit einem Schlüssel, den Robin Thaler eindeutig noch besessen hatte.

Neben den Schmerzen musste die junge Frau vor ihrem Tod eine unglaubliche Angst durchlitten haben. Falls Robin Thaler ihr Mörder war, spielte die psychologische Komponente sicher eine große Rolle. Eine vertraute Person, ein ehemals geliebter Mensch, verwandelte sich plötzlich in ein Monster, das einem nach dem Leben trachtete. Oder interpretierte Anna aufgrund ihrer eigenen Situation zu viel dorthinein?

Auf der anderen Seite waren es lediglich Indizien. Für die Spuren, die in der Wohnung des Opfers gefunden worden waren, gab es eine Erklärung. Die Tatwaffe und die blutige Kleidung des Täters fehlten. Sie musste objektiv bleiben, auch wenn es ihr schwerfiel.

Immer wieder ploppte in ihrem Kopf die Frage auf, ob ihr Ex auch zu so etwas fähig wäre. Würde es ihr selbst irgendwann so gehen wie

Sinta Hoymann? Unbewusst fasste sie sich an die Kehle. Ganz ähnliche und sogar schlimmere SMS hatte sie auch schon erhalten. Die Erzählungen der Freunde des Opfers kamen ihr mehr als bekannt vor.

Nein! Sie durfte sich davon nicht so mitnehmen lassen. Das war schon ihrem Mandanten gegenüber nicht fair, denn so konnte sie ihn unmöglich vernünftig vertreten.

Draußen im Vorzimmer redete Daniela. Anna kam die Stimme ihrer Assistentin unangenehm schrill und laut vor. Ihr Nervenkostüm war momentan wirklich dünn. Sie hatte große Lust, rauszugehen und um Ruhe zu bitten, aber sie durfte ihre schlechte Laune nicht an Daniela auslassen. Nun lachte ihre Assistentin auch noch laut auf, und eine Männerstimme fiel mit ein. Annas Blick flog zu ihrem Laptop, und sie öffnete den Kalender. Hatte sie einen Termin vergessen? Das passierte ihr doch sonst nicht … und im Kalender war auch kein Eintrag.

Anna stand auf, strich das Kostüm glatt, durchquerte ihr Büro, öffnete die Tür und blieb verwundert im Türrahmen stehen. Den Mann, der vor Danielas Schreibtisch stand und mit ihr flirtete, kannte sie nur zu gut.

11. Kapitel

DIE Nacht war kurz gewesen, und der Schlafmangel steckte Felix noch in den Knochen. Nachdem sie ihm im Anschluss an seine nächtliche Observation ein paar Stunden Schlaf gegönnt hatte, war sie am Morgen mit einem Stapel ausgedruckter Recherchen zum Pferderipperfall zu ihm gekommen und hatte ihn gedrängt, sich sofort mit dem Anwalt von Robin Thaler in Verbindung zu setzen.

Mittlerweile bereute Felix, ihr das Versprechen gegeben zu haben, sich für ihren Reittherapeuten einzusetzen. Es hatte ihn zwei Anrufe gekostet, um zu erfahren, dass Robin Thaler von einer Pflichtverteidigerin vertreten wurde. Ganz bestimmt hatte die wenig Interesse daran, gegen Geld die Dienste eines Privatermittlers in Anspruch zu nehmen, was im Zweifel bedeuten würde, dass er umsonst arbeitete. Aber was tat man nicht alles für seine Schwester?

Jetzt stand er in Aubing vor der Kanzlei von Annabelle Hart und überprüfte sein Hemd unauffällig auf Schweißflecken. Obwohl er es hasste, hatte er sich für seine Verhältnisse schick gemacht, schließlich standen Anwälte auf so etwas. Zu seinen schwarzen Jeans hatte er ein dunkelgraues Flanellhemd angezogen, das viel zu dick für die Temperaturen war. Hoffentlich war die Kanzlei klimatisiert, sonst würde er binnen Minuten im Wasser stehen.

Er zupfte noch einmal seinen Kragen zurecht, drückte die Glastür auf und betrat das pompöse, mit weißem Marmor ausgelegte Treppenhaus. Das Anwaltsbüro befand sich im ersten Stock, also verzichtete er auf den Aufzug.

Hinter einem Empfangstresen saß neben einem großen Strauß weiß-rosafarbener Rosen eine junge Frau in einer hellblauen Bluse, die den Blick auf ihr Dekolleté freigab. Als er eintrat, schaute sie auf und lächelte ihn an. Braune Locken umrahmten ihr hübsches Gesicht und betonten ihre strahlend blauen Augen.

»Guten Tag. Was kann ich für Sie tun?«, fragte sie.

Felix räusperte sich und streckte seine Hand über den Tresen. »Mein Name ist Hertzlich, und bei Ihrem Anblick habe ich doch glatt vergessen, weshalb ich eigentlich hergekommen bin.« Davon abgesehen, dass sie ihm wirklich gefallen könnte, wäre er ein paar Jahre jünger, war es bestimmt nicht verkehrt, sie auf seiner Seite zu haben.

Die Frau, laut dem Schild an ihrer Knopfleiste hieß sie Daniela Stangler, lachte verschämt, winkte ab und ergriff dann seine Hand. »Vielen Dank für das Kompliment.« Sie strich sich eine Haarsträhne hinters Ohr, und auf ihren Wangen breitete sich eine leichte Röte aus. »Also, wie kann ich Ihnen helfen?«

Wir könnten zusammen Mittag essen, dachte Felix, aber das würde vermutlich zu weit gehen. »Ich wollte gern zu Annabelle Hart«, sagte er stattdessen.

Daniela Stanglers Blick wanderte zu ihrem Monitor, und sie runzelte die Stirn. »Haben Sie einen Termin?«

»Brauche ich den denn?« Felix legte den Kopf schief und grinste schelmisch.

»Kommt drauf an, was für ein Anliegen Sie haben. In der Regel ist es schwierig, sie spontan zu erwischen. Wenn Sie mir sagen, worum es geht, schaue ich gern nach einem Termin für Sie.« Sein Charme hatte offenbar nicht so weit überzeugt, dass sie ihn einfach durchwinkte.

»Es ist vertraulich. Es geht um einen Mandanten, den sie vertritt.«

Wieder das Stirnrunzeln. »Sie sind doch kein Reporter, oder?«

Felix hob abwehrend die Hände. »Aber nein. Sehe ich denn so aus?« Er strich sich über die Haare, wobei er mal wieder schmerzlich feststellte, wie groß seine Geheimratsecken mittlerweile waren. Mit etwas Pech würde er in ein paar Jahren mit einer Halbglatze durch die Gegend laufen und für Frauen wie diese völlig vom Radar verschwinden.

»Gut. Wenn dem so wäre, müsste ich Sie auf den Datenschutz hinweisen. Frau Hart wird selbstverständlich keine Auskünfte erteilen.« Sie schaute ihn ernst an. Die Kleine machte ihren Job wirklich gut.

»Darüber bin ich mir im Klaren.«

»Also, heute ist ihr Terminplan eher voll.« Sie scrollte mit der Maus herum. »Morgen Nachmittag, da sehe ich eine Lücke. Würde Ihnen das passen?«

Felix war verwundert. Die hübsche junge Dame war ja ein regelrechter Türsteher. Die Chefin musste ein Drache sein, wenn Daniela Stangler nicht mal bereit war, kurz nachzufragen, ob sie spontan Besuch empfangen könnte.

»Na gut«, sagte Felix. Ehrlicherweise war es ihm gar nicht so unrecht, denn ein wenig wollte er sich vor diesem Termin drücken. Mit etwas Abstand kam es ihm selbst albern vor, wie er sich in die Sache reinhängte.

Was für einen Eindruck würde es wohl machen, wenn er der Anwältin erzählte, dass seine autistische Schwester nicht lockerlassen wollte, bis er ihr versprochen hatte, die Unschuld des Heilpädagogen zu beweisen? Und das mit einer Theorie, die auf den ersten Blick wirklich an den Haaren herbeigezogen wirkte. Er könnte der Anwältin wohl kaum innerhalb weniger Minuten verständlich machen, was er gestern mit seiner Schwester ausdiskutiert hatte, geschweige denn ihr die Fakten präsentieren. »Also morgen am Nachmittag?«

»Ganz genau. Kann ich fünfzehn Uhr eintragen?« Sie legte ihre Finger auf die Tastatur.

»Machen Sie das. Vielen Dank.« Felix lehnte sich vor und tat, als würde er an den Rosen schnuppern. »Die riechen übrigens richtig gut. Sie müssen einen aufmerksamen Freund haben.«

Daniela Stangler kicherte und zupfte an der Strähne herum, die sie gerade hinters Ohr geschoben hatte. »Ich bin nicht in einer festen Beziehung.«

»Da haben wir eine Gemeinsamkeit«, sagte Felix und zwinkerte ihr zu. »Bei mir verstehe ich das sogar, aber bei so einer hübschen Frau wie Ihnen?«

Nun lachte sie lauter, der Zeigefinger wühlte sich heftiger durch die Locke. Felix stimmte in ihr Lachen ein.

In diesem Moment wurde die Tür zu ihrer Rechten aufgestoßen, und heraus kam ein kleiner Terrier in Form einer Frau mit hochhackigen Schuhen und einem strengen Dutt. »Was ist denn hier los?«, fragte sie und schaute zwischen den beiden hin und her. »Daniela, warum sagen Sie mir nicht, dass ein Besucher da ist?«

Annabelle Hart kam Felix bekannt vor, er wusste nur nicht so ganz, wo er sie hinstecken sollte.

»Tut mir leid, ich hatte dem Herrn gerade einen Termin für morgen gegeben«, sagte die junge Frau ein wenig verschüchtert.

»Worum geht es denn?«, wandte sich die Anwältin an Felix.

»Um Herrn Thaler. Mein Name ist Hertzlich und ...«

»Sie sind doch Privatdetektiv, nicht wahr?«, unterbrach sie ihn scharf.

In diesem Moment fiel ihm ein, woher er sie kannte. Vor einiger Zeit hatte sie einen Mann vertreten, den er für einen Klienten des Diebstahls von wichtigen Firmendaten überführen sollte. Soweit er sich erinnern konnte, hatte sie einen Freispruch erzielt.

»Genau. Im Grunde haben wir schon mal zusammengearbeitet, nur nicht für dieselbe Seite«, sagte Felix, was witzig klingen sollte, es aber nicht tat.

»Kommen Sie bitte mit in mein Büro. Viel Zeit habe ich nicht, aber ich denke, es ist besser, wenn wir es gleich hinter uns bringen.« Sie stöckelte mit den hochhackigen Schuhen und in dem langweiligen dunkelblauen Kostüm vor ihm her. *Würde sie sich etwas weniger spießig anziehen, könnte sie echt niedlich sein,* überlegte er.

Felix folgte ihr in das Büro, das völlig anders war, als man vom Treppenhaus her erwartet hätte. Die Einrichtung bestand aus ein paar schmucklosen, abschließbaren Aktenschränken, dazwischen stand ein zerkratzter Schreibtisch aus altem Holz mit einem Laptop und einer Akte darauf. Ansonsten war der Tisch bis auf eine Lampe leer. An der Wand stand neben einem Regal voller Gesetzbücher ein Zweisitzer aus Leder, davor ein Tisch mit zwei Gläsern und einer leeren Wasserkaraffe. Es herrschte so penible Ordnung, dass Felix sich völlig fehl am Platz fühlte. Hier sah es nicht nach einer überbezahlten Juristin aus, die sich mit einer teuren Einrichtung reiche Klienten fischen wollte.

Annabelle Hart setzte sich hinter ihren Schreibtisch und wies auf den Stuhl davor. »Ich nehme an, Sie wollen mir aus irgendeinem Grund

Ihre Dienste anbieten. Woher Sie wissen, dass ich Herrn Thaler vertrete, frage ich besser nicht. Vermutlich würde mir die Antwort nicht gefallen.«

Felix zuckte mit den Schultern. Was sollte er schon darauf erwidern?

»Also? Meine Zeit wächst nicht auf Bäumen.«

Meine Güte, die hat aber einen Ton drauf, dachte Felix. Kein Wunder, dass Daniela Stangler auf sein Ansinnen eines spontanen Termins so abweisend reagiert hatte. Er beugte sich nach unten, wo er seine Aktentasche abgestellt hatte, und holte Natalies Rechercheergebnisse hervor. »Das mag jetzt so aus dem Nichts komisch für Sie klingen, aber ich bin mir relativ sicher, dass Herr Thaler unschuldig ist, und würde gern mit Ihnen zusammenarbeiten.«

»Ah ja.« Ihre Miene zeigte keine Regung. »Relativ, sagen Sie.«

»Es spricht einiges dafür.« Er tippte auf den Stapel auf seinem Schoß.

Die Anwältin lehnte sich zurück und verschränkte die Arme vor der Brust. Man musste kein Experte für Körpersprache sein, um zu sehen, dass sie von seiner Idee nicht gerade angetan war. »Bevor ich wissen will, wie Sie zu dieser Überzeugung kommen und was das da ist, würde mich doch interessieren, warum Sie sich überhaupt mit dem Fall beschäftigen.«

»Na ja, ich kenne ihn um ein paar Ecken.« Felix blieb bewusst vage. Er konnte ihr die Sache mit seiner Schwester nie und nimmer auf die Schnelle verständlich machen. »Als ich hörte, was ihm vorgeworfen wird, war ich schockiert und habe ein paar Nachforschungen angestellt. Wie wäre es, wenn ich Ihnen die Unterlagen dalasse, und Sie schauen sich das in Ruhe an?«

Er legte ihr die Ausdrucke, die er um ein paar eigene Notizen ergänzt hatte, auf den Tisch. Wenn sie erst verstand, was Natalie ihm lang und breit erklärt hatte, würde sie vermutlich das Potenzial hinter den Informationen erkennen und ihm gegenüber zugänglicher sein. Schließlich wollte sie doch auch nicht nur das bestmögliche Urteil für ihren Mandanten, sondern, dass die Wahrheit herauskam. So hoffte er jedenfalls.

»Davon abgesehen, dass ich als Pflichtverteidigerin beigeordnet wurde und Sie für Ihre Leistungen nicht angemessen entlohnen kann, bin ich mir nicht sicher, was ich von Ihren Nachforschungen halten soll. Ich kann mich noch sehr gut an unsere letzte Begegnung erinnern … und an Ihre Fehler, die – und darüber werde ich mich nicht beschweren – zum Freispruch meines Mandanten geführt haben.«

»Oh«, sagte Felix. Jetzt erinnerte er sich. Sie hatten nicht nur für verschiedene Parteien gearbeitet, Felix hatte sich auch unrechtmäßig Zugang zu den Räumlichkeiten von Harts Mandanten verschafft, was sie ihm nachweisen konnte, sodass seine Beweise für rechtsungültig erklärt worden waren. »Na ja, wie gesagt, schauen Sie es sich einfach an.«

»Ich denke nicht, dass wir zusammenkommen. Vielen Dank für Ihren Besuch.« Sie stand auf, um ihm zu signalisieren, dass das Gespräch beendet war.

Felix tat es ihr gleich. Die Unterlagen ließ er auf dem Schreibtisch liegen. Vielleicht war sie ja doch neugierig und meldete sich noch. Ohne ihr die Hand zu geben, verließ er das Büro.

Daniela Stangler lächelte ihn fröhlich an, als er am Empfang vorbeikam. »Das ging ja wirklich schnell«, sagte sie. »Ich hoffe, wir sehen uns mal wieder, Herr Privatdetektiv.«

»Leider eher nicht«, brummte Felix. Dennoch griff er in seine Hosentasche und legte ihr eine Visitenkarte auf den Tresen, die sie gleich an sich nahm, um Anstalten zu machen, sie in ihr Portemonnaie zu stecken.

»Die ist für Ihre Chefin. Falls sie es sich anders überlegt«, sagte er und merkte an ihrem enttäuschten Gesichtsausdruck, wie das nun rübergekommen sein musste.

Mit versteinerter Miene legte sie die Karte neben sich auf den Tisch. »Alles klar. Auf Wiedersehen dann«, sagte sie pikiert, bevor er sich erklären konnte.

Felix verließ frustriert die Kanzlei. Das war ja wirklich prima gelaufen. Und jetzt musste er auch noch Natalie beichten, dass er auf ganzer Linie versagt hatte.

12. Kapitel

GEGEN vier Uhr packte Anna ihre Sachen. Sie hatte Kopfschmerzen von dem drückenden Wetter. Nach dem Tag wollte sie einfach nur pünktlich Feierabend machen, sich zu Hause mit ein paar Kühlpads unter den Augen auf die Couch legen und den Kopf ausschalten.

Beim Zusammenräumen betrachtete sie unschlüssig die Ausdrucke, die Felix Hertzlich auf ihrem Schreibtisch gelassen hatte. Absichtlich, da war sie sich ziemlich sicher. Vermutlich als Vorwand, damit er irgendwann in den nächsten Tagen wiederkommen und sie nerven konnte.

Bislang hatte sie die Unterlagen geflissentlich ignoriert, obwohl sie neugierig war, was er herausgefunden hatte. Warum glaubte dieser abgehalfterte Privatdetektiv, ihren Mandanten entlasten zu können? Er hatte wohl kaum die Ermittlungsakte zur Verfügung, und wenn doch, war das ein Grund mehr, auf keinen Fall mit ihm zusammenzuarbeiten.

Aber was, wenn tatsächlich irgendetwas in seinen Unterlagen zu finden war, das Robin Thaler entlastete? Sie musste ja nicht gleich mit ihm zusammenarbeiten, aber sie konnte sich zumindest ansehen, was er herausgefunden hatte.

Anna ließ sich auf ihren Schreibtischstuhl fallen, zog die Unterlagen zu sich heran und begann zu lesen. Zuerst fiel es ihr schwer, sich in dem Wust aus ausgedruckten Forenbeiträgen und Facebook-Posts, Zeitungsberichten und handschriftlichen Notizen zurechtzufinden. Zu guter Letzt hatte er sogar einige Seiten beigelegt, die verdächtig nach polizeilichen Ermittlungsdokumenten aussahen. Zu seinen Gunsten ging sie davon aus, dass er noch Kontakt zu einem ehemaligen Kollegen pflegte, der sie ihm überlassen hatte. Erst nachdem sie Ordnung in den Stapel gebracht und Hertzlichs stichpunktartige Erklärungen auf den gelben Klebezetteln entziffert hatte, blickte sie einigermaßen durch.

Sie musste zugeben, dass er ihr eines der stärksten Argumente für eine Haftprüfung lieferte: einen plausiblen alternativen Verdächtigen. Außerdem waren seine Erkenntnisse, sofern sie sich nicht als Unsinn herausstellen sollten, ein starker Hinweis darauf, dass die Kripo – und somit auch Feindt – zu einseitig ermittelt hatte. Der Detektiv konnte nichts von den unbekannten Partikeln in den Stichwunden von Sinta Hoymann wissen, und genau deshalb waren seine Recherchen so interessant. Andererseits hörte man so einiges über das Ende seiner Beamtenlaufbahn, was ihm nicht gerade einen seriösen Anstrich verlieh. Ob alles so stimmte, konnte sie nicht beurteilen, aber in jedem Gerücht steckte doch ein Fünkchen Wahrheit, oder nicht? Seine Karriere bei der Kripo hatte ein jähes Ende genommen, als …

Es klopfte und Daniela schaute zur Tür herein. »Wenn Sie mich heute nicht mehr brauchen, würde ich jetzt Schluss machen«, sagte sie.

Anna schaute auf die Uhr. Es war kurz vor sechs. Das mit dem pünktlichen Feierabend hatte mal wieder hervorragend funktioniert. Sie winkte ab. »Gehen Sie ruhig. Ich bin hier auch gleich fertig.«

Daniela lächelte zufrieden. »Dann bis morgen.«

»Bis morgen«, sagte Anna, bedeutete ihrer Assistentin aber sogleich, dass sie warten sollte. Ihr war etwas eingefallen. »Ach, warten Sie noch kurz. Dieser Detektiv, der heute Mittag hier war …«

»Tut mir leid, dass wir Sie gestört haben.« Daniela verzog schuldbewusst das Gesicht. »Ich hätte wissen müssen, dass Sie für die Vertretung in der Mordsache die volle Konzentration brauchen.«

»Nein, alles gut, darum geht es mir gar nicht«, beruhigte Anna sie. »Eigentlich wollte ich nur wissen, ob er zufälligerweise eine Visitenkarte hiergelassen hat.«

»Sie werden mit ihm zusammenarbeiten?« Das Grinsen auf ihrem Gesicht verriet Anna, dass Daniela diese Aussicht nicht gerade verdrießlich stimmte. Was ihre Assistentin an dem verlotterten Typen fand, der sich nicht mal für einen Termin ordentlich anziehen konnte, verstand Anna zwar nicht, aber Geschmäcker waren wohl verschieden. Wobei sie zugeben musste, dass er in einer adretten Hose und einem Sakko bestimmt ganz nett aussehen könnte.

»Das habe ich noch nicht entschieden, aber ich würde mich zumindest gern mit ihm unterhalten.«

Daniela nickte eifrig. »Unterhalten ist gut. Sie müssen ihn ja nicht gleich heiraten, nicht wahr?« Sie lachte. »Karte liegt auf meinem Schreibtisch. Ich bin jetzt weg, sonst verpasse ich die Bahn.« Damit stürmte sie aus Annas Büro.

Heiraten, dachte Anna verächtlich. *Ich werd den Teufel tun und so dumm sein, jemals in meinem Leben einen Kerl zu heiraten!*

Bevor sie sich auf den Weg zu Felix Hertzlich machte, setzte sie noch schnell eine Verschwiegenheitserklärung auf. Nur für den Fall, dass sie irgendwelche Informationen mit ihm teilen musste. Wenn sie ihn tatsächlich für Ermittlungen engagieren würde, mussten sie noch einen gesonderten Vertrag aufsetzen.

Keine halbe Stunde später kam sie in Fürstenfeldbruck an, wo Hertzlich sein Büro hatte. Sie hätte ihn auch anrufen können, wollte aber nach ihrem unwirschen Rauswurf vom Mittag lieber persönlich mit ihm sprechen. Hoffentlich war er überhaupt noch da.

Bei der Adresse angekommen, stellte sie fest, dass er keineswegs eine Detektei hatte, sondern von zu Hause aus arbeitete. Sofort hinterfragte sie ihre Entscheidung, denn besonders professionell wirkte das nicht. Aber jetzt war sie schon den Weg von Aubing hierhergefahren, und das sollte nicht völlig umsonst gewesen sein. Zumal ihre Wohnung in der entgegengesetzten Richtung lag. Bevor sie es sich anders überlegen konnte, klingelte sie.

Es dauerte eine Weile, bis der Detektiv sich über die Sprechanlage meldete.

»Hart hier, guten Abend. Störe ich?«, sagte sie freundlich.

»Ach! Mit Ihnen hätte ich ja mein Lebtag nicht gerechnet«, gab er pampig zurück. »Bringen Sie mir meine Unterlagen, die ich leider vergessen habe, oder wollen Sie mir ein Umgangs- und Näherungsverbot für Ihre Assistentin überreichen?«

Anna konnte sich ein Grinsen nicht verkneifen, das er zum Glück nicht sehen konnte. Humor hatte er, das musste man ihm lassen. »Bringen Sie mich nicht auf Ideen«, sagte sie. »Eigentlich bin ich hier, weil ich mir Ihre Recherchen angesehen habe und beeindruckt war. Vielleicht wollen Sie mich kurz reinbitten, damit wir das nicht über die Sprechanlage bereden müssen?«

Eine Weile drang nur ein kratziges Rauschen durch den Lautsprecher. Dann räusperte Felix sich. »Also, äh, gerade ist das schlecht, ehrlich gesagt.«

Anna zog die Augenbrauen zusammen. Vielleicht war das ein Zeichen. Wenn er sich nicht mit ihr unterhalten wollte, versuchte das Karma wahrscheinlich, ihr etwas mitzuteilen. »Nun gut. Dann werfe ich Ihnen die Ausdrucke in den Briefkasten. Schönen Abend noch«, sagte sie und bemühte sich, ihre Stimme so angesäuert klingen zu lassen, wie sie selbst war.

»Haben Sie schon was gegessen?«, fragte er schnell, als sie sich auf dem Absatz umdrehte. Sie fragte sich, ob er vielleicht durch eine Kamera in der Klingelanlage gesehen hatte, dass sie dabei war, zu gehen.

Tatsächlich hatte sie schon seit dem Vormittag nichts mehr gegessen und nur ein paar Kaffee getrunken. Eine riesige Haxe oder Leberkäs mit Bratkartoffeln in einem der Biergärten, die es an der Amper zuhauf gab, wäre genau das Richtige.

»Ich bin gleich unten, gehen Sie nicht weg!«, rief Felix. Anscheinend hatte er tatsächlich eine Kamera installiert.

Keine zwei Minuten später trat er aus der Haustür. Er sah aus, als hätte sie ihn aus dem Bett geholt: Das Shirt war zerknittert und die Haare unordentlich. Das gab bestimmt ein interessantes Bild ab, wenn sie zusammen in den Biergarten gingen: sie in ihrem schicken Leinenkostüm und er wie ein Student während der Semesterferien. Hoffentlich hielt man sie nicht für ein Pärchen.

Die Suche nach einem Biergarten, der noch einen freien Platz für sie hatte, stellte sich als äußerst schwierig heraus. Aufgrund des guten Wetters waren sämtliche Außenbereiche der Gartenlokale an der Amper überfüllt. Da sie keinesfalls im stickigen Innenraum sitzen wollte, waren sie ganze zwanzig Minuten unterwegs, bis sie fündig wurden. Zu allem Überfluss waren dort sowohl Leberkäs als auch Haxe aus, sodass Anna sich eine Brotzeit mit Obazda und Schinken bestellte.

»Ich muss sagen, Ihr Besuch kam wirklich unerwartet«, sagte Felix Hertzlich, nachdem der Kellner das Bier vor ihnen abgestellt hatte. »Als Sie mich heute Vormittag so freundlich rauskomplimentiert haben, habe ich mich an unser letztes Zusammentreffen erinnert und hätte nie im Leben damit gerechnet, dass Sie sich noch mal melden.«

»Deswegen haben Sie natürlich nur rein zufällig Ihre Visitenkarte bei meiner Assistentin hinterlassen, nicht wahr? So wie Sie Ihre Unterlagen natürlich aus Versehen auf meinem Schreibtisch liegen gelassen haben.« Anna glaubte ihm kein Wort. Vermutlich wollte er sich nur einschleimen, weil er wusste, dass er damals Mist gebaut hatte. Derartige Fehler konnte sie in einem Prozess, in dem es um Mord ging, nicht gebrauchen, denn für ihren Mandanten stand viel auf dem Spiel.

»Na ja, man soll ja die Hoffnung nie aufgeben, auch wenn es noch so aussichtslos erscheint. Freut mich jedenfalls, dass meine Recherchen Sie doch überzeugen konnten.«

Anna nahm einen Schluck von ihrem Bier. Erst jetzt merkte sie, wie durstig sie war, und musste sich zusammenreißen, nicht das halbe Glas auf einmal zu trinken. Das würde auf leeren Magen fatal enden. »›Überzeugen‹ wäre zu hoch gegriffen. Das Chaos Ihrer Unterlagen hat es mir nicht gerade leicht gemacht, durchzublicken. Allerdings bin ich auf ein paar interessante Punkte gestoßen, die mich hellhörig werden ließen. Deshalb wollte ich mit Ihnen reden.«

»Wird das jetzt eine Art Bewerbungsgespräch oder was?« Felix Hertzlich machte eine enttäuschte Miene. Offenbar hatte er sich mehr versprochen.

»So würde ich das nicht nennen. Lassen Sie uns doch einfach ganz vorn beginnen.«

»Und das heißt?«

»Vielleicht erzählen Sie mir noch mal, woher Sie meinen Mandanten kennen und wie Sie auf die Idee kamen, eigenmächtig Ermittlungen für diesen Fall zu starten.« Anna biss sich auf die Zunge. Das klang schon wieder wie ein Vorwurf, dabei hatte sie sich vorgenommen, neutral an die Sache heranzugehen.

Der Privatdetektiv umfasste sein Bierglas und wischte ein Muster in die Kondenstropfen. Er wirkte plötzlich verunsichert. »Nun ja, über ein paar Ecken eben. Meine Schwester ist mit ihm bekannt und hat mir von seiner Verhaftung berichtet. Außerdem hatte mich das Opfer vor seinem Tod engagiert, um im Fall des Pferderippers zu ermitteln.«

Sie wurden vom Kellner unterbrochen, der ihnen das Essen brachte. Während sie sich über die zu Annas Begeisterung reichlichen Portionen hermachten, berichtete ihr der Privatdetektiv von den Gerüchten, die nach Robin Thalers Verhaftung auf Sinta Hoymanns Social-Media-Accounts verbreitet worden, und wie seine Schwester zu der Überzeugung gelangt war, dass er es nicht gewesen sein könnte.

»Ihre Schwester hat eine gute Beobachtungsgabe. Die fehlenden Verletzungen an Thalers Fingerknöcheln, die Sie in Ihren Aufzeichnungen angemerkt haben, lassen sich allerdings einfach erklären, wenn es die Staatsanwaltschaft darauf anlegt. Sie werden sagen, der Täter hätte Handschuhe getragen.« Was wiederum die Fingerabdrücke aus Sinta Hoymanns Wohnung als Beweis für Thalers Schuld fragwürdig erscheinen ließ, aber Feindt hatte sich noch nie davor gescheut, sich selbst zu widersprechen. Nur hatte er dieses Mal keinen Anfänger als Pflichtverteidiger gegen sich.

Der Detektiv sah sie mit zusammengezogenen Augenbrauen an. »Sind Sie jetzt seine Anwältin oder die Nebenklägerin?«

»Natürlich möchte ich ihm helfen, seine Unschuld zu beweisen«, sagte Anna. *Sofern er wirklich unschuldig ist,* fügte sie in Gedanken hinzu. So sicher war sie sich da nämlich selbst noch nicht, und solange Thaler nicht bereit war, mit ihr zu sprechen … »Wie dem auch sei. Ich muss zugeben, dass ich mich zuerst gewundert habe, wie Sie anhand der Artikel über den Pferderipper zu der Überzeugung gelangt sind, dass mein Mandant die Tat nicht begangen haben kann.«

»So weit, zu sagen, dass er es nicht gewesen sein kann, würde ich nicht gehen. Aber es ist schon seltsam, dass das Pferd von Frau Hoymann kurz vor ihrem Tod angegriffen wurde, und kurz, bevor sie spätabends zum Stall kam. Und zwar ausgerechnet mit einem scharfkantigen Stein, der verdammt gut zu der Beschreibung der Waffe des Pferderippers passt.«

Und womöglich eine ähnliche, mit der Sinta Hoymann umgebracht wurde, dachte Anna. Noch vertraute sie dem Detektiv allerdings nicht genug, um ihm mitzuteilen, dass ausgerechnet das Material der Klinge so interessant für sie war. Sie steckte sich die letzte Kante ihres Schwarzbrots in den Mund.

»Ich finde, die Vermutung liegt nahe, dass der Täter glaubte, Frau Hoymann habe ihn in dieser Nacht gesehen, und dass sie sterben musste, weil er Angst hatte, dass sie ihn verrät«, sagte Felix.

»Das klingt durchaus plausibel, schließt aber meinen Mandanten auch noch nicht aus. Immerhin könnte er der Psychopath sein, der sich über Jahre hinweg nachts auf Koppeln und in Ställe schleicht, um Pferde mit einer selbst gebauten Waffe aus Stein in Hals und Flanke zu stechen und sie schließlich aufzuschlitzen, sodass sie jämmerlich verbluten.« Anna schüttelte es bei dem Gedanken, dass der Täter sehr wahrscheinlich danebengestanden und sich an dem Anblick der sterbenden Tiere geweidet hatte. Von solch abartigen Verbrechen war es kein großer Schritt mehr, auch einen Menschen umzubringen. »Wissen Sie, was mich ebenfalls wundert?« Sie sah ihm an, dass er von ihren Einwänden genervt war, weshalb sie sich beeilte, weiterzusprechen. »Warum sind die Ermittler bislang nicht darauf gestoßen? In der Akte wird das Pferd mit keinem Wort erwähnt.«

»Nun, ich will ja meinen ehemaligen Kollegen nicht das Messer in den Rücken rammen, aber anscheinend wird da ziemlich schlampig ermittelt. Als ich auf dem Hof war, um mich nach der Sache mit dem Pferd zu erkundigen, sagte mir die Besitzerin, Frau Gmeiner, dass noch niemand von der Polizei dort gewesen war, um mit ihr zu sprechen.«

»Aber sie war doch nicht die Einzige, die von dem Vorfall mit dem Pferd wusste. Hat Frau Hoymann den Angriff nicht angezeigt?« Anna konnte nicht verstehen, wie dieser Sachverhalt an dem Staatsanwalt vorbeigegangen sein konnte. Sie war nicht gerade ein Fan, aber eine derartige Schlampigkeit hätte sie ihm nicht zugetraut.

Felix zuckte mit den Schultern. »Frau Gmeiner und ihr Mann gingen davon aus, dass es sich um einen Unfall gehandelt hat, da diese Steinspitze im Stroh der Box gefunden wurde. Außerdem verging zwischen dem Angriff und dem Mord nur ein Tag. Vermutlich hatte sie in der kurzen Zeit niemandem aus dem Freundeskreis davon erzählt. Erst nach der Verhaftung von Thaler machte das die Runde und es kamen Gerüchte auf, dass er das Pferd angegriffen haben könnte.«

Anna nickte. Das würde zumindest erklären, warum bislang noch niemand hellhörig geworden war. »Dann wird es Zeit, dass ich den Staatsanwalt mit der Nase darauf stoße. Die müssen auf jeden Fall mit Frau Gmeiner sprechen. Vielleicht haben wir ja Glück, und sie hat diese ominöse Steinklinge noch irgendwo. Vorher muss ich aber noch ein paar Dinge überprüfen …«

»Also, ich glaube, da gibt es eine Sache, die ich Ihnen gestehen muss«, unterbrach sie der Detektiv und senkte mit schuldbewusster Miene den Blick.

Anna sog scharf die Luft ein. »Das klingt nicht gut.«

»Ist es auch nicht. Möglicherweise habe ich den Stein mitgenommen.«

»Wie bitte?«, rief Anna fassungslos. »Das kann nicht Ihr Ernst sein! Wie kommen Sie dazu, Beweismittel an sich zu nehmen? Ich dachte, Sie wären mal Polizist gewesen. Und wie kommt Frau Gmeiner dazu, eine mögliche Tatwaffe an Sie rauszugeben?«

Felix verzog nun noch mehr das Gesicht. »Möglicherweise habe ich sie nicht in ihrem Irrtum berichtigt, dass ich von der Kripo wäre.«

Anna schloss die Augen und massierte sich die Schläfen. War sie hier in einem schlechten Krimi gelandet? Ein Vergleich mit der Probe der Partikel, die in den Stichwunden von Sinta Hoymann gefunden worden waren, fiel damit als Beweismittel aus. »Großartig«, murmelte sie. »So geht unsere Zusammenarbeit wirklich hervorragend los.«

»Sie wollen mit mir zusammenarbeiten?«, fragte Felix sichtlich überrascht.

»Möglicherweise. Wie gesagt, zuerst muss ich ein paar Dinge überprüfen und zusehen, dass mein Mandant endlich mit mir redet. Bislang hat er das nämlich nicht. Aber sollte er zum Beispiel Alibis für Nächte vorweisen können, in denen weitere Angriffe des Pferderippers stattgefunden haben, hätten wir da einen guten Ansatzpunkt.« Anna konnte selbst kaum glauben, dass sie kurz davor war, eine Kollaboration mit Felix Hertzlich einzugehen. »Allerdings habe ich ein paar Bedingungen«, schränkte sie schnell ein, da sich auf seinem Gesicht bereits ein Lächeln des Triumphes abzeichnete.

»Schießen Sie los.«

Anna hob ihre Hand und streckte den Daumen raus. »Erstens möchte ich von Ihnen keine Alleingänge mehr sehen. Dass der Stein vor Gericht keine Verwendung finden kann, ist gerade noch zu verschmerzen. Das hätte er auch nicht, wäre er nach dem Auffinden weggeworfen worden. Dass Sie sich aber als Kripobeamter ausgeben, das geht gar nicht. Wie ich das dem Staatsanwalt erklären soll, ist mir noch ein Rätsel.«

»Ich habe mich nicht als einer ausgegeben, ich habe nur das Missverständnis nicht aufgeklärt.«

»Reiten Sie jetzt nicht auf Spitzfindigkeiten herum«, sagte Anna und schaute ihn streng an. »Sie treten nur in Aktion, wenn ich es Ihnen sage, und sprechen sich stets mit mir ab.«

Felix hob die Hand an die Stirn und salutierte. »Jawoll, Sir, äh, Ma'am!«

Um sich das Grinsen zu verkneifen, das sich auf ihr Gesicht stehlen wollte, sprach Anna schnell weiter. »Da ich nur als Pflichtverteidigerin bestellt bin und Herr Thaler sicher keine Reichtümer besitzt, um Ihre Beteiligung finanziell zu decken, kann ich Ihnen auch keine Bezahlung zusichern. Wenn wir allerdings einen Freispruch erlangen, würde ich Sie an meinem Honorar beteiligen. Sind Sie damit einverstanden?«

»Das ist schon mehr, als ich erwartet hatte. Eigentlich verstehe ich diesen Einsatz eher als Freundschaftsdienst für meine Schwester.«

Was dann hoffentlich dazu führen würde, dass er sich besonders reinkniete und vor allem keine weiteren Fehler mehr machte. »Schön. Zu guter Letzt wüsste ich noch gern, wie Sie an die Informationen gelangt sind, die offenbar aus Ermittlungsakten zu dem Pferderipper-Fall stammen.«

Felix schwieg. Er schien seine Antwort einen Moment abzuwägen. Dann sagte er: »Sorry, Informantenschutz.«

Anna seufzte. Sie würde jetzt keine Diskussion starten, dass dieser im Gesetz für das Zeugnisverweigerungsrecht verankert war und nur bestimmten Personengruppen eingeräumt wurde. Privatdetektive und ihre Informanten zählten nicht dazu. Aber das konnten sie ein anderes Mal erörtern. Sie hielt ihm die Hand hin und hoffte, dass sie keinen Fehler beging. »Na schön. Dann auf eine gute Zusammenarbeit.«

13. Kapitel

»HAT jemand noch Fragen oder Anmerkungen? Lust auf ein Blitzlicht zum Abschluss?« Die Seminarleiterin sah mit einem auffordernden Lächeln ins Plenum. Niemand meldete sich, es herrschte kollektives Kopfschütteln.

Er atmete erleichtert auf. So ein Glück. Normalerweise erzählten irgendwelche Idioten noch stundenlang von ihren Erfahrungen und wie die Teilnahme ihnen geholfen hatte oder stellten hirnrissige Fragen. Aber die ersten sonnigen und warmen Tage des Jahres zogen die Leute wohl nach Hause zu ihren Familien. Niemand hatte Lust, länger als nötig in einem überhitzten und stickigen Seminarraum zu sitzen.

Alle außer ihm. Ihn zog noch nichts zurück in den Alltag. Allerdings konnte er nicht einfach so einen weiteren Tag an seinen Aufenthalt dranhängen, das wäre aufgefallen. Aber ein wenig Zeit schinden, das sollte drin sein. Er verabschiedete sich von seinem Kollegen, der für einen Wochenendlehrgang blieb, und holte dann im Hotel seine Tasche ab.

Auf dem Weg nach Hause fuhr er nach einigen Kilometern von der Autobahn ab und steuerte den Wagen eine Weile ziellos durch die Gegend. Irgendwann bog er wie automatisch in einen Feldweg ein, parkte das Auto und stieg aus, um sich vor den restlichen 200 Kilometern noch etwas die Beine zu vertreten.

Eine Weile spazierte er an Feldern entlang. Eine Frau mit einem Hund kam ihm entgegen. Ein braun-weißer Cockerspaniel, der dem aus seiner Kindheit verdammt ähnlich sah. Der Hund schnüffelte an seinem Bein, und er bückte sich, um ihn am Kopf zu tätscheln.

Er hatte Benno, wie er ihn heimlich getauft hatte, damals wirklich gerngehabt. Sein Vater fand es ein Unding, dem Hund einen so vermenschlichenden Namen zu geben; für ihn war es nur der Köter, der draußen im Zwinger zu leben und anzuschlagen hatte, sobald jemand den Hof betrat.

Wenn sein Vater nachmittags mit dem Traktor unterwegs war, holte er Benno öfter mal aus seinem Gefängnis und spielte mit ihm, gab ihm Leckerchen, die er von seinem Taschengeld gekauft hatte, und schmuste mit ihm. Der Hund genoss diese Zuwendung immer sichtlich und wurde ihm gegenüber richtig zutraulich, was sie das ein oder andere Mal beinahe bei seinem Vater verriet.

Eines Tages, als er Benno mal wieder heimlich aus dem Zwinger holte, bemerkte er eine Verletzung. Der Hund hinkte und jaulte laut auf, als er sich die Pfote anschauen wollte. Damals, lange vor der Sache mit dem Pferd auf der Koppel, war er noch so naiv gewesen, zu glauben, dass sein Vater ein Herz hätte. Er erzählte ihm am Abend davon, und der Vater versprach, am nächsten Tag sofort mit dem Köter zum Tierarzt zu fahren. Dass es sich am nächsten Tag um einen Samstag handelte, war ihm damals nicht aufgefallen.

Deshalb hatte er auch keinen Verdacht geschöpft, als sein Vater ohne Benno zurückkam. Die Verletzung sei zu schlimm gewesen, sagte er, der Köter wäre eingeschläfert worden. Einige Tage später allerdings hatte er seinen heimlichen Freund auf dem Weg zur Schule im Graben gefunden. Sein kleiner Körper war völlig verdreht, offenbar war er überfahren worden.

Er zog seine Hand weg, bevor der Cockerspaniel daran schlecken konnte. Die Frau lächelte ihn an, doch in ihm brodelte die Wut.

»Erziehen Sie Ihr Scheißvieh mal besser. Der wollte mich gerade beißen«, blaffte er sie an.

Am liebsten hätte er der Tussi hier und jetzt ihr Lächeln aus dem Gesicht geprügelt und ihren Köter mit der Leine an einem Ast aufgehängt, aber als er wieder nach unten sah, konnte er nur an Benno denken, und wie schrecklich er ihn vermisst hatte. Allein die Vorstellung, dass sein Vater ihn einfach so entsorgt hatte …

Die Frau zerrte ihren Hund weiter, ohne ein Wort zu ihm zu sagen.

»Gut so«, murmelte er. »Verpiss dich, und zwar schnell, bevor ich mich vergesse!«

Wütend stapfte er weiter und kam an einer Weide vorbei. Einige Ponys standen mit gesenkten Köpfen da und grasten. Seltsamerweise blieb das Bedürfnis aus, sich unter dem Elektrozaun durchzubücken, einem der Tiere den muskulösen Hals aufzuschlitzen und dabei zuzusehen, wie das Blut das Fell hinabrann. Die Vorstellung wirkte zu banal im Vergleich zu dem, was er mit Sinta Hoymann erlebt hatte. Ein Pferd, das kam ihm in diesem Augenblick wie ein billiger Abklatsch für seine Triebbefriedigung vor. Vielleicht sollte er doch die Frau mit dem Cockerspaniel … Er könnte den Hund ja im Anschluss an einer Raststätte anbinden; der würde sicher ein schönes neues Zuhause finden.

Nein! Das brachte er nicht übers Herz, zu ähnlich sah das Scheißvieh seinem Benno. Dabei wäre die Gelegenheit so gut!

Er stapfte weiter, versuchte, die Gedanken aus dem Kopf zu bekommen, bis er am Rand eines Industriegebiets herauskam, wo ein Bauwagen seine Aufmerksamkeit auf sich zog. Ein Mann trat heraus, schaute sich nervös um, steckte sein Hemd in die Hose und eilte zu einem dunklen, glänzenden Audi. Als er einstieg, sah er noch einmal zurück zu dem Bauwagen.

Er folgte dem Blick des Audifahrers und zuckte zusammen. An der Tür stand eine Frau mit einer Frisur, die an einen Heavy-Metal-Sänger aus den Achtzigern erinnerte. Sie trug einen seidenen, roten Morgenmantel und hielt eine fast abgebrannte Zigarette in der rechten Hand. Der Wagen fuhr weg, und die Frau blickte ihm einen Moment nach, bevor sie nach drinnen verschwand und die Tür hinter sich zuzog.

Er brauchte eine Sekunde, um zu realisieren, dass dies ein Zeichen sein musste. Das Schicksal hatte ihm diese Frau geschenkt, damit er Benno und seine Besitzerin verschonen konnte. Die waren vermutlich eh bereits über alle Berge, aber das spielte jetzt auch keine Rolle mehr. Er steuerte auf den Bauwagen zu, der ziemlich ramponiert aussah. Ein Reifen war geplatzt, deshalb stand der Wagen schief. Entschlossen hämmerte er mit der Faust gegen die Tür.

»Na? Hast du was vergessen?«, rief die Nutte von drinnen.

Du liebe Güte, hatte die eine tiefe Stimme! Entweder zu viel Whisky oder zu viele Zigaretten oder beides. Sie öffnete nun die Tür und spielte am Gürtel herum, der den Morgenmantel geschlossen hielt.

»Oh, ein neuer Gast. Damit hab ich ja nicht gerechnet. Gib mir zwei Minuten, und ich bin bereit, Süßer.« Sie begutachtete ihn von oben bis unten und schüttelte schließlich lächelnd den Kopf. In dem Moment löste sich der Knoten ihres Gürtels, und der billige Stoff schwang zur Seite, legte ihre Brust und ihren flachen Bauch frei und …

Er verschluckte sich beinahe an seinem Speichel, als sein Blick zwischen ihre Beine fiel. Glatt rasiert wie ein Baby. Sie war schon älter, mindestens fünfzig, denn die Fältchen an ihrem Hals verrieten sie, aber ihr Körper war gut in Form.

»Gefällt dir, was du siehst?« Sie kam näher, und er konnte deutlich ihr Parfum, Rauch und den anderen Mann an ihr riechen.

Als wäre er scharf, griff er sich zwischen die Beine, doch in seinem Kopf tauchten ganz andere Bilder auf. Was könnte er alles mit ihr anstellen? Hier gab es niemanden, auf den er Rücksicht nehmen musste. Niemand würde ihre Schreie hören, während er sich genüsslich und in aller Ruhe mit ihr beschäftigte. Sein Messer hatte er nicht dabei, aber es würde sich schon etwas finden, mit dem er sich an ihr austoben konnte. Mit dem Gürtel würde er ihre Hände fesseln und sie dann langsam und genüsslich zu Tode quälen. Er räusperte sich und ging auf sie zu.

Was sollte er sagen? Was sagte man überhaupt zu einer Nutte?

Er entschied sich, zu schweigen, und drängte sie in den Wagen. Aus einem Aschenbecher quoll der Geruch nach kaltem Rauch, auf der Anrichte einer winzigen Küche standen zwei Sektflöten und eine geöffnete Flasche. In einer Schale entdeckte er Erdnüsse, ein paar davon lagen auf dem fleckigen Boden verteilt. Die Fenster waren mit dunklen Stoffen verhängt, in einer Ecke brannten Teelichter, und an der Decke darüber prangte ein schwarzer Rußfleck.

»Du bist aber stürmisch. Ich hab doch gesagt, ich brauch noch zwei Minuten, oder willst du mich nicht frisch und rein haben?«

Für frisch und rein ist es bei dir längst zu spät, dachte er. Außerdem spielte das überhaupt keine Rolle. In seinem Rausch würde er eh nicht wahrnehmen, ob sie nun zwischen den Beinen nach Gummi und Fisch stank oder nach Rosen duftete. Er packte sie an den Schultern und krallte seine Hände in das Fleisch. In dem Moment klingelte sein Handy, und er zuckte zusammen. Ausgerechnet jetzt!

Mit einer Hand pfriemelte er das Gerät aus der Hosentasche und starrte auf das Display, wollte den Anruf ablehnen.

»Na, was will Mutti denn von dir?«, fragte die Nutte mit einem beschissen hämischen Grinsen auf den Lippen. Sie ließ sich auf die gammelige Matratze fallen und spreizte die Beine, sodass er genau in ihre Muschi schauen konnte.

Das würde sie noch bereuen, sich über ihn lustig zu machen! Er wischte den roten Hörer nach oben und warf das Telefon auf die Anrichte neben die Sektflöten. Keine zwei Sekunden später klingelte es wieder.

»Nun geh schon ran. Ist anscheinend wichtig«, nuschelte die Nutte, während sie sich die nächste Zigarette anzündete.

»Verdammte Scheiße«, brüllte er, nahm sein Handy und stürmte aus dem Bauwagen. Seine Stimmung war dahin.

14. Kapitel

»DIESE Anwältin ist inkompetent.«

Felix hatte nicht gehört, wie seine Schwester in die Küche gekommen war. Vor Schreck fiel ihm beinahe die Zucchini runter, die er gerade aus dem Kühlschrank genommen hatte, um fürs Abendessen Natalies Lieblingsessen zu kochen: mal wieder Ratatouille, zum dritten Mal innerhalb einer Woche. Ihm hing das Zeug mittlerweile zum Hals raus, während sie gar nicht genug davon bekommen konnte.

»Das Thema hatten wir doch schon«, sagte er und wusch die Zucchini und das restliche Gemüse im Spülbecken ab.

»Es ist nun zwei Tage her, dass er verhaftet wurde, und sie meldet sich nicht, bringt keine Ergebnisse. Anscheinend will sie ihre Aufgaben nicht wahrnehmen.« Natalie stand mit geballten Fäusten vor ihm, den Blick auf ihre Füße gerichtet. Felix hätte sie gern gebeten, ihm beim Kochen zu helfen, aber sie wirkte nicht so, als wäre sie gerade in der Lage, sich darauf zu konzentrieren. Ihr Kopf arbeitete auf Hochtouren, das sah er ihr an.

»Wir wissen doch überhaupt nicht, ob sie nicht längst tätig geworden ist. Nur weil sie mich bislang nicht gebraucht hat …« Felix ärgerte sich maßlos über den Maulkorb, den sie ihm verpasst hatte. Damit sie ihn an der Sache beteiligte, hatte er zähneknirschend zugestimmt, nur nach ihrer ausdrücklichen Anweisung in Aktion zu treten. Sie war der Boss und würde bestimmen, was er auf welche Weise für sie zu ermitteln hatte. Normalerweise würde er sich nicht so in sein Handwerk reinreden lassen, aber Natalie hätte ihm vermutlich den Kopf abgerissen, wenn er abgelehnt hätte, und außerdem würde er im Fall eines Freispruchs zumindest ein kleines Honorar bekommen. Bei der flauen Auftragslage musste er nach jedem Strohhalm greifen.

Immerhin hatte er endlich den Fall des Ehepaars abgeschlossen, dessen Nachbar sie verdächtigte, Müll in seinen Vorgarten zu werfen, und er konnte sogar die volle Summe abrechnen: Gestern Nacht hatte er bei milden Temperaturen den Wagen in einiger Entfernung geparkt und stundenlang in einem Gebüsch ausgeharrt, bis sich gegen drei Uhr tatsächlich etwas getan hatte. Der Nachbar war mit einer großen Tüte aus dem Haus gekommen und hatte den Unrat in seinem Vorgarten verteilt, was Felix zum Beweis mit der Kamera festgehalten hatte. Wenngleich diese Aufnahme nicht für die Polizei verwendet werden durfte, so würde sie doch zu einer außergerichtlichen Einigung führen.

»Es gibt viele schlechte Anwälte«, riss Natalie Felix aus seinen Gedanken. »Insbesondere Pflichtverteidiger sind häufig nicht sehr gewissenhaft.«

»Da hast du recht«, sagte er, bevor sie auf die Idee kam, ihm eine Statistik zu präsentieren. Er nahm das Messer und schnitt die Enden von Zucchini und Aubergine ab. Danach entkernte er eine rote Paprika. Sie musste rot sein, denn Natalie mochte weder die grünen noch die gelben. »Aber bei Frau Hart ist das nicht so, glaub mir. Sie nimmt ihren Job ernst.«

»Viele Menschen werden zu Unrecht verurteilt, weil ihr Anwalt sich nicht ausreichend für sie eingesetzt hat.«

Felix seufzte, während er die Paprika in möglichst gleich große Würfel schnitt. Also doch ein erneuter Vortrag.

»Ronald Keith Williamson zum Beispiel. Er erhielt Anfang der Neunzigerjahre die Todesstrafe wegen Vergewaltigung und Mord, die später aufgehoben wurde. Sein Anwalt hatte weder Ermittlungen zu dem Geständnis eines anderen Mannes angestellt, noch die Geschworenen auf das Geständnis hingewiesen. Spätere DNS-Gutachten bewiesen seine Unschuld. Steven Avery wurde sogar zweimal fälschlicherweise verurteilt, einmal wegen Vergewaltigung und nun verbüßt er eine lebenslange Haftstrafe wegen eines Mordes, den er höchstwahrscheinlich nicht begangen hat.«

»Das ist in Amerika, Natalie. Hier gibt es keine Jury, die einfach nur irgendwelchen Aussagen glauben muss. Richter prüfen die Beweise sorgfältig und müssen beim Zweifel der Schuld freisprechen.«

Natalie stöhnte theatralisch genervt auf. »Auch in Deutschland gibt es diese Fälle. Gustl Mollath ist dir sicher ein Begriff.«

Felix nickte. Natürlich hatte er von dem Mann gehört, der wegen vermeintlicher Wahnvorstellungen über Jahre zu Unrecht in eine psychiatrische Anstalt eingewiesen worden war. Er verkniff sich den Kommentar, dass dies ein schlechtes Beispiel war, weil Mollath es nur der Beharrlichkeit seines Anwalts verdankte, dass er nach mehr als sieben Jahren schließlich entlassen wurde. Dieser hatte mit Beschwerden und Gutachten erreicht, dass es zu einer neuen Hauptverhandlung kam, bei der bewiesen wurde, dass die Voraussetzungen für eine Unterbringung Mollaths nicht vorlagen.

»Es gibt etliche Fälle, in denen Menschen sogar wegen Mordes verurteilt wurden, obwohl sie es nicht waren. Harry Wörz. Er saß über vier Jahre wegen versuchten Totschlags, wofür gravierende Ermittlungsfehler der Polizei und der Staatsanwaltschaft gesorgt haben. Hätte der Anwalt das herausgearbeitet, wäre Wörz nie im Gefängnis gelandet.« Sie holte tief Luft. »Holger Hellblau wurde 2006 wegen Mordes verurteilt, er sollte den Liebhaber seiner Frau erstochen haben. 2010 wurde er infolge neuer Beweise und einer DNS-Analyse in einem Wiederaufnahmeverfahren freigesprochen. Hätte sein Verteidiger besser gearbeitet, wäre er nie verurteilt worden.«

»Du bist ja wirklich ein Quell an Informationen. Wie du dir das immer nur alles merken kannst«, unterbrach Felix sie, bevor sie weitere Beispiele anbringen konnte. Ob die von ihr genannten Männer tatsächlich wegen Anwaltsfehlern verurteilt worden waren, konnte er nicht beurteilen; so einfach war es in der Regel nicht. Fehlurteile hatten meist komplexe Ursachen, und die Schuld lag nur selten bei einer Person.

»Ich interessiere mich eben für solche Themen. Was ist falsch daran?«

»Nichts, gar nichts«, räumte Felix ein, der mittlerweile das Gemüse fertig geschnitten hatte und den Topf auf den Herd stellte.

Sein Handy auf dem Wohnzimmertisch klingelte. »Kannst du bitte das Gemüse anbraten, damit ich rangehen kann?«, bat er Natalie und drückte ihr den Kochlöffel in die Hand, ohne ihre Antwort abzuwarten.

Er nahm sein Handy und schaute auf das Display. Annabelle Hart. Wenn man vom Teufel sprach.

»Na, heute Überstunden?«, fragte er und klang dabei schroffer als beabsichtigt.

»Weil es nach sechs Uhr ist? Glauben Sie vielleicht, eine Anwältin lässt um vier den Stift fallen, um sich in Ruhe der Verbesserung ihres Handicaps beim Golf widmen zu können?«, kam schnippisch zurück.

»Wer ist das?«, rief Natalie aus der Küche, aber Felix ignorierte sie.

»Da habe ich wohl einen wunden Punkt getroffen«, sagte er und bemühte sich dieses Mal, die Ironie deutlicher anklingen zu lassen.

Natalie kam aus der Küche und brachte den Geruch nach gebratenen Zwiebeln und Knoblauch mit. »Wer ist das?«, wiederholte sie ihre Frage mit lauter Stimme, die auch Annabelle Hart hörte.

»Anwältin«, sagte er tonlos, woraufhin seine Schwester befriedigt nickte und wieder verschwand.

»Oh, Ihre Freundin?«, fragte Annabelle schnippisch. »Sie ist doch wohl nicht eifersüchtig? Nicht dass Sie wegen meines Anrufs noch Beziehungsstress bekommen.«

»Warum sind Sie denn so interessiert an meinem Privatleben? Stehen Sie etwa auf raubeinige Kerle?« Er meinte, ein kurzes Lachen zu hören. Dann räusperte sie sich.

»Hören Sie, lassen wir das Geplänkel und kommen direkt zur Sache. Ich habe in der Ermittlungsakte einige Punkte gefunden, die Fragen aufwerfen, und bräuchte Ihre Hilfe, um etwas zu überprüfen.«

Trotz der durchgemachten Nacht war Felix plötzlich hellwach. Endlich Action! Er hatte lang genug die Füße stillgehalten. »Stehe zu Ihrer Verfügung. Worum geht es denn?«

Ein lautes Rauschen drang aus dem Hörer, als würde der Wind ins Mikrofon blasen, entfernt erklang ein Hupen. »Das würde jetzt zu lange dauern. Gerade bin ich auf dem Weg zum Auto. In zwanzig Minuten könnte ich bei Ihnen sein, dann gebe ich Ihnen die notwendigen Informationen.«

Felix schaute sich gehetzt um. Hier drin sah es aus, als hätte eine Bombe eingeschlagen. Wie eigentlich immer, seit Natalie eingezogen war und er sein Wohnzimmer gleichzeitig als Arbeits- und Schlafzimmer nutzte. Nicht gerade repräsentativ für ein Gespräch mit der Anwältin. Hinzu kam, dass er Natalie wahrscheinlich nur schwer davon würde überzeugen können, der Unterhaltung nicht beizuwohnen. Wenn sie dann noch mit ihren Vorwürfen zur

Arbeitsweise von Annabelle Hart ankam, wäre er vermutlich schneller aus der Sache raus, als er drin gewesen war. »Soll ich nicht besser morgen früh bei Ihnen vorbeikommen?«

»Nein. Es wäre mir lieber, wenn wir das heute gleich erledigen könnten. Außerdem müssen wir dafür gemeinsam nach Dachau fahren, da wäre es nur ein Umweg, wenn Sie vorher nach Aubing kommen. Während der Fahrt kann ich Ihnen dann alles erklären.«

Wir? Das bedeutete wohl, sie würde seinen Anstandswauwau spielen. Nicht gerade förderlich für seine Arbeit, wenn ihm die Anwältin ständig im Nacken saß und aufpasste, dass er sich auch ja an alle Regeln hielt. Manchmal musste man eben ein Auge zudrücken. Wenigstens wollte sie wohl nicht hereinkommen, wenn sie ihm die Details auf der Fahrt geben wollte.

»Also gut«, sagte er. »In zwanzig Minuten. Ich warte unten auf Sie.«

15. Kapitel

WIE besprochen, wartete Felix kurze Zeit später unten vor dem Schuhgeschäft auf die Anwältin. Natalie, die sich mit spontanen Planänderungen schwertat, war nicht begeistert gewesen, dass sie das Ratatouille würde allein essen müssen. Die Tatsache jedoch, dass Felix wegen Robin Thaler wegmusste, machte es ihr einfacher.

Auf die Minute pünktlich hielt ein tannengrüner Mini vor ihm. Er öffnete die Beifahrertür und begrüßte Annabelle. Der Rücksitz war vollgeladen mit einem Gebilde aus Stangen und Reifen, das Felix auf den zweiten Blick als Klappfahrrad erkannte. Er ließ sich auf den Beifahrersitz fallen, der wegen der Ladung weit nach vorn gerückt war, sodass er kaum wusste, wo er seine Beine unterbringen sollte.

»Hatten Sie vor, noch eine Fahrradtour mit mir zu machen?«, fragte er, während Annabelle sich in den Verkehr einordnete. »Da muss ich Sie enttäuschen, ich bin gänzlich unsportlich.« Das war gelogen, er machte durchaus Sport, aber Radfahren hasste er. Wozu sollte man auf einem Zweirad treten, wenn man sich auch ganz entspannt motorisiert durch die Gegend bewegen konnte? Seine Vespa war einfach unschlagbar, da konnte kein Fahrrad der Welt mithalten, und schon gar nicht so ein Klappding.

»Dann müssen Sie heute wohl eine Ausnahme machen«, antwortete sie zu seiner Verblüffung. »Ein paar Kilometer sollten Sie schon schaffen.«

Was hatte denn eine Radtour mit den Ermittlungen zur Entlastung von Robin Thaler zu tun? Oder hatte sie gemeint, dass sie ihm die Details zu den Widersprüchen auf der Fahrt mit dem Rad nennen wollte? Aber soweit er das erkennen konnte, war auf der Rückbank nur ein Klapprad verstaut, es würde also eine sehr einsame Tour werden.

Sie lachte grunzend. »Nun schauen Sie nicht so belämmert. Kann man Sie so leicht aus dem Konzept bringen?«

»Mit ungeplanten Sporteinheiten schon. Aber jetzt mal ernsthaft. Wofür brauchen Sie mich wirklich? Sie sagten, Sie wären in der Akte auf ein paar fragwürdige Punkte gestoßen.«

Annabelle hielt vor einer roten Ampel. »Sie haben recht. Fangen wir am besten von vorn an.«

Während der Fahrt in Richtung Dachau brachte sie ihn auf den neuesten Stand – oder, besser gesagt, überhaupt auf einen Stand, denn bislang wusste er rein gar nichts über die Ermittlungen gegen Robin Thaler. Von seiner Schwester und der Hofbesitzerin Veronique Gmeiner hatte er nur wenig erfahren. Im Grunde nur, dass der Pädagoge sich durch sein besitzergreifendes Verhalten und seine Eifersucht im Tötungsdelikt an Sinta Hoymann tatverdächtig gemacht hatte und deshalb verhaftet worden war.

Die Schilderungen der Anwältin, was der Täter der jungen Frau vor ihrem Tod angetan hatte, jagten Felix eine Gänsehaut über den Körper. Wenn er sich vorstellte, dass tatsächlich der Pädagoge, der eng mit seiner Schwester zusammengearbeitet hatte, dafür verantwortlich sein sollte, wurde ihm ganz anders. Allerdings gab es laut Annabelle bei genauerem Hinsehen doch ein paar Lücken in den Ermittlungen. Auch wenn es auf den ersten Blick schlecht für Thaler aussah, Felix wusste aus Erfahrung, dass die Dinge nicht immer so einfach waren, wie sie zunächst den Anschein erweckten.

»Zusammengefasst würde ich sagen, die Staatsanwaltschaft hat momentan nichts als Vermutungen«, erklärte Annabelle Hart. »Zugegeben, die klingen plausibel, und doch beweist das noch gar nichts. Zudem gibt es einige Lücken, wie zum Beispiel die Sache mit der fehlenden Tatwaffe und Ihre Recherchen zum Pferderipper. Eine mögliche Verbindung taucht in der Akte nicht auf, obwohl sie durchaus denkbar ist.«

»Und was noch so?«, fragte Felix, dem bei den Ausführungen nichts weiter aufgefallen war. Es war vielleicht etwas einseitig ermittelt worden, aber dadurch ergab sich nichts, was eine Haftprüfung für Robin Thaler rechtfertigen würde.

Allerdings hatte die Anwältin auch eine derartige Flut an Informationen heruntergerattert, dass er stellenweise Mühe gehabt hatte, mitzukommen. Außerdem hatte er im Seitenspiegel den

Vollidioten hinter ihnen beobachtet, für den »Sicherheitsabstand« ein Fremdwort zu sein schien. Warum glaubten die Leute, dass sie mit so einer Fahrweise schneller ans Ziel kämen? Tatsächlich schien er genau denselben Weg wie Annabelle einzuschlagen, denn er war immer noch dicht hinter ihnen.

»Da wäre das Alibi meines Mandanten, das wir beide heute zu verifizieren versuchen werden.«

»Er hat ein Alibi? Wieso sitzt er dann überhaupt in Untersuchungshaft?«

»Weil es bislang nur halbherzig überprüft wurde und mein Mandant glücklicherweise keine weiteren Angaben gemacht hat, als er merkte, dass er ernsthaft verdächtigt wird. Er hat mir erst davon berichtet, als er endlich bereit war, sich mit mir zu unterhalten.« Sie blinkte und fuhr auf den Parkplatz einer Trattoria.

Felix betrachtete sie von der Seite. Mit ihrem Kostüm, ihrer Frisur und dem Make-up war sie passend für einen schicken Italiener herausgeputzt. Im Gegensatz zu ihm. Aber seis drum. Etwas zu essen käme ihm gerade recht, sein Magen hing ihm schon in den Kniekehlen. Der Fahrer, der ihnen an der Stoßstange geklebt hatte, brauste an ihnen vorbei, nur, um eine Querstraße weiter scharf zu bremsen und abzubiegen. *Manche Leute sollten wirklich keinen Führerschein haben,* dachte Felix.

»Hier war Robin Thaler am Tatabend mit Sinta Hoymann verabredet. Das hat er auch bei der ersten Befragung durch die Polizei zu Protokoll gegeben.«

Felix runzelte die Stirn. Kein Abendessen also. »Und das wurde nicht gecheckt? Ich kann mir kaum vorstellen, dass die Kripo einen solchen Ermittlungsfehler begeht.«

»Natürlich wurde das überprüft. Als sie nicht auftauchte, hat er zu Abend gegessen und mehrmals bei ihr angerufen sowie einige Nachrichten an sie geschickt. Als sie darauf nicht reagierte, bezahlte mein Mandant gegen Viertel vor zehn und fuhr zu ihrer Wohnung, wo er klingelte. Dabei wurde er um kurz nach halb elf gesehen.«

»Wann war der Todeszeitpunkt?«

»Geschätzt zwischen halb zehn und halb elf. Genauer eingrenzen lässt es sich durch die Aussage eines Nachbarn, der um kurz nach zehn hörte, wie ihre Wohnungstür zugeschlagen wurde. Direkt im Anschluss nahm er ein Poltern in der Wohnung wahr und laute Stimmen, vermutlich ihr Todeskampf. Unglaublich, dass niemand hingegangen ist und nachgeschaut hat, ob die Frau Hilfe braucht.«

»Tja, so sind die Leute heutzutage. Man steckt nur noch im Internet seine Nase in fremde Angelegenheiten«, sagte Felix.

Was er allerdings immer noch nicht verstand, war, wo nun der Widerspruch lag. Schätzungen des Todeszeitpunkts waren so gut wie nie minutengenau möglich. Mit dem Auto waren es vom Zentrum Dachaus nach Hebertshausen geschätzt zehn Minuten, also hätte Thaler ohne Weiteres um zehn in Sinta Hoymanns Wohnung eindringen können, um sie zu ermorden und eine halbe Stunde später bei ihr zu klingeln. Wobei fraglich war, warum er das getan haben sollte und weshalb dem Nachbarn nicht all das Blut aufgefallen war, das nach dem brutalen Mord sicher an der Kleidung von Robin Thaler geklebt hatte.

Was Felix auch immer noch nicht verstand: Warum, zum Teufel, waren sie hier und was hatte es mit dem Rad auf sich?

»Ich sehe schon, Sie denken wie der Polizist, der Sie mal waren«, sagte Annabelle, und Felix meinte, einen Funken Hohn in ihrer Stimme zu hören. »Mein Mandant hat zwar ein Auto, aber er war an diesem Abend mit dem Rad unterwegs und hätte auf dem schnellsten Weg laut Routenplaner über eine halbe Stunde gebraucht. Somit konnte er keinesfalls um zehn bei der Geschädigten in die Wohnung eindringen und sie umbringen. Und Sie werden mir dabei helfen, das zu beweisen.«

Felix schaute nach hinten. Deshalb das Klapprad. Enttäuschung machte sich in ihm breit. Das war also der Auftrag, den er erledigen sollte?

»Dazu habe ich zwei Fragen«, sagte Felix. Aus dem Augenwinkel bemerkte er einen Typen, der an der Bushaltestelle auf der gegenüberliegenden Straßenseite stand und zu ihnen herüberzustarren schien.

Sie nickte ihm auffordernd zu. »Bitte.«

»Erstens, warum brauchen Sie dafür unbedingt mich? Ich meine, ich bin ja froh, dass Sie mich dabeihaben wollen, aber das hätte doch auch Ihre Assistentin erledigen können.«

Annabelle lachte. »Sie sind sich wohl zu fein dafür, was? Das gehört eben zur Arbeit einer guten Anwältin dazu. Meine Assistentin kann mir jedenfalls nicht helfen, denn dann heißt es am Ende nur, dass sie als Frau generell langsamer mit dem Rad unterwegs und der Test nicht aussagekräftig ist.«

»Na schön«, musste Felix ihr recht geben. Wäre er der Ermittler in diesem Fall, würde er das Argument vermutlich auch bringen. An der Haltestelle hinter ihnen hielt der Bus. Als er weiterfuhr, stand der Typ noch immer da. Beobachtete er sie tatsächlich oder wartete er einfach nur auf eine andere Linie?

»Und weiter? Sie sagten, Sie hätten zwei Fragen.«

»Wer sagt, dass er das Auto an dem fraglichen Abend nicht bewegt hat? Hat er beispielsweise in einer Tiefgarage geparkt, die kameraüberwacht ist?«

»Fast. Herr Thaler fährt ein Elektroauto und musste an dem Abend tanken. Ganz hier in der Nähe ist eine Ladestation, und der Anbieter hat mir bestätigt, dass auf seine Abrechnungskarte zwischen acht und halb zwölf ununterbrochen geladen wurde. Für einen solchen Fall hat Herr Thaler immer ein Klapprad wie dieses im Kofferraum, damit er auch während der Ladezeit des Autos mobil ist.«

»Hm«, machte Felix. Anscheinend waren da wirklich Stümper bei der Kripo unterwegs, wenn sie das nicht überprüft hatten. Zu gern hätte er die Namen der Ermittler gewusst. Vielleicht konnte Annabelle ihm ja eine Kopie der Akte zur Verfügung stellen. Sofern sie ihn auch für etwas anderes brauchte als zum Radfahren.

»Zur Ehrenrettung Ihrer ehemaligen Kollegen muss ich sagen, dass sie diese Angaben nicht hatten. Mein Mandant hat lediglich ausgesagt, dass er zum Abendessen hier in der Trattoria war und wann er aufgebrochen ist. Als er merkte, dass er tatsächlich verdächtigt wird, die Tat begangen zu haben, hat er vernünftigerweise geschwiegen. Mit welchem Fahrzeug er unterwegs war, weiß also niemand.« Sie schaute auf ihr Handy. »Schon nach sieben. Ich würde sagen, wir legen los, wenn wir nicht bis spät in die Nacht beschäftigt sein wollen. Es gibt drei verschiedene Routen, die Sie abfahren müssen. Ich fahre mit dem Auto vor und bringe Sie dann wieder her, damit Sie nicht jeweils die doppelte Strecke zurücklegen müssen.«

Felix seufzte. Wenn er weiter in den Fall mit einbezogen werden wollte, musste er wohl in den sauren Apfel beißen und auf dieses verdammte Rad steigen. Er schälte sich aus dem Beifahrersitz, wo er wegen des Platzmangels zusammengekrümmt gesessen hatte, und pfriemelte das Klapprad von der Rückbank. Danach hatte er sich aber ein halbes Hendl mit einer Extraportion Pommes verdient. Alternativ würde er sich auch mit einem Teller Trüffelpasta aus der Trattoria abspeisen lassen, Hauptsache Fett und Kohlenhydrate.

Er stieg auf das Rad und gab die Route auf seinem Handy ein, das er mit den Bluetooth-Kopfhörern verband. Der Typ an der Bushaltestelle war mittlerweile verschwunden. Hatte er sich also doch nur etwas eingebildet.

»Also gut. Fahren Sie, so schnell Sie es schaffen. Wir wollen uns ja nicht nachsagen lassen, getrödelt zu haben«, rief Annabelle aus dem Auto. »Ich starte die Zeitmessung. Wir sehen uns in Hebertshausen.« Sie fuhr vom Parkplatz des Italieners, und auch Felix gab Gas.

Das Teil fuhr sich erstaunlich gut, von einem Klapprad hatte er Schlimmeres erwartet. Als er die nächste Seitenstraße passierte, schoss ein schwarzer SUV heraus, ohne dass der Fahrer auf den Radweg achtete. Nur gerade so schaffte Felix es, einen Schlenker nach links zu machen und nicht auf der Motorhaube zu landen.

»Du bescheuerter Vollidiot!«, rief er dem Typen hinterher. Sein Herz raste vor Schreck. Das ging ja gut los. Um Robin Thalers Unschuld zu beweisen, riskierte er sein Leben.

Der Fahrer des SUV hatte es nun plötzlich nicht mehr so eilig. Gemächlich tuckerte er vor Felix her. Hatte er ihn etwa gehört und wollte jetzt die Muskeln spielen lassen? Tatsächlich machte der Wagen, als sie den Ortsrand von Dachau erreicht hatten, eine Vollbremsung. Der Rückwärtsgang wurde eingelegt, und das Fahrzeug stellte sich quer über die Straße.

»So ein Mist«, murmelte Felix. Das hatte ihm gerade noch gefehlt. War das nicht derselbe Typ, der ihnen auf dem Weg hierher an der Stoßstange geklebt hatte? Der war wohl auf Stress aus.

Ehe er es sich versah, war der Kerl aus dem SUV gesprungen und kam mit geballten Fäusten auf Felix zugestürmt. »Du mieser kleiner Wichser«, rief der Kerl ihm zu, »dir werd ich's zeigen!«

»Hey, kommen Sie mal runter! Sie haben mich doch gerade fast über den Haufen gefahren«, sagte Felix und machte eine beschwichtigende Geste, da landete schon die Faust des anderen in seinem Gesicht.

16. Kapitel

Er sah an ihr hinab. Die lange Fahrt hatte sich gelohnt. Er war beinahe schon zu Hause gewesen, als er wieder umgekehrt war, um sie sich zu schnappen. Gierig betrachtete er ihren Körper und nahm jedes Detail in sich auf. An den Fußknöcheln hatte sie bei der Rasur ein paar Härchen vergessen. Darüber zeichneten sich an den Waden feine Äderchen unter der weißen Haut ab. Viel an die Sonne kam sie wohl nicht. Auf ihren Oberschenkeln hatte sie kleine Dellen, die sich gebildet hatten, weil sie auf der Seite lag und ihr Gewicht auf das Fleisch drückte. Die Bauchdecke hing nach unten. Sein Blick wanderte weiter hoch über die Brüste, die anscheinend gemacht waren, denn sie standen steif vom Körper ab. Ihr Kinn zitterte, die Augen waren aufgerissen, voller Tränen, und die schwarze Wimperntusche lief hässlich über ihre Wangen und ihren Hals, bis zum Ansatz ihres Busens.

Erst als er sie ins Auto gepackt hatte, war ihm aufgefallen, dass sie eine Perücke trug. Die lag nun im Kofferraum, und ihr echtes Haar war unter einer Strumpfhose verborgen. Es war schwarz. Ein paar graue Schlieren erkannte er darin, die ihr wahres Alter noch deutlicher zum Vorschein brachten.

»Mhh hmm mh«, machte sie und sah ihn eindringlich an. Ihren Mund hatte er zugeklebt, was besser war, denn er wusste nicht, ob man sie nicht vielleicht doch hören konnte. Es war spät, und niemand würde um die Uhrzeit spazieren gehen, aber man konnte nie wissen.

»Pssst, alles wird gut«, sagte er und musste sich zusammenreißen, um nicht zu lachen. Gut würde es werden, so viel stand fest. Es stellte sich nur die Frage, für wen. Sicherlich nicht für sie.

»Mhhmhmm!« Es klang flehentlich, nicht wütend wie zu Beginn, als er sie sich geschnappt hatte. Hier, in seinem Reich, verstand sie wohl allmählich, dass sie ihm ausgeliefert war. Dass er der Boss war und sie nichts zu melden hatte.

»Jetzt hast du nicht mehr so ein großes Maul, was?« Er beugte sich zu ihr, strich mit dem Messer über ihre Arme, ohne sie zu verletzen. Von wegen, Muttersöhnchen. Das hatte sie nun davon, ihn so abfällig zu behandeln. Warum hielt ihn nur jeder für einen Schwächling? Er würde ihr schon zeigen, was er draufhatte, so wie er es seinem Vater gezeigt hatte.

Sie strampelte und wehrte sich, aber das würde ihr nichts nützen, denn er fühlte sich wie im Blutrausch. Er wusste schon ganz genau, was er mit ihr anstellen würde, und war geradezu fasziniert von dem fremden Wesen, das nur einmal mit ihm gesprochen hatte und an dem er seine Leidenschaft jetzt ausleben konnte.

Unter dem Knebel schluchzte sie, und sie versuchte, sich wegzurollen, aber er hatte sie gut verschnürt. Bondage nannte man das. Es gab Frauen – und Männer natürlich –, die standen darauf, wenn sie an den Armen gefesselt und ihre Beine durch das Seil an den Handgelenken in Richtung Po gezogen wurden. Es gab sogar Anleitungsvideos im Internet.

Zufrieden setzte er sich vor sie, um sie noch eine Weile anzusehen. Sein Messer hielt er auf Brusthöhe. Ihr Blick fiel darauf, und sie begann zu zittern. Lächelnd nickte er, um ihr klarzumachen, dass er es benutzen würde. Sie zog die Nase hoch, krümmte sich zusammen und hustete unter ihrem Knebel. Zunächst hatte er Angst, sie würde ersticken, aber sie schaffte es, sich zu beruhigen, und schloss die Augen.

Ein wunderbarer, ursprünglicher Geruch ging von ihr aus. Animalisch. Er erinnerte ihn an die Tiere von damals. Natürlich roch sie nicht wie ein Pferd, das gerade starb, aber sie duftete auch nicht mehr wie eine Frau, die gleich einen Liebhaber empfangen würde. Schweiß, etwas Urin, der ihre Beine hinuntergelaufen war und langsam trocknete, und Angst, die aus jeder Pore ihrer Haut in seine Nase wehte. Sein Herz schlug ihm bis zum Hals, sodass er Schwierigkeiten hatte, zu schlucken. Er musste sich mehrmals gegen die Brust schlagen und langsam ein- und ausatmen, um sich zu beruhigen. Sie wimmerte leise. Länger konnte er sich nicht mehr zurückhalten. Er führte das Messer an ihre Haut.

Diesmal war er vorsichtig. Er hatte sich in einem Video angesehen, wo die Adern verliefen, damit er nicht wieder aus Versehen eine Hauptschlagader traf. Er wollte die Schnitte tief setzen, aber nicht zu tief. Er wollte, dass es aussah, als würde ihr Körper Blut weinen.

Kontrolliert stach er die Klinge in ihre Schulter und zog sie den Arm entlang. Die Frau wand sich unter dem gewaltigen Schmerz, aber er schaffte es, eine einigermaßen gerade Linie zu schneiden. Ihr Geschrei war trotz des Knebels laut und lenkte ihn ab, sodass er kurz überlegte, sie bewusstlos zu schlagen. Da er so aber nur den halben Spaß hätte, ließ er es bleiben und fuhr mit dem Bein fort. Dort machte er Kreuze, wie man es von Nähten kannte, nur dass er sie hineinritzte. Mal tiefer, mal nicht so tief. Das Blut lief in hübschen Schlieren über ihr Bein und tropfte auf den Boden. Erst dunkelrot, dann wurde es heller. Als er mit der »Naht« fertig war, setzte er sich vor die Frau und betrachtete sie eine Weile.

»Schön«, flüsterte er. »Wer hätte gedacht, dass du mir noch so viel Spaß bereiten würdest.«

Sie schüttelte den Kopf. Vielleicht dachte sie ja, er würde sie gleich bezahlen, und sie könnte anschließend gehen und ihrem Zuhälter erzählen, was für ein Irrer sie so zugerichtet hatte. Aber sie würde nicht mehr nach Hause zurückkehren. Das wusste sie nur noch nicht.

17. Kapitel

ANNA hatte vor der Pfarrkirche geparkt und wartete auf Felix. Laut Routenplaner sollte er etwa dreißig Minuten brauchen, doch mittlerweile waren schon knapp vierzig Minuten vergangen, und von ihm war nichts zu sehen. Anna versuchte es im Minutentakt auf seinem Handy, aber es sprang immer nur die blödsinnige Mailbox an.

»Hier ist Felix. Du weißt, was du zu tun hast.«

Einfach auflegen? Nie mehr anrufen? Welcher Felix? Anna steckte das Handy weg und lief genervt vor ihrem Auto hin und her.

In der Kirche war gerade eine Messe zu Ende gegangen. Immer wieder musste Anna den Besuchern ausweichen, die ins Freie strömten und zu ihren Autos gingen. Für einen Moment dachte sie an ihre Kindheit und wie ihre Eltern ihr lapidar mitgeteilt hatten, sie könne sich selbst für eine Religionszugehörigkeit entscheiden. Damals hatte sie sich gegen eine Taufe entschieden, da sie keinen Sinn darin gesehen hatte.

Erst als all ihre Klassenkameradinnen zur Kommunion gegangen waren und große Feste gefeiert wurden, hatte sie es zum ersten Mal bereut. Ständig wurde sie gefragt, warum sie nicht getauft war. Anna hatte es immer mit einem Lächeln abgetan und behauptet, dass es ihr nicht wichtig wäre. Insgeheim hätte sie jedoch gern einen Tag erlebt, der nur ihr gehörte.

Mit einem Kopfschütteln verwarf sie den Gedanken, zog das Handy hervor und probierte es erneut. Während sie dem Freizeichen lauschte, sah sie in der Ferne einen schwankenden Lichtpunkt auf sich zukommen. Beim Näherkommen erkannte sie das Klapprad. Na endlich! Anna verschränkte die Arme und lehnte sich gegen die Motorhaube. Von Weitem hatte es noch so ausgesehen, als würde er ganz gemütlich in die Pedale treten, aber nun bemerkte sie, dass er etwas wackelig unterwegs und sein Gesicht blutverschmiert war. War er gestürzt? Besorgt eilte sie auf ihn zu.

»Was ist passiert?«, rief sie auf halbem Weg.

Er winkte ab und erhöhte das Tempo, bis er vor ihr zum Stehen kam.

»Meine Güte, Sie sind ja verletzt!« Prüfend sah sie an ihm hinab.

»Das … das nächste Mal warnen … Sie mich vor«, keuchte er, stieg ab und stellte das Rad auf den Ständer.

»Was? Wovon reden Sie?« Anna strich sich über die Haare und rupfte sich eine Strähne aus dem Zopf. Sie begutachtete sein malträtiertes Gesicht. Er hatte an der Stirn eine Platzwunde, aus der Blut quoll, und das Jochbein war rot und geschwollen.

Ein übler Gedanke kam ihr. Vorhin war ihr aufgefallen, dass ihnen ein SUV folgte. Einer, den sie nur zu gut kannte. Da er aber weitergefahren war, als sie in den Parkplatz der Trattoria einbogen, hatte sie sich nicht weiter darum gekümmert. Konnte es sein, dass …?

»Ich hatte ein etwas unerfreuliches Aufeinandertreffen mit Ihrem eifersüchtigen Freund. Anscheinend ist er uns eine ganze Weile gefolgt. Sein Wagen ist mir schon vorhin ein paarmal aufgefallen, aber ich habe mir nichts dabei gedacht.«

Anna starrte ihn an und zog unbewusst die Schultern nach oben. »Ich bin nicht vergeben.« Etwas anderes fiel ihr nicht ein.

Felix wischte sich das Blut aus dem Gesicht. »Haben Sie ein Tempo oder so was?«

»Ähm, ja, natürlich, entschuldigen Sie.« Sie schloss ihren Wagen auf, kramte in ihrer Handtasche nach Taschentüchern und fummelte eines aus der Verpackung, um damit zu ihm zurückzukehren. Nachdenklich reichte sie ihm das Taschentuch und schaute sich verstohlen um, ob sie ihren Ex irgendwo entdeckte. Er musste von allen guten Geistern verlassen sein, wenn er Felix und sie verfolgt hatte. »Nun erzählen Sie schon. Was ist passiert?«

Felix rieb sich mit dem Taschentuch über die Augen und tupfte mehrmals auf die Wunde an der Stirn. »Der Spinner hat mich vorhin fast überfahren. Am Ortsausgang ist er dann aus seinem SUV gestiegen und hat seine Fäuste spielen lassen.«

»Und wie kommen Sie darauf, dass der Kerl mein Freund wäre?«

»Na ja, weil er völlig ausgeflippt ist und mich beschimpft hat. Ich solle meine Finger von Ihnen lassen, sonst würde er erst richtig loslegen, und dass wir ihn nicht mit so einem Versteckspiel wie dieser Fahrradsache austricksen könnten. Ganz schön egozentrisch, dass er denkt, hier wäre es um ihn gegangen.«

Anna spürte, wie sie rot wurde. Nicht nur vor Scham, sondern auch vor Ärger. Für wen hielt ihr Ex sich eigentlich, dass er einen wildfremden Mann einfach körperlich anging? Bildete er sich etwa ein, dass sie sein Eigentum war? Seit einem Vierteljahr waren sie nun getrennt, so langsam musste er doch mal verstehen, dass Anna es ernst meinte und keine Beziehung mehr mit ihm wollte.

Gleichzeitig machte ihr sein Verhalten Angst. Er hatte zwischenzeitlich mehr als nur eine Grenze überschritten, aber körperliche Gewalt war eine ganz neue Stufe. Würde er auch nicht davor zurückschrecken, ihr etwas anzutun, wenn er merkte, dass er sie nicht würde zurückerobern können?

»Es tut mir wirklich leid, dass Sie in eine solche Situation gekommen sind. Soll ich Sie in die Notaufnahme fahren?«

Felix winkte ab. »Quatsch, ist alles halb so schlimm. Außerdem hab ich auch gut ausgeteilt.« Grinsend hielt er ihr seine rechte Hand hin und deutete stolz auf die offenen Stellen an den Fingerknöcheln. Dann tippte er sich an die Stirn, nur knapp an der Platzwunde vorbei.

Anna verzog das Gesicht. Der Anblick der Verletzungen verursachte ihr Schmerzen. »Sind Sie sicher?«, fragte sie besorgt. »Nicht, dass Sie eine Gehirnerschütterung oder so haben.«

»Alles gut, ich hab einen Dickschädel aus Stahl.« Er grinste sie schief an. Als Anna daran dachte, wie er ihrem Ex eine Abreibung verpasst hatte, hatte sie mit einem Mal das Bedürfnis, ihn zum Dank in den Arm zu nehmen. »Wir sollten Anzeige erstatten«, sagte sie schnell, um sich abzulenken. Ganz wohl war ihr allerdings nicht dabei, denn vermutlich würde es ihn nur noch wütender machen, wenn die Polizei bei ihm vor der Tür stand. Andererseits musste man ihm zeigen, dass er so nicht weitermachen konnte.

»Lassen Sie mal. Ich glaube, wir sind quitt.« Felix lächelte gequält.

»Und wenn er Anzeige erstattet und behauptet, Sie hätten zuerst zugeschlagen?«

Er kam einen Schritt näher. »Dann muss er das gegen Unbekannt machen, denn er kennt meinen Namen nicht. Aber für die Tortur schulden Sie mir eine Erklärung. Wer ist der Typ, und was ist mit ihm los, dass er so abgeht?«

Anna zuckte nur die Schultern. Am liebsten würde sie gar nichts sagen, aber sie befürchtete, dass sie nach der Nummer nicht drum herum kam. Sie deutete auf das Rad. »Lassen Sie uns zurückfahren, bevor es noch später wird. Auf dem Weg erzähle ich es Ihnen.« Zumindest einen Teil davon.

Als sie wenige Minuten später auf der Umgehungsstraße waren, dachte Anna darüber nach, wie viel und was genau sie preisgeben sollte. Die Situation war ihr peinlich, obwohl sie gar nicht dafür verantwortlich war. Felix würde sie jetzt wahrscheinlich für eine schwache Frau halten, die ihr Privatleben nicht im Griff hatte.

»Also dieser Mann, er ist mein Ex-Freund, wie Sie sich denken können. Wir sind nicht gerade im Guten auseinandergegangen«, begann sie das Gespräch schließlich. Immer wieder wanderte ihr Blick zum Rückspiegel, in der Befürchtung, dort erneut den SUV zu entdecken.

Felix lachte leise. »Tja, das würde ich auch meinen.«

»Er wollte die Beziehung nicht beenden, aber ich schon. So, Geschichte fertig.«

»Und Sie meinen, mehr Infos habe ich mit einer Platzwunde und einem geprellten Jochbein nicht verdient?«

Anna schluckte, ihre Finger krallten sich ins Lenkrad. Was sollte sie darauf antworten? Sie würde ihm sicherlich nicht alle dreckigen Details erzählen. »Er glaubt, es wäre nur eine Phase von mir, und versucht, mich zurückzuerobern. Mit Rosen, Karten und Liebesschwüren und diesem ganzen Quatsch. Manche Männer akzeptieren eben kein Nein – wie man bei Ihnen gesehen hat. Und bei Robin Thaler, der die Trennung ebenfalls nicht wahrhaben wollte. Selbst wenn er Frau Hoymann nicht umgebracht hat.« Sie atmete tief durch. »Aber wo wir gerade von ihm sprechen: Was meinen Sie? Auch ohne den Zwischenfall wären Sie nicht viel schneller als eine halbe Stunde gewesen, richtig?« Sie warf einen kurzen Blick zu ihm rüber und lächelte über seine langen Beine, die er vor sich in dem kleinen Wagen zu ordnen versuchte.

»Gut abgelenkt, Chapeau!« Er schnalzte mit der Zunge. »Ja, ich denke, eine halbe Stunde ist realistisch.«

»Schaffen Sie die anderen Routen noch oder soll ich Sie doch in ein Krankenhaus fahren?«

Er schnaubte. »Ich bin keine Mimose, wir ziehen das durch. Aber danach sind Sie mir mindestens ein Brathähnchen und einen Humpen Bier schuldig.«

Anna grinste. »Abgemacht.«

Auch die beiden anderen Routen ergaben, dass Robin Thaler mit dem Rad nie und nimmer weniger als eine halbe Stunde für den Weg gebraucht haben konnte. Es ging nur um ein paar Minuten, aber die konnten entscheidend sein. Als Anna mit Felix nach Fürstenfeldbruck zurückfuhr, war es bereits nach neun und für den Außenbereich im Biergarten zu kalt. Im »Stadt Biergarten«, den sie ansteuerten, war auch der Innenraum gut besucht, denn am heutigen Abend trat eine lokale Band auf, die ganz akzeptablen Rock spielte.

Felix, dessen Auge mittlerweile stark zugeschwollen war und bläulich leuchtete, bestand trotz des Trubels darauf, nicht nach einem anderen Restaurant zu suchen, da es hier die besten Hendl in ganz Bayern gäbe und außerdem das Bier im Haus gebraut würde.

»Und Sie müssen das Brot dazu bestellen. Das backen die auch selbst und verkaufen es. Sie müssen mich daran erinnern, welches mitzunehmen.«

Sie nahmen in einem Nebenraum Platz, wo die Musik nicht ganz so laut war. Nachdem der Kellner ihre Bestellung gebracht hatte, musste Anna Felix zustimmen. Das Bier schmeckte fantastisch. Sie tranken beide einen tiefen Schluck, und Felix lehnte sich zu ihr.

»Haben Sie nun alles, was wir brauchen?« Er hielt das Glas an sein Jochbein und verzog das Gesicht.

Annas Gewissensbisse meldeten sich zurück, obwohl sie versuchte, sich damit zu beruhigen, dass sie nicht direkt Schuld hatte.

Sie stellte das Glas ab, seufzte wohlig und nickte. »Mit dem Ergebnis dürften doch zumindest erhebliche Zweifel an der Schuld meines Mandanten aufkommen. Wenn ich noch den Pferderipper als möglichen Verdächtigen ins Spiel bringe, dürfte Herr Thaler wohl aus der Untersuchungshaft freikommen, da der Fall noch zu undurchsichtig ist und es keine Beweise gegen ihn gibt. Gleich morgen werde ich mich darum kümmern, so bald wie möglich einen Haftprüfungstermin zu bekommen.«

Zufrieden lehnte sie sich zurück und schloss für einen Moment die Augen. Feindt würde vermutlich an die Decke gehen, aber es war nicht ihr Problem, wenn seine Schergen nicht ordentlich ermittelt hatten.

»Glauben Sie denn, dass er tatsächlich unschuldig ist?«, fragte Felix.

Anna blinzelte und betrachtete die Blutkruste an seiner Stirn. »Nun, ich denke, das hat unser Experiment heute ergeben. Jemand ist um zehn Uhr in Frau Hoymanns Wohnung eingedrungen. Zu diesem Zeitpunkt muss er sich noch auf dem Rad befunden haben.«

Felix nickte. »Da wird Natalie aber ein Stein vom Herzen fallen. Also meiner Schwester.«

»Noch ist nichts gewonnen. Aber sagen Sie, wollen wir Ihre Schwester nicht dazuholen? Sie könnte mir ein wenig über Herrn Thaler erzählen.«

»Oh, davon wäre sie sicher nicht begeistert. Sie ist … also als Veganerin würde sie hier nicht glücklich.« Er verzog das Gesicht, sein Blick wirkte plötzlich gehetzt.

»Aber es gibt doch bestimmt ein paar Pommes oder eine Brezn. Irgendwas wird sie schon finden auf der Karte.«

Felix rutschte unbehaglich auf seinem Stuhl herum. Hatte er sie etwa belogen? Gab es überhaupt keine Schwester? Aber warum hätte er behaupten sollen, dass er ihren Mandanten über seine Schwester kannte, wenn keine existierte?

»Hören Sie, das mit meiner Schwester ist keine gute Idee. Lassen wir das einfach, in Ordnung?«

»Na gut.« Anna nahm noch einen Schluck aus ihrem Glas. »Wissen Sie, ich würde Ihnen gerne das Du anbieten. Immerhin werden wir jetzt wohl öfter miteinander zu tun haben.«

Felix hob den Kopf und runzelte die Stirn. »Das machen Sie nur, weil ich Ihnen leidtue.« Dabei verstellte er die Stimme, sodass sie etwas weinerlich klang.

Anna musste lachen und schüttelte den Kopf. Dann hielt sie ihm über den Tisch hinweg die Hand hin.

»Anna«, sagte sie.

»Felix.«

18. Kapitel

WÄHREND Anna den Haftprüfungstermin vorbereitete, mit dem sie Robin Thaler hoffentlich aus der Untersuchungshaft holen würde, recherchierte Felix weiter im Fall des Pferderippers.

Theoretisch war es nicht die Aufgabe der Verteidigung, herauszufinden, wer der alternative Verdächtige war, um ihn in der Hauptverhandlung zu präsentieren. Da allerdings Polizei und Staatsanwaltschaft allem Anschein nach beschlossen hatten, ihre Arbeit nicht sorgfältig zu erledigen, lag der Ball bei Anna und Felix. Was ihm gar nicht mal so ungelegen kam.

Sein Name würde zwar offiziell rausgehalten werden, so hatte er es mit Anna ausgemacht, denn er wollte nicht riskieren, von einem seiner ehemaligen Kollegen befragt zu werden. Aber die Aussicht darauf, einem dieser Drecksäcke ein Schnippchen zu schlagen und den wahren Täter dingfest zu machen, motivierte ihn ungemein. Ein Privatdetektiv und eine Anwältin, schlauer als die Polizei erlaubt, das wäre Balsam für Felix' Ego.

Auch Natalie unterstützte ihn hoch motiviert, da sie Thaler unbedingt aus der Untersuchungshaft holen wollte. Ihre Therapiestunde gestern war ausgefallen, was ihr überhaupt nicht passte. Dass Routinen eingehalten wurden, war das Wichtigste für sie. Felix war ihr Einsatz jedoch gar nicht so recht. Mit ihrer Hackerei würde sie ihn noch in Teufels Küche bringen. Es kam einem Wunder gleich, dass bei der Kripo bislang niemandem aufgefallen war, wie seine Schwester hin und wieder in den Datenbanken und auf den Servern stöberte.

Damit sie die Finger davonließ, hatte Felix ihr eine andere Aufgabe gegeben und sie eine Karte mit den vermerkten Angriffsorten des Pferderippers in Bayern erstellen lassen. Die Menge der Attacken, die diesem kranken Schwein zugeordnet werden konnten, in Form von roten Stecknadeln auf einer Landkarte vor sich zu sehen, war erschreckend. Noch schockierender waren die Details zu den Taten, die Natalie stichpunktartig auf kleinen Infozetteln am Rand angepinnt und jeweils mit rotem Nähgarn mit den Stecknadeln der einzelnen Tatorte verbunden hatte. Die Pinnwand wirkte, als wäre sie der Requisite einer ihrer geliebten True-Crime-Dokus entnommen, doch die Arbeit, die sie da geleistet hatte, war wirklich eine hervorragende Basis.

Angefangen hatten die Gräueltaten in einem Radius von fünfzig Kilometern um München, also ganz hier in der Nähe. Seitdem hatte sich sowohl der Umkreis erweitert als auch die Methode des Rippers verfeinert. Stach er anfangs noch willkürlich zu, brauchte er bei den letzten Taten nur wenige gezielte Stiche, um zu töten. Allerdings schien er sich am Leid der Pferde zu ergötzen, denn viele von ihnen wiesen diverse oberflächliche Schnittwunden auf, die ihnen eindeutig zum Quälen zugefügt worden waren.

Dabei schien es ihm egal zu sein, ob es sich um alte Ackergäule oder teure Zuchtpferde handelte. Unter seinen Opfern waren sowohl Ponys und Fohlen als auch Wallache und Zuchthengste, die er in ihren Boxen oder auf der Weide angegriffen hatte. Einige der Tiere hatten überlebt, aber die meisten waren qualvoll verendet.

Ähnlich wie bei typischen Serienkillern hatte sich im Laufe der Zeit seine Schlagzahl erhöht. Anfangs lagen zwischen den Taten, zu denen mittlerweile das Landeskriminalamt Bayern die Ermittlungen übernommen hatte, noch mehrere Monate, zum Schluss kaum Wochen. Bislang konnten aufgrund der Methode und der Tatwaffe 26 ermordete Pferde in ganz Bayern dem Ripper zugeordnet werden. Es war allerdings nicht auszuschließen, dass er zuvor außerhalb des Bundeslandes agiert hatte oder ihm manche Tat nicht zugeschrieben werden konnte.

»Wie hat er es nur angestellt, dass die Tiere auf der Weide nicht vor ihm weglaufen?«, fragte Felix in den Raum hinein.

»Die Frage ist berechtigt. Bei Gefahr ist für sie Flucht die erste Option«, sagte Natalie hinter ihm. Er zuckte zusammen, da er nicht mitbekommen hatte, wie sie nach unten gekommen war. »Dass es Fluchttiere sind, erkennt man bereits an der Position ihrer Augen. Diese sind, wie bei allen Fluchttieren, seitlich am Kopf angebracht, damit sie einen sehr weiten Bereich der Umgebung sehen können. Bei Jägern sind die Augen hingegen nach vorn ausgerichtet, um ihr Opfer besser im Blick zu haben.«

Wie bei uns Menschen, dachte Felix.

»Er könnte sich ihnen von hinten genähert haben, da Pferde selbstverständlich keine Rundumsicht haben. Damit hätte er allerdings riskiert, dass sie austreten. Wenn man Pferde nicht erschrecken will, sollte man stets leise und in freundlichem Ton mit ihnen reden, wenn man an sie herantritt.«

Na, wunderbar. Dass sie einfach mal wild um sich traten, nur weil man zu dicht an sie rankam, stärkte nicht gerade Felix' Vertrauen in diese merkwürdigen Tiere. Hatte er sie schon vorher für unberechenbar gehalten, waren sie ihm nun noch suspekter. Wie, zum Teufel, kam man auf die Idee, sich auf so ein Ungeheuer auch noch draufzusetzen?

»Es ist also davon auszugehen, dass sie entweder losrennen, wenn sich ihnen mitten in der Nacht jemand Fremdes nähert, oder alternativ nach ihm treten, richtig?« *Spätestens wohl dann, wenn dieser Jemand anfängt, auf sie einzustechen,* fügte er in Gedanken hinzu. Pferde waren viel schneller und wendiger als Menschen und konnten auch hohe Hindernisse überwinden. Es sollte ihnen doch gelingen, ihrem Angreifer zu entkommen.

»Möglicherweise ist der Täter jemand, der sich gut mit den Tieren auskennt und es schafft, ihr Vertrauen zu gewinnen«, schlug Natalie vor.

Was wiederum zu Thaler passen würde, denn schließlich arbeitete er täglich mit ihnen. Dass es sich bei ihm um den Pferderipper handelte, war jedoch ausgeschlossen. Anna hatte ihn stichprobenartig nach Alibis zu Taten des Rippers befragt, die nicht allzu lang zurücklagen, und Felix hatte die Angaben überprüft. Bei mindestens zwei Angriffen war es unmöglich, dass Thaler sie begangen hatte. Als im Landkreis Ansbach ein Wallach erstochen worden war, hatte Thaler sich nachweislich im Urlaub auf Kreta befunden, wie Fotos auf seinem Facebook-Profil bewiesen. Ähnliches galt für eine Tat vor anderthalb Jahren in der Oberpfalz. Damals hatte Thaler wegen eines gebrochenen Ellenbogens, der operiert werden musste, im Krankenhaus gelegen.

»Wie würde jemand das anstellen?«, fragte Felix. »Also, dass die Pferde ihm vertrauen und nicht flüchten.«

Natalie holte tief Luft. Ein Zeichen dafür, dass ein weiterer Vortrag folgen würde. Felix setzte sich entspannt hin. Das konnte dauern.

»Eine Grundvoraussetzung ist, dass man selbst gelassen bleibt, denn die Tiere merken, wenn man Angst vor ihnen hat oder gestresst ist«, leierte sie herunter, was sie vermutlich von Robin Thaler im Laufe ihrer Therapiestunden gelernt hatte. »Außerdem ist Routine hilfreich. Wenn das Pferd eine Person kennt und akzeptiert, dann ist die Wahrscheinlichkeit höher, dass es nicht flüchtet.«

»Meinst du also, dass der Täter vor seiner eigentlichen Tat die Koppel besucht haben könnte, damit die Pferde sich an ihn gewöhnen?« Das kam Felix ganz schön aufwendig vor. Wer würde so viel Zeit aufbringen, nur um das Tier schließlich abzustechen?

»Viele Leute glauben, man könnte Pferde mit Leckerli bestechen«, fuhr Natalie fort, ohne auf seine Frage einzugehen. »Damit erkauft man sich aber lediglich für kurze Zeit ihr Interesse, von Vertrauen kann da nicht die Rede sein. Sobald der Futteranreiz nicht mehr gegeben ist, wird das Pferd wieder in seine misstrauische Haltung verfallen. Um es anzulocken, dürfte es allerdings ausreichen.«

»Halt, Moment!«, rief Felix. Sie hatte ihn auf etwas gebracht.

Er nahm sich die Unterlagen auf dem Esstisch vor, während Natalie unbeirrt weiterreferierte und irgendwas davon erzählte, dass man lernen musste, die Sprache der Pferde zu verstehen. Ob er ihr zuhörte oder nicht, spielte keine Rolle, sie würde einfach so lange weiter sämtliche Informationen herunterrattern, bis sie alles gesagt hatte, was sie wusste.

Es dauerte nicht lange, bis Felix gefunden hatte, wonach er suchte. Die Aussage einer Zeugin, die einer der Akten beigelegen hatte. Sie hatte sich gemeldet, nachdem der Fall eines überlebenden Tieres durch die Presse gegangen war. Der Täter hatte damals seine Waffe in einem Pferd stecken gelassen. Es wurde vermutet, dass ihn jemand bei der Tat gestört hatte und er deshalb geflüchtet war, wobei er die Tatwaffe zurückließ: eine Art selbst gebautes Messer aus dem Oberschenkelknochen eines großen Hundes, der als Griff fungierte, und einem geschliffenen Stein als Klinge.

Was ganz besonders interessant war, da Anna ihm erzählt hatte, dass in den Wunden von Sinta Hoymann Partikel gefunden worden waren, die Sand ähnelten. Steinpartikel. Alles deutete darauf hin, dass die Mordwaffe aus demselben Material bestand, aus dem auch die Klinge gefertigt war, mit der in den letzten Jahren Pferde umgebracht worden waren. Und in der Box von Sinta Hoymanns Pferd hatte man in der Nacht, als es verwundet wurde, ebenfalls einen scharfkantigen Stein gefunden.

Aber das war nicht der eigentliche Punkt, weshalb Felix hellhörig geworden war. Interessant war die Aussage einer Zeugin bei diesem konkreten Angriff. Die Frau hatte sich nach den Pressemeldungen bei den ermittelnden Beamten gemeldet. Sie ging mit ihrem Hund täglich die Strecke an der Koppel entlang und war auf einen Mann aufmerksam geworden, den sie in der Nähe eben dieser Weide gesichtet hatte. Dort fütterte er die Tiere aus einem mitgebrachten Beutel mit altem Brot.

Und noch jemand hatte ihm von einem Typen erzählt, der in letzter Zeit ständig vom Hof verscheucht werden musste: Veronique Gmeiner, bei der vor Kurzem eines der Pferde angegriffen worden war.

Was Natalie da gerade über die Leckerchen erzählt hatte, passte dazu. Der Typ lungerte bei den Höfen herum und fütterte die Pferde an, um zu sehen, welche Tiere sich damit locken ließen, und so sein Opfer auszuwählen. Im Schutz der Dunkelheit kehrte er mit noch mehr Brot zurück, um sein blutiges Werk zu vollenden, wobei ihm Sinta Hoymann ins Handwerk gepfuscht hatte.

Felix war davon überzeugt, dass er der Lösung auf der Spur war. Nicht Robin Thaler hatte seine Ex-Freundin umgebracht, die sich von ihm getrennt hatte. Vielmehr war der Pferderipper voller Hass auf die junge Frau gewesen, weil er geglaubt hatte, dass sie ihn der Polizei ans Messer liefern würde. Jetzt musste er nur noch rausfinden, wer dieser Typ war.

19. Kapitel

Am Dienstag wartete Anna mit Robin Thaler im Gerichtsgebäude vor dem Büro von Doktor Grüninger. Da der Haftrichter ihr zugetan war, hatte sie Glück gehabt und schnell einen Termin für die Haftprüfung bekommen, wo manch anderer sie die vollen 14 Tage hätte warten lassen. Staatsanwalt Feindt stand in ihrer Nähe und zog ein Gesicht, als hätte ihm heute Morgen jemand ins Frühstück gespuckt. Wahrscheinlich hatte er nicht damit gerechnet, dass Anna sich so für ihren Mandanten ins Zeug legen würde. In der Regel hatte man weniger Glück mit einem Pflichtverteidiger.

Es dauerte nicht lange, bis der Haftrichter sie in sein Büro rief.

»Denken Sie daran, dass Sie sich nicht zu den Vorwürfen äußern«, raunte Anna Robin Thaler noch zu, bevor sie das mit grellweißen Neonröhren beleuchtete Arbeitszimmer des Richters betraten.

Grüninger begrüßte alle Anwesenden freundlich und bat sie, sich zu setzen. Dann erteilte er Anna das Wort.

Sie räusperte sich, ordnete den Stapel Papier in ihrer Hand und stand auf. Zum Einstieg erläuterte sie den von der Mordkommission ermittelten Ablauf der Tat und ging auf die genauen Uhrzeiten ein, zu denen die Nachbarn die Kampfgeräusche aus der Wohnung wahrgenommen hatten.

»Herr Feindt behauptet, dass mein Mandant nach dem Bezahlen der Rechnung unverzüglich zur Wohnung der Geschädigten aufgebrochen ist, um sie wegen des versäumten Termins zur Rede zu …«

»Das behaupte ich nicht, das haben die Ermittlungen ergeben«, unterbrach

Staatsanwalt Feindt sie genervt. Die ganze Zeit über hatte er den Blick kaum von seiner Armbanduhr genommen. Anscheinend wollte er den Eindruck erwecken, dass er Wichtigeres zu tun hatte. »Ihr Mandant wurde gesehen, wie er um 22:30 Uhr vor dem Haus stand und geklingelt hat. Zufälligerweise genau dann, als die Geräusche in der Wohnung von Frau Hoymann verstummten, er seine Tat also vollendet hatte.«

»Vielen Dank für die freundliche Erinnerung.« Anna lächelte ihn süffisant an. »Davon abgesehen, dass es fraglich ist, weshalb er das gemacht haben sollte, wenn er dabei riskiert, am Tatort gesehen zu werden …«

Wieder wurde sie von dem Staatsanwalt unterbrochen: »Weil Leute wie Sie ihm damit auf den Leim gehen. *Das ergibt doch keinen Sinn. Ein normaler Mensch würde einfach verschwinden*«, äffte er ihre Stimme nach, und Anna musste sich zusammenreißen, um ihn nicht in seine Schranken zu weisen.

Dankenswerterweise übernahm Doktor Grüninger das für sie. »Herr Feindt, bleiben Sie bitte sachlich. Vor allem lassen Sie Frau Hart ihre Ausführungen beenden. Danach haben Sie Gelegenheit, sich dazu zu äußern.«

Feindt verzog das Gesicht. Es fehlte nur noch, dass er ihr die Zunge rausstreckte.

»Vielen Dank«, sagte Anna und nickte dem Richter zu. »Auf die Beweggründe möchte ich auch gar nicht weiter eingehen, denn das wäre reine Spekulation. Der Punkt, den ich eigentlich ansprechen wollte, ist folgender: Mein Mandant konnte zur Tatzeit überhaupt nicht vor Ort sein. Herr Feindt hat gerade selbst gesagt, dass die Geschädigte um 22:30 Uhr mutmaßlich bereits verstorben war, die Tat also ausgeführt. Aber dies ist genau die Uhrzeit, als mein Mandant vor ihrer Wohnung ankam, keine Minute früher.«

Feindt sprang nun auch von seinem Stuhl auf. »Herr Doktor Grüninger, die reine Behauptung, dass unsere Angaben nicht stimmen, kann nicht dazu führen, dass der Haftbefehl ausgesetzt wird. Immerhin liegt hier der Vorwurf einer schweren Straftat zugrunde.«

»Natürlich behaupte ich nicht einfach irgendwas, sondern kann es beweisen.« Sie zog zwei Ausdrucke aus ihren Unterlagen und legte sie vor Doktor Grüninger auf den Schreibtisch. »Hier sehen Sie zum einen die Quittung aus der *Trattoria Piccante*. Herr Thaler hat seine Rechnung um Viertel vor zehn per Kreditkarte beglichen und laut dem Betreiber noch seinen Digestif ausgetrunken. Herrn Feindts Theorie zufolge ist er danach zu seinem Auto gegangen, das etwa fünf

Gehminuten entfernt an einer Ladestation stand, und ist damit zur Wohnung der Geschädigten gefahren. Auf dem zweiten Ausdruck sehen Sie allerdings, dass dem nicht so war.«

Doktor Grüninger nahm die Bestätigung des Betreibers der Ladesäule und las sie durch, während Anna die Testfahrten erläuterte, die sie mit Felix' Hilfe durchgeführt hatte. Als sie fertig war, schaute der Richter Feindt mit strengem Blick an. »Der Wagen war ununterbrochen von acht bis halb zwölf angeschlossen. Die Abrechnung erfolgte auf die Karte von Herrn Thaler.«

»Mein Mandant war mit einem Fahrrad unterwegs. Damit ist die Strecke zwischen Dachau und Hebertshausen nicht in unter einer halben Stunde zu schaffen.«

»Herr Feindt, wie kann es sein, dass dies nicht durch die Ermittler überprüft wurde?«

Der Staatsanwalt war blass geworden, fing sich aber schnell wieder. »Weil der Verdächtige sich nicht dazu geäußert hat, mit welchem Gefährt er unterwegs war.«

»Was sein gutes Recht ist«, sagte Anna.

»Davon abgesehen beweist das gar nichts. Er kann sich genauso gut ein Taxi genommen haben.«

»Sie haben seine Telefonverbindungen an dem Abend überprüft«, sagte der Richter. »Hat er bei einem Taxiunternehmen angerufen?«

»Nein«, murmelte Feindt. »Nicht, dass ich wüsste. Was aber nichts ausschließt. Er kann einfach ein vorbeifahrendes Taxi angehalten haben.«

»Er hätte, er könnte«, war es nun an Anna, den Staatsanwalt nachzuäffen. »Für mich sind das nichts als Vermutungen. Dachau ist nicht der Münchner Hauptbahnhof, wo jederzeit ein Taxi bereitsteht. Der Ablauf, wie ihn mein Mandant hingegen schildert, ist für mich schlüssig und widerlegt die These der Staatsanwaltschaft.«

»Herr Thaler, wollen Sie sich dazu äußern?«, fragte Doktor Grüninger.

Robin Thaler schüttelte stumm den Kopf.

»Es gibt noch weitere Punkte, die erhebliche Zweifel daran aufkommen lassen, dass mein Mandant die Tat wirklich begangen hat

...«, wollte Anna auf den Pferderipper zu sprechen kommen, da wurde sie erneut von Feindt unterbrochen. Sie grub die Fingernägel in ihre Handflächen, um ihn nicht anzuschreien. Wenn das so weiterging, würde sie ihm noch an den Hals gehen.

»Das sehe ich anders«, sagte er und plusterte sich auf wie ein Täuberich bei der Balz. »Im Gegenteil haben unsere Ermittlungen, die natürlich die letzten Tage fortgeführt wurden, weitere belastende Indizien ergeben. Wie die ersten Befragungen im Umfeld des Opfers zeigten, war Herr Thaler sehr eifersüchtig. Nicht ohne Grund, wie sich nun herausgestellt hat.« Feindt drehte sich zu Robin Thaler und starrte ihn mit einem provozierenden Blick an.

Natürlich sprang der sofort darauf an. »Was soll das heißen? Wollen Sie behaupten, sie hätte mich betrogen?«

Anna gab ihm hinter ihrem Rücken ein Zeichen, jetzt besser nichts weiter zu sagen. »Das frage ich mich auch«, sagte sie. Von innen heraus wurde ihr heiß. Sie überlegte fieberhaft, ob sie in der Akte etwas übersehen hatte, und widerstand dem Drang, sofort in ihre Unterlagen zu schauen. Es würde sie nicht gerade professionell dastehen lassen, wenn sie während der Haftprüfung noch mal nachlesen musste.

»Ganz recht, Herr Thaler.« Feindt wandte sich bewusst an ihren Mandanten, um ihn zu provozieren. Er hatte ihn genau an seinem wunden Punkt getroffen. Am liebsten wäre sie dem Staatsanwalt über den Mund gefahren. »Frau Hoymann hatte seit Längerem eine Affäre mit einem anderen Mann. Was vermutlich letztlich auch der Grund für die Trennung war und gleichzeitig ihr Todesurteil. War es nicht so?«

»Wollen Sie mich reinlegen? Bis heute habe ich nichts davon gewusst! Wer war der Typ?«

»Einen Moment!«, rief Anna alarmiert und brachte Thaler damit zum Schweigen, bevor er sich weiter um Kopf und Kragen reden konnte. »Warum erfahre ich erst jetzt davon? Dazu stand nichts in den Ermittlungsakten.«

»Weil unsere Ermittlungen dazu noch nicht abgeschlossen waren.« Feindt setzte das Gesicht eines Oberlehrers auf. Mit verschränkten Armen stand er vor Anna und funkelte sie an. »Sie sollten wissen, dass dem Verteidiger bis zum Abschluss der Ermittlungen die Einsicht in einzelne Aktenteile versagt werden kann.«

»Unter der Prämisse, dass der Untersuchungszweck gefährdet wird«, ergänzte Doktor Grüninger. »War das hier der Fall?«

»Selbstverständlich. Es besteht die Gefahr einer Zeugenbeeinflussung.«

Anna lachte verächtlich auf. War Feindt etwa von allen guten Geistern verlassen? Spätestens damit hatte er sich selbst ins Knie geschossen. »Sie behaupten also, ich wäre persönlich hingegangen und hätte versucht, den Mann zu einer Falschaussage zu bewegen? Denn mein Mandant hätte wohl kaum die Möglichkeit dazu gehabt, er saß immerhin in Untersuchungshaft.«

»Nun tun Sie nicht so, als würden Sie hier nur mit lauteren Mitteln arbeiten«, polterte der Staatsanwalt sie an. »Immerhin schicken Sie irgendwelche Privatermittler zu Zeuginnen, die dann behaupten, dass sie von der Kripo wären, und auch noch Beweismittel einstecken.«

Scheiße. Sie hatte gewusst, dass Felix' Aktion irgendwann Konsequenzen haben würde, aber gehofft, dass es nicht ausgerechnet beim Haftprüfungstermin sein würde. Allerdings hatte er zu dem Zeitpunkt noch nicht für sie gearbeitet, was sie auch anhand des Vertrages nachweisen konnte. Ihr fiel ein, dass er bei Veronique Gmeiner außerdem überhaupt keinen Namen angegeben hatte, also konnte Feindt gar nichts in der Hand haben.

»Ich weiß nicht, wovon Sie sprechen«, sagte sie deshalb schnell.

»Jetzt hören Sie aber mal auf mit diesem Schlagabtausch.« Doktor Grüninger schlug mit der Handfläche auf seinen massiven Schreibtisch.

Das war gar nicht gut. Ihn wütend zu machen, war nicht so einfach, und wenn man es geschafft hatte, dann merkte er sich das, das wusste Anna. Bislang hatte sie bei ihm einen Stein im Brett gehabt. Damit war es wohl vorbei.

»Im Endeffekt interessiert mich nicht, wer welche Fehler bei seinen Ermittlungen begangen hat«, fuhr er fort. »Damit werden Sie sich in der Hauptverhandlung auseinandersetzen können. Mein Rat an Sie beide lautet: Halten Sie sich an die Regeln, die Sie genauestens kennen sollten, sofern Sie im Studium nicht geschlafen haben. Heute habe ich lediglich zu beurteilen, ob ein Haftgrund besteht. Und um mir darüber ein Urteil zu bilden, habe ich genug gehört.«

Feindt schnaufte laut. »Natürlich existiert ein Haftgrund. Hier geht es um den Vorwurf des Mordes!«

»Nach dem gegenwärtigen Stand der Ermittlungen sehe ich das anders«, sagte Doktor Grüninger. »Der dringende Tatverdacht stützte sich auf die falsche Annahme von Ihnen, Herr Feindt, dass Herr Thaler am fraglichen Abend mit seinem Auto unterwegs war. Das war er nachweislich ni…«

»Aber das Taxi …«

»Haben Sie irgendeinen Beweis, dass der Verdächtige sich eines genommen hat? Eine Quittung, eine Zeugenaussage?«, herrschte Doktor Grüninger den Staatsanwalt an. Er mochte es gar nicht, unterbrochen zu werden. Wenn Feindt das vergaß, musste er seine Felle davonschwimmen sehen, stellte Anna mit Genugtuung fest.

»Nein, leider nicht«, murmelte Feindt untertänig, der seinen Fehler jetzt wohl auch erkannte. »Aber den werden wir finden.«

»Gut. Dann beenden wir diese Farce. Der Haftbefehl wird auf Antrag der Anwältin Annabelle Hart aufgehoben. Robin Thaler ist unverzüglich aus der Untersuchungshaft zu entlassen. Herr Feindt, Sie lassen Frau Hart ebenfalls unverzüglich die vollständige Akte zukommen!«

Anna ballte unwillkürlich eine Siegerfaust. Der erste Schritt war geschafft. Sie musste unbedingt sofort Felix anrufen.

20. Kapitel

VERONIQUE konnte sich nur schwer aufraffen. Sie saß mit einer Decke über den Beinen auf der Terrasse und surfte im Internet. Ein kühler Wind war aufgekommen und hatte die Wärme des Tages vertrieben. Seufzend stellte sie den Laptop auf den Tisch neben sich. Je schneller sie die Pferde von der Weide geholt und versorgt hatte, desto eher konnte sie es sich in der warmen Badewanne gemütlich machen und dann im Bett noch einen Film schauen. Zum Glück war ihr Mann Björn morgen wieder da. Momentan übernahm sie seine Aufgaben mit, und langsam wurde es ihr zu viel.

Die letzten Tage hatte sie sich vermehrt Gedanken darüber gemacht, wie sie das schaffen sollte, wenn ihr Mann sich mal verletzte oder aus einem anderen Grund für längere Zeit ausfiel. Sie mussten dringend jemanden einstellen. Das hatten sie schon oft diskutiert, aber ihr Mann war zu geizig und vertraute außerdem niemandem, die Arbeit richtig zu machen.

Aktuell gab es sogar noch mehr zu tun als sonst, da sie Ramiro mitversorgen musste. Das arme Tier! Nicht nur, dass seine Verletzung nach wie vor nicht richtig verheilt war und sich durch die Fliegen immer wieder entzündete, es verstand auch überhaupt nicht, warum seine Besitzerin sich nicht mehr blicken ließ. Bislang war nicht klar, wie es mit dem Hengst weitergehen sollte. Nur dass Sintas Eltern sich nicht um ihn kümmern wollten, stand fest.

Veronique hätte ihn gern übernommen, aber Björn lehnte das ab. Sie hätten genug eigene Zuchttiere, und Ramiro wäre ein Ackergaul, der nur Kosten verursachte, ohne sie wieder einzuspielen.

Nachdem sie sich eine Strickjacke geholt hatte, machte Veronique sich auf den Weg zur Weide. Es war mittlerweile nach sieben, viel später als üblich, und die Pferde waren vermutlich unruhig. Tatsächlich sah sie schon von Weitem, dass sich die Herde vor dem Gatter versammelt hatte. Beim Näherkommen entdeckte sie außerdem eine Person mit einem Jutebeutel, die davorstand und gerade dabei war, die Tiere mit dem Inhalt aus dem Beutel zu versorgen.

Das durfte doch wohl nicht wahr sein! Wie oft sollte sie diesen verdammten Kerl denn noch verscheuchen? Wütend ballte sie die Fäuste und stürmte auf ihn zu.

»Hey«, rief sie, »Schluss damit!«

Er tat so, als bemerkte er sie nicht, und ließ sich nicht beirren.

Bei ihm angekommen, packte Veronique den Mann an der Schulter und riss ihn herum. Das Brot in seiner Hand fiel zu Boden, und sofort steckte eines der Pferde seinen Hals durch den Zaun und versuchte, danach zu angeln.

»Kruzifix noch mal, du Narrischer. Ich hab es dir schon hundertmal gesagt, dass du das lassen sollst! Soll ich die Polizei rufen, damit du aufhörst?« Sie riss an seinem Jutebeutel, an dem er sich festkrallte, als hinge sein Leben daran.

»Warum denn die Polizei?«, quäkte er und schaute sie mit Unschuldsmiene an. »Die Pferde sind doch meine Freunde, und ich tue ihnen gar nichts.«

»So, deine Freunde?« Veronique bückte sich und hob den Brotkanten auf, den er fallen gelassen hatte. Wie befürchtet, war er noch nicht durchgetrocknet und viel zu weich. Sie wedelte damit vor seinem Gesicht herum. »Warum willst du dann mit aller Gewalt dafür sorgen, dass es ihnen schlecht geht?«

Der Kerl trat einen Schritt von ihr zurück. »Das tue ich gar nicht. Die Pferde mögen das Brot, es schmeckt ihnen, und ich tue ihnen etwas Gutes.«

Veronique lachte abfällig. »Was Gutes? So ein heilloser Unsinn. Das ist viel zu weich, sodass die Tiere es nicht kauen können, sondern in großen Brocken schlucken, und das löst mit etwas Pech eine Kolik aus – die tödlich enden kann, nur dass du es weißt.«

»Hören Sie auf, Lügen über mich zu verbreiten!«, rief er und wollte seine Tasche nehmen, die Veronique aus seiner Reichweite zog. »Niemals würde ich absichtlich meinen Freunden schaden. Ich bin hier, weil ich ihnen was Gutes tue. Den ganzen Tag stehen sie hier allein rum, müssen Gras fressen und langweilen sich. Ich leiste ihnen Gesellschaft.«

Veronique schüttelte den Kopf. Sie war es leid, diese Diskussion erneut zu führen. Oft genug hatte sie ihn gewarnt, jetzt reichte es. »Sieh zu, dass du Land gewinnst, sonst sorge ich dafür, dass du die Nacht in einer Zelle verbringst. Ich will dich hier nicht mehr sehen, hörst du? Zieh Leine!« Zur Bekräftigung holte sie ihr Handy hervor, das hier unten zwar keinen Empfang hatte, aber das musste er ja nicht wissen.

Der Mann schaute sie verständnislos an. Dann veränderte sich etwas in seinem Gesicht. Sein Ausdruck wurde härter, die Kiefer mahlten, und seine Augen verengten sich zu Schlitzen. »Du Hexe«, zischte er und griff erneut nach seiner Tasche.

Dieses Mal ließ Veronique ihn gewähren, denn ihr wurde plötzlich bewusst, dass sie ganz allein mit ihm hier draußen war und ihn überhaupt nicht einschätzen konnte. Nun machte sie ihrerseits einen Schritt zurück.

»Verschwinde jetzt«, sagte sie, doch ihre Stimme klang nicht so fest, wie sie es sich gewünscht hätte.

Einen Moment starrte er sie wütend an, dann setzte er sich langsam in Bewegung. »Also gut. Das wirst du noch bereuen«, sagte er, beschleunigte seine Schritte und rannte schließlich.

Veronique schaute ihm hinterher, und erst als er außer Sichtweite war, erlaubte sie sich, aufzuatmen. *Mann, Mann, Mann, da warst du nicht besonders umsichtig,* dachte sie. Was, wenn der Typ völlig ausgerastet und sie angegangen wäre? Sie wäre überhaupt nicht in der Lage gewesen, sich gegen ihn zur Wehr zu setzen, und weit und breit war niemand, der ihr hätte zur Hilfe eilen können.

Sie würde Björn morgen bitten, ihm eine ordentliche Tracht Prügel zu verpassen, sollte er es wagen, sich noch einmal hier blicken zu lassen.

Zwei Stunden später hatte sie endlich alle Arbeiten erledigt und stand mit einem Glas Rotwein und einer Frauenzeitschrift vor der Badewanne, die sich langsam mit warmem Wasser füllte. Björn belächelte sie immer dafür, dass sie sich mit solchem Weiberkram beschäftigte, aber sie war nun mal eine Frau und interessierte sich für Mode, auch wenn sie so gut wie nie Gelegenheit bekam, sich selbst schick zu machen.

Sie legte die Zeitschrift auf den Rand der Wanne, stellte das Glas daneben und zog sich aus. Als sie einen Fuß ins Wasser steckte, zuckte sie zurück. Viel zu heiß. Sie drehte das kalte Wasser auf, wartete einen Moment und versuchte es noch mal. Schon besser. Genüsslich ließ sie sich ins Wasser gleiten und schloss die Augen. Der Badeschaum duftete nach Maracuja und Vanille und erinnerte sie an das Eis, das ihr Björn manchmal von der Tankstelle mitbrachte. Sie hatte noch einen Tropfen Öl mit ins Wasser gegeben, das machte ihre Haut immer so schön zart, auch wenn bei ihren schwieligen Händen nichts mehr zu retten war.

Eine Weile lag sie einfach nur so da und genoss die Wärme, bevor sie sich ihre Zeitschrift nahm. Von draußen war ein Poltern zu hören. Es kam aus dem Wohnzimmer. Kurz verspannte sie sich, als sie an den Irren dachte, den sie von der Weide gejagt hatte. War er vielleicht zurückgekommen und ins Haus eingedrungen? Sie hielt den Atem an und lauschte. Alles blieb ruhig. Wahrscheinlich war es nur eine der Katzen gewesen, die auf den Tisch gesprungen war und dabei irgendetwas heruntergeworfen hatte.

Sie blätterte in der Zeitschrift, konnte sich aber nicht richtig darauf konzentrieren. Die Sache mit dem Kerl ging ihr einfach nicht aus dem Kopf. Björn war immer wieder mal auf irgendwelchen Lehrgängen zur Zucht oder besuchte Weiterbildungen zur Herstellung von Kraftfutter, und sie hatte noch nie ein Problem damit gehabt, allein auf dem Hof zu sein. Aber jetzt, nachdem Sinta so brutal ermordet worden war und nach dem Erlebnis von heute Abend … Sie fühlte sich unwohl, und die Lust aufs Baden war ihr vergangen. Schnell wusch sie sich die Haare, was ihr Unbehagen noch steigerte, da sie dabei nicht auf Geräusche aus dem Haus achten konnte, und stieg aus der Wanne.

In ihren Bademantel eingewickelt und mit der zusammengerollten Zeitschrift in der Hand, die sie notfalls zur Verteidigung einsetzen konnte, schlich sie durch die Diele. Mittlerweile war es ziemlich dunkel, und sie verfluchte sich dafür, dass sie vorhin nicht überall das

Licht eingeschaltet hatte. Vor der angelehnten Tür zum Wohnzimmer blieb sie stehen und atmete noch einmal durch.

»Stell dich nicht so mädchenhaft an«, flüsterte sie sich selbst Mut zu. »Du bist eine erwachsene Frau, und außer dir und ein paar Tieren ist hier keine Menschenseele.«

Dennoch kostete es sie Überwindung, die Tür aufzustoßen und auf der rechten Seite nach dem Lichtschalter zu tasten. Eine Gänsehaut lief über ihren Arm, da sie das Gefühl hatte, dass jeden Moment eine Hand nach ihr greifen würde.

Es passierte nichts, und das Wohnzimmer lag verlassen vor ihr. Ein schneller Blick verriet ihr, dass die Fenster geschlossen waren. Auch keine der Katzen war zu sehen. Vielleicht war das Geräusch ja aus dem Keller gekommen … oder von sonst wo. Es könnte alles gewesen sein, eine Ratte oder ein Marder. Jedenfalls ganz bestimmt nicht der Kerl von der Weide.

Sie ließ sich aufs Sofa fallen, doch das ungute Gefühl wollte nicht vergehen. Nicht einmal den Fernseher traute sie sich einzuschalten; sie saß einfach nur da und lauschte. Vielleicht sollte sie eine Freundin anrufen, zur Ablenkung. Sie hatte mal gelesen, dass es so etwas wie ein Heimwegtelefon gab. Eine Nummer, die junge Frauen anrufen konnten, die nachts allein unterwegs waren und sich durch das Gespräch mit einer anderen Person sicherer fühlten.

Ja, das würde sie machen. Das Telefon war im Flur auf der Station, sie musste es nur holen.

Energisch stand sie auf und stapfte los. Das hier war ihr Zuhause, da würde sie sich nicht ins Bockshorn jagen lassen. Als sie die Diele betrat, fuhr sie zusammen. Weshalb war das Licht aus? War sie das gewesen? Nein! Sie hatte sich gerade eben noch wegen der Dunkelheit unwohl gefühlt. Oder hatte sie es doch aus reiner Gewohnheit ausgeschaltet? Björn beschwerte sich immer über den zu hohen Stromverbrauch.

Noch bevor sie den Gedanken zu Ende führen konnte, wurde sie von hinten gepackt. Eine Hand legte sich auf ihren Mund und erstickte den Schrei, den sie vor Schreck ausstoßen wollte.

Scheiße, dachte sie noch, *du hattest die ganze Zeit recht. Jemand ist hier.* Dann wurde sie zu Boden gerissen.

21. Kapitel

SIE duftete nach dem Schaum, den sie in ihr Badewasser gekippt hatte. Wie Eiscreme, die einem von der Waffel über die Finger läuft. Er roch Vanille und noch irgendetwas Fruchtiges und wollte am liebsten sofort ihre Haut ablecken. Vielleicht schmeckte sie so, wie sie duftete. Aber er durfte keine Spuren hinterlassen, und nach dem Ablecken würde seine DNS überall auf ihr zu finden sein. Außerdem hatte er etwas viel Besseres mit ihr vor, von dem Ablecken ganz sicher kein Bestandteil war.

Er schaute ihr ins Gesicht, das jetzt völlig entspannt war, da sie das Bewusstsein noch nicht wiedererlangt hatte. Dieses dämliche Bauerntrampel, das meinte, es hätte die Weisheit mit Löffeln gefressen. Ihr abfälliger Blick, mit dem sie immer durch die Gegend schaute. Als wüsste sie alles besser. Er war froh, dass er jetzt Gelegenheit hatte, ihr zu zeigen, wie der Hase lief. Dieses Mal war das Glück ihr ganz und gar nicht hold.

Für ihn kam der Zeitpunkt gerade recht. Die letzten Tage hatte er nichts anderes im Kopf gehabt, als erneut tätig zu werden. Erneut das erhabene Gefühl von Macht zu spüren, Herrscher über Leben und Tod zu sein, erneut grauenvolle Angst zu erzeugen. Für dieses Mal hatte er sich vorgenommen, sich zusammenzureißen. Er würde jeden Augenblick ihrer Qualen genießen und im Moment des Todes in ihre Augen schauen, um diesen Anblick seiner Galerie der Grausamkeiten hinzuzufügen. Er würde alles abspeichern, um die Erinnerung abrufen zu können, wenn es mal eine Durststrecke gab.

Es kam Bewegung in Veronique, sie erwachte aus ihrer Ohnmacht. Als er sie zu Boden gerissen hatte, war sie wohl etwas heftig mit dem Kopf aufgeschlagen und hatte das Bewusstsein verloren. Die Zeit hatte er genutzt, um sie am Stuhl festzubinden. Den Bademantel hatte er ihr ausgezogen; nun saß sie nackt vor ihm, völlig schutzlos. Selbst wenn sie schreien würde, würde ihr das rein gar nichts nützen, weil er ihr auf der Höhe ihres Mundes Klebeband um den Kopf gewickelt hatte. Er musste nur aufpassen, dass sie nicht erstickte, wenn sie zu heulen anfing und sich die Nase verstopfte.

Am liebsten würde er jetzt ein Foto von ihr machen. So wie sie dasaß, mit flatternden Augenlidern, feuchtem Haar, das ihr auf die Schultern fiel, den Kopf geneigt und Pferdestricken über ihre Gelenke gebunden, würde sie ein tolles Motiv für ein Filmplakat abgeben. Einzig ihr Körper war nicht sonderlich schön anzusehen, die Brüste schlaff, der Bauch etwas zu schwabbelig, und zwischen den Beinen wucherten die Schamhaare nur so vor sich hin.

Die Aussicht, ihr alle möglichen Qualen zuzufügen, ließ ihn ganz hibbelig werden. Vor Aufregung presste er sich seine Faust auf den Mund, um nicht laut loszuschreien. Sein Herz hämmerte so stark gegen die Brust, dass er die Schläge bis zum Hals spüren konnte.

Du elendige Memme, höhnte die Stimme seines Vaters.

Er wedelte mit der Hand vor seinem Gesicht herum, als könnte er sie dadurch vertreiben. Nichts war verwerflich daran, dass er aufgeregt war. Im Gegenteil. Es zeigte nur, wie wichtig es war, dass er endlich tat, wonach es ihn verlangte. Er unterdrückte seine Bedürfnisse nicht mehr, sondern nahm sich, was er brauchte.

Und besonders männlich ist es, wehrlose Frauen zu quälen, hm? Erst wehrlose Tiere, dann die Frauen. Ein richtiger Mann, dass ich nicht lache!

Nein! Er hielt sich die Ohren zu, auch wenn er wusste, dass es überhaupt nichts bringen würde. Sein Vater log. Pferde waren keine wehrlosen Tiere. Die Katzenbabys, die er in die Güllegrube hatte werfen müssen, die waren wehrlos gewesen. Pferde hingegen waren kraftvoll, sie konnten sich verteidigen. Und auch Veronique war nicht unterlegen. Täglich leistete sie körperliche Arbeit, war trainiert. Aber er hatte sie überwältigt, und nun befand sie sich in seiner Gewalt. Was sie auch verdient hatte.

Er befreite die Welt von ihrem besserwisserischen, neugierigen Dasein. Was hatte sie seiner Mutter erzählt? Dass sie ahnte, wer Sinta umgebracht hatte und dass sie der Kripo bei der Auflösung des Falls helfen würde. Dass er nicht lachte!

Nun, im Endeffekt hatte sie recht, nur lief es nicht ganz so ab, wie sie es sich vorgestellt hatte. Sie würde ihm helfen, den Verdacht zurück auf den Heilpädagogen zu lenken. Konnte es ein Zufall sein, dass ausgerechnet in der Nacht, nachdem er aus dem Gefängnis entlassen worden war, eine weitere Frau starb? Nein! Das würde die Polizei zumindest so sehen.

Endlich war sein Vater verstummt, und er konnte in nervöser Anspannung den Prozess des Aufwachens beobachten. Was würde sie tun, sobald sie begriff, was los war? Was dachte man in dem Moment? War man verwirrt, versuchte, sich zu befreien? Wurde man panisch, weil einem sofort klar war, dass man keine Chance hatte? Würde sie trotz des Knebels losschreien, mit dem Stuhl umherhopsen?

Er zog sich die Mütze tiefer ins Gesicht. Vielleicht sollte er zwei Löcher für die Augen hineinschneiden, um sie als Sturmmaske zu benutzen. Dann würde sie ihn nicht sofort erkennen, das würde die Bedrohung noch erhöhen und ihre Angst steigern. Aber wenn er sich jetzt auf seine Mütze konzentrierte, verpasste er zu viel. Der Moment der Erkenntnis, dass sie ihm ausgeliefert war, würde sich nicht wiederholen lassen. Alles wollte er aufnehmen, das hatte er sich vorher geschworen. Keine Sekunde verpassen, weil er mit seinen Gedanken irgendwo anders war. Er musste die Kontrolle behalten.

Er zog sein Messer aus der Hose, das er extra für den heutigen Abend noch geschliffen hatte, und stellte sich breitbeinig vor sie, als sie langsam den Kopf hob. Sie blinzelte, ruckte mit ihren Armen herum und wimmerte unter dem Klebeband.

Gleich! Gleich, würde sie ihn ansehen.

Als es so weit war, schien sie alles gleichzeitig machen zu wollen. Sie brüllte in den Knebel, zerrte an den Fesseln, warf ihren Oberkörper hin und her und starrte ihn angsterfüllt an. Angestrengt atmete sie durch die Nase und schrie unermüdlich unter dem Klebeband. Außerdem ruckte sie mit dem Stuhl herum, als könnte sie so vor ihm flüchten, doch der bewegte sich nur ein bisschen nach rechts, wo das Sofa stand.

Es gab keinen Ausweg für sie, keine Möglichkeit, ihm zu entkommen. Ihr Schicksal war besiegelt. Sie könnte die ganze Nacht versuchen, sich zu befreien oder den Stuhl umkippen zu lassen, aber es würde ihr nichts bringen.

Das schien sie auch zu verstehen, denn ihre Muskeln erschlafften. Tränen kullerten ihr aus den Augen, und unter den Vanillegeruch mischte sich nun der Duft von Angstschweiß und Urin. Vor Panik hatte sie sich eingepisst.

Seltsamerweise stieß ihn das nicht ab, sondern zog ihn eher an, weil es sich natürlich anfühlte. Eine Reaktion ihres Körpers auf diese lebensbedrohliche Situation. Der Körper wusste, was auch sie irgendwann akzeptieren würde. Ihr Leben war vorbei, spätestens in ein paar Stunden.

Er jauchzte leise. Es fühlte sich so richtig an, was er hier tat. Endlich hatte er seine Bestimmung gefunden. Nicht die toten Tiere waren es, die ihm Erfüllung gaben, nein, sondern Frauen, mit denen er alles anstellen konnte. Alles, was er wollte.

Als sie sich ein wenig beruhigt hatte – oder resigniert, wer konnte das schon so genau sagen –, ging er näher an sie heran, hob sein Messer und stieß es am Schlüsselbein ein kleines Stück in ihre Haut. Nur wenig, sodass er noch nicht ins Fleisch schnitt. Oberhalb der Brust erhöhte er den Druck etwas und war überrascht, wie tief die Klinge in ihren Körper drang und wie schnell das Blut über Messer und Hände lief. Er beobachtete es kurz, dann zog die Klinge es bis zum Bauchnabel hinab.

Nur vorsichtig, sei nicht zu heftig, sonst ist es gleich wieder vorbei, mahnte er sich zur Besonnenheit.

Sein Opfer zuckte, stemmte sich mit dem Körper nach links, versuchte, den Schnitten auszuweichen, wodurch die Linie ungerade wurde, aber das war ihm egal. Es ging hier nicht um die Kunst. Bei der Hüfte angekommen, spürte er unter dem Messer den Knochen, der Handgriff stotterte regelrecht von dem Gegendruck. Er starrte ihr aufmerksam ins Gesicht, roch ihr Blut und wollte mehr davon. So viel mehr. Aber er durfte sie noch nicht töten, das hatte er sich geschworen, deshalb zog er das Messer heraus und betrachtete die Fasern, die sich mit dem Blut daran festgesetzt hatten.

Dann wischte er die Waffe an ihrem Bademantel ab und sah ihr erneut ins Gesicht. Wenn er es nicht besser wüsste, hätte er schwören können, dass sie lachte. Ihre Wangen bewegten sich unter dem Klebeband, der Blick zuckte ziellos hin und her, dann starrte sie ihn an. In ihrem Ausdruck lag so viel: Fassungslosigkeit und ein bisschen Hoffnung, dass zufällig irgendjemand käme, um sie zu retten, aber auch Wut konnte er ausmachen. Eine Wut, die sich nicht gehörte. Er verpasste ihr dafür eine so heftige Ohrfeige, dass ihr Kopf zur Seite flog.

Sollte er ihr die Nase abschneiden, als Strafe, dass sie sie ständig in Angelegenheiten steckte, die sie nichts angingen? Da das ihre Mimik zu sehr verändern würde, entschied er sich dagegen. Stattdessen konzentrierte er sich auf die Verletzung, die er ihr bereits zugefügt hatte. Sie gefiel ihm, es war ein wunderschöner Schnitt in verschiedenen Tiefen. Weiter unten konnte man sogar das Fettgewebe sehen. Blut floss über ihren Unterleib und tropfte auf den Boden. Der Geruch von Vanille und Frucht schwand langsam wie ihr Leben, er wurde überlagert von dem nach Eisen, nach Qual und nach Angst.

»Du arrogante Fotze«, sagte er leise und streichelte mit der Rückseite der Klinge ihren linken Oberschenkel, der durch das Reiten kräftig und muskulös war.

Ihre Muskeln zuckten wie verrückt, die Handgelenke zerrten an den Fesseln, ihre Beine zitterten, und die Füße platschten in ihrem Blut wie ein Frosch, der aus dem Teich an Land springt.

Das Geräusch nervte ihn. Vielleicht hörte es auf, wenn er ihr ein paar Sehnen oder Nervenbahnen durchtrennte. Er drehte die Klinge in den richtigen Winkel und schnitt hinunter bis zum Knie. Wie automatisch stemmte sie ihr Bein nach oben, was kontraproduktiv war, und er hörte eine Sehne reißen und wie das Messer auf dem Knochen aufkam. Er musste irgendeine Arterie verletzt haben, denn diesmal schoss das Blut wie eine Fontäne in sein Gesicht und vernebelte ihm die Sicht, sodass er sich mit dem Ärmel die Augen sauber wischen musste.

»Scheiße«, murmelte er. So viel Blut hatte er bislang nur bei den Pferden gesehen, nie bei einem Menschen. Bestimmt würde sie nicht mehr lange durchhalten.

Er schaute sich um, ob er die Wunde mit etwas abdrücken konnte, da fiel ihm auf, dass am Horizont ein Lichtschein auftauchte. War die Zeit wirklich so schnell vergangen? Wie lange war sie bewusstlos gewesen? Er war doch noch lange nicht fertig!

Aber ihm blieb nichts anderes übrig, als die Sache allmählich zu beenden, obwohl er noch Stunden hätte weitermachen können. Er musste sich waschen und dann schnell verschwinden, bevor das Leben auf dem Hof erwachte. Irgendwann würde auffallen, dass die Tiere nicht gefüttert worden waren, und dann würde man nach ihr sehen.

Er nahm sich den anderen Oberschenkel vor und beobachtete dieses Mal ihr Gesicht dabei. Ihre Lider flatterten, ihre Nase war mittlerweile verstopft, sodass ihr Atem immer hektischer ging.

Da er nicht wollte, dass sie erstickte, machte er sich daran, ihre Kehle aufzuschlitzen, wobei er ihr tief in die Augen schaute. Das war das Schönste, das war das, woran er die ganze Zeit gedacht hatte. Er setzte sich auf die glitschigen Beine und fuhr mit der Klinge über ihren Hals. Das Blut sprudelte hervor und floss über ihre Brüste.

Er steckte das Messer ein und umfasste ihr Gesicht mit beiden Händen, um den Kopf oben zu halten. Erst schloss sich das eine Auge. Er rüttelte an ihr, und sie öffnete es wieder und starrte ihn an. Die Tränen waren versiegt. Irgendein Mechanismus in ihrem Gehirn hatte wohl bereits entschieden, dass sie nicht mehr nützlich waren. Sie versuchte, den Kopf wegzudrehen, aber ihre Kraft reichte dafür nicht aus. Die Augen wurden trüb, sie starrten durch ihn hindurch. Es war zu Ende.

22. Kapitel

AM liebsten hätte Anna sich den Tag freigenommen. Noch immer ärgerte sie sich darüber, wie die Haftprüfung gestern abgelaufen war. Ja, sie hatte dem Staatsanwalt eins reingewürgt, und Robin Thaler war vorerst auf freiem Fuß. Allerdings hatte auch sie ihr Fett abbekommen.

Zunächst war da die Affäre des Opfers, mit der man sie völlig überrumpelt hatte. Die Sache war insofern ein Problem, als dass sie Robin Thaler ein schlüssiges Motiv gab, immerhin war er von Sinta Hoymanns Umfeld als chronisch eifersüchtig beschrieben worden. Zumindest war der Haftrichter nicht darauf eingestiegen, da sie die Unterlagen nicht zur Verfügung gehabt hatte und sich nicht hatte vorbereiten können. Besonders ärgerte sie, dass Felix davon wusste, wie er ihr im Nachhinein gestanden hatte. Die Besitzerin des Hofes, auf dem Sinta Hoymanns Pferd untergestellt war, hatte ihm davon berichtet.

Womit sie beim nächsten Punkt wäre: dem Teil der Steinklinge, den der Detektiv eigenmächtig eingesteckt hatte. Diese ganze Aktion war dumm und konnte Anna noch so richtig auf die Füße fallen. Der einzige Lichtblick war, dass er keinen Namen genannt hatte und man ihm so nichts nachweisen konnte. Gleichzeitig bedeutete es allerdings, dass sie die Klinge maximal für die eigene Gewissheit heranziehen konnten. Beim Prozess würde Anna sie nicht anführen können, wenn es darum ging, den Pferderipper als schlüssigen Alternativtäter zu präsentieren. Außerdem war der Hof für Felix nun tabu, dort konnte er sich nicht mehr blicken lassen.

Nicht zum ersten Mal stellte sie ihre Zusammenarbeit infrage. Sie hatte ihren guten Ruf zu verlieren, und wie es aussah, war Felix das völlig egal. Irgendwie hatte sie geglaubt, dass der Zwischenfall mit ihrem Ex-Freund und ihr anschließendes Gespräch, bei dem sie ihm etwas aus ihrem Leben verraten hatte, das sie normalerweise niemandem einfach so erzählen würde, eine Verbindung zwischen ihnen hergestellt hatten. Nun gut, das mit der Steinklinge ließ sich nicht mehr ändern, das war vor ihrer Zusammenarbeit passiert. Aber dass er sie auflaufen ließ, wo er doch um den Termin beim Haftrichter wusste, machte sie rasend. Wie konnte er nur eine so wichtige Information wie die von der Affäre nicht an sie weitergeben?

Anna musste unbedingt mit ihm darüber sprechen, sonst würde das alles eine gute Partnerschaft zerstören, fand sie. Partnerschaft? Anna schüttelte den Kopf. So weit waren sie noch lange nicht. Im Gegenteil, gerade hatten sie wieder drei Schritte zurückgemacht. Damit sie sich nicht zu sehr in ihre Wut hineinsteigerte, lenkte sie sich mit ausstehenden Telefonaten ab und arbeitete die Post durch, während sie darauf wartete, dass Feindt ihr endlich den fehlenden Teil der Akte schickte. Was konnte da, bitte schön, so lange dauern? Er ließ sie doch mit Absicht zappeln, dieser Mistkerl!

Es war schon nach ein Uhr, als Daniela an ihre Bürotür klopfte. »Wollen Sie was vom Thai? Ich würde jetzt was holen und bringe Ihnen gern was mit, wenn Sie sich von der Arbeit losreißen können.«

Anna seufzte. Die Aussicht auf ein paar gebratene Nudeln mit Ente und Erdnusssoße war verlockend, aber sie hatte sich vorgenommen, nicht mehr zweimal am Tag eine warme Mahlzeit zu essen. Gefühlt hatte sie in den letzten Wochen vier Kilo zugenommen, vielleicht sogar mehr – sich auf die Waage zu stellen, traute sie sich nicht. Da sie es durch ihren Vater gewohnt war, ausgiebig und vor allem am Abend etwas Gekochtes zu essen, musste das Mittagessen flachfallen. Dafür hatte sie sich extra einen Apfel und eine Banane mitgenommen, die sie gegen elf bereits hungrig verschlungen hatte.

»Danke, ich hab schon gegessen«, sagte sie, entgegen ihrem Drang, eine Bestellung aufzugeben.

Als Daniela aus dem Büro verschwunden war, weckte Anna den Computer aus dem Ruhezustand und aktualisierte ihr Mailpostfach. Endlich war die Nachricht von Staatsanwalt Feindt eingetroffen. Neugierig öffnete sie die Scans. Der Lüfter drehte auf, die Datei war riesig.

Den Anfang bildeten die Aussagen von Sinta Hoymanns Umfeld. Zwar hatte sie ihren Freundinnen gegenüber Andeutungen gemacht, dass es einen anderen Mann in ihrem Leben gäbe, aber nicht einmal der besten Freundin hatte sie den Namen genannt. Was anhand der Befragungen nach einer Schwärmerei klang, stellte sich angesichts der Chatprotokolle, die nun folgten, als deutlich ernster heraus.

Die Chats zwischen Sinta Hoymann und ihrer Affäre, mit der sie über WhatsApp kommuniziert hatte, reichten mehr als ein halbes Jahr zurück. Seltsam war, dass die Ermittler den Namen des Mannes bislang nicht herausgefunden hatten. Die Nummer gehörte zu einer nicht registrierten Prepaid-SIM, die wohl vor Jahren erworben worden war, als man zur Freischaltung noch keinen Ausweis brauchte.

Anna scrollte die Protokolle bis ganz nach unten durch, um zum Beginn der Unterhaltung zu gelangen.

»Jetzt können wir ungestört schreiben, ohne dass ich Angst haben muss, dass V. mein Handy durchstöbert :)«, lautete die erste Nachricht des Mannes.

Die Affäre reichte also noch weiter zurück, und der Mann hatte sich offenbar extra dieses Handy besorgt, weil auch er vergeben war. Die Sache wurde immer pikanter.

Mit ein wenig voyeuristischer Freude wühlte sich Anna durch die Chats, die anfänglich harmlose Flirts darstellten und irgendwann eher Telefonsex in Form von Textnachrichten ähnelten. Die Verabredungen zu Treffen wurden häufiger, auch über Robin Thaler wurde gesprochen. Das sah in der Tat nicht gut für ihn aus, wenn man davon ausging – wie es die Ermittler laut ihrer Aufzeichnungen taten –, dass er diese Konversation auf ihrem Handy entdeckt hatte. Kein Mann las gern, wie er von seiner Freundin mit einem anderen betrogen wurde.

Eine ganze Weile wirkte alles sehr harmonisch zwischen den beiden Turteltauben, bis Sinta Hoymann irgendwann ihre Bedenken äußerte, dass Robin Thaler der Affäre auf die Schliche gekommen war.

»Scheiße, er weiß was!«, schrieb sie an einem Nachmittag vor etwa zwei Monaten, und später, am Abend desselben Tages, nachdem der unbekannte Mann versucht hatte, sie zu beruhigen: *»Warum sonst sollte er einfach auftauchen, während ich gerade mit Ramiro in der*

Reithalle bin? Er war noch nie auf dem Hof! Der wollte mich überprüfen, ich sage es dir! Zum Glück warst du heute nicht da. Mir ist der Arsch auf Grundeis gegangen.«

Es folgten weitere Versuche des anderen, sie zu beruhigen, was in einen kleinen Streit ausartete, als Sinta Hoymann schrieb, ob eine Trennung von Thaler nicht besser wäre. Nur wenige Tage später folgte die Versöhnung, und die beiden verabredeten sich erneut und schickten einander zahlreiche Herz-Smileys.

Wie zwei verliebte Teenager, dachte Anna und scrollte weiter. So war das wohl, wenn die rosarote Brille noch fest auf der Nase saß und man vom anderen noch nicht desillusioniert war. In den darauffolgenden Unterhaltungen kehrten die beiden wieder zu heftigen Flirtereien und Anzüglichkeiten zurück, bis der Zeitpunkt der endgültigen Trennung von Robin Thaler erreicht war.

»Ich habs nicht mehr ausgehalten. Heute war es einfach zu viel«, schrieb Sinta Hoymann Ende April.

»Was soll das heißen?«

»Es ist aus. Wir sind nicht mehr zusammen, ich hab Robin vor die Tür gesetzt. Er lässt mich einfach nicht der Mensch sein, der ich bin. Im Gegensatz zu dir. Wir beide sind füreinander geschaffen!«

»Oh, das kam jetzt aber sehr plötzlich«, schrieb der Unbekannte.

Klang in Annas Ohren nicht gerade begeistert. Sie ballte die Fäuste. Männer waren doch alle gleich. Vermutlich wollte der Liebhaber sich nicht mit den Problemen von Sinta Hoymann beschäftigen, sondern war nur darauf aus, ein Betthäschen zu haben. Das hatte schon seine Reaktion gezeigt, als sie zum ersten Mal eine mögliche Trennung angesprochen hatte.

Weiter kam von ihm nichts, keine Frage, wie es ihr ging, keine aufbauenden Worte. Es war wohl ein Telefonat gefolgt, denn die nächste Nachricht, in der Sinta Hoymann ihr Herz ausschüttete, war erst einige Tage später verschickt worden.

»Ich kann langsam nicht mehr. Der ruft mich andauernd an und will es noch mal probieren. Dann steht er zufällig im Supermarkt an der Kasse hinter mir oder lungert in der Nähe meiner Wohnung rum, um mir auf der Straße zu begegnen. Gestern ist er sogar im Büro vorbeigekommen und hat Blumen mitgebracht. Ich will ihn nicht mehr sehen und nicht mehr in meinem Leben haben.«

Na wunderbar. Diesen Abschnitt würde Feindt garantiert gegen ihren Mandanten verwenden. Anna konnte es ihm nicht mal verübeln. All das kam ihr bekannt vor, und wenn man es böse auslegen wollte, konnte man es als Stalking bezeichnen. Zumindest klang das, was ihr eigener Ex-Freund betrieb und was Sinta Hoymann da schilderte, recht ähnlich. Es fehlte nur noch, dass Robin Thaler in ihre Wohnung eindrang, um dort auf sie zu warten.

Anna wurde schlecht bei dem Gedanken, dass ihr das möglicherweise irgendwann mit ihrem Ex blühte. Sie musste sich zusammenreißen, damit ihre persönlichen Gefühle solchen Männern gegenüber nicht ihre Arbeit beeinflussten. Schnell las sie weiter.

»Hmmm!«

Mehr kam von dem Liebhaber nicht. Für diese kurze Antwort hatte er sich zwanzig Minuten Zeit gelassen. *Sehr einfühlsam,* dachte Anna. Anscheinend hatte Sinta Hoymann ein Händchen für Mistkerle gehabt.

»Bestimmt würde er mich in Ruhe lassen, wenn ich einen neuen Freund hätte. Dann würde er sehen, dass es mir ernst ist.«

»Du weißt genau, dass das nicht geht! Wir haben schon darüber gesprochen.«

Dieses Mal war die Reaktion auf dem Fuß gefolgt. Ähnliche Nachrichten folgten, bis kurz vor Sinta Hoymanns Tod Funkstille aufseiten des unbekannten Mannes eintrat.

Interessant. Sinta Hoymann hatte sich nach der Trennung mehr erhofft, als ihr Liebhaber zu geben bereit gewesen war. Das war so weit gegangen, dass er den Kontakt abgebrochen hatte. Möglicherweise hatte er ihr in einem persönlichen Gespräch oder Telefonat erklärt, dass er sich für seine Frau oder Lebensgefährtin entschieden hatte, und die Sache beendet. Was wiederum bedeutete, dass er ebenfalls in den Kreis der Verdächtigen aufgenommen werden musste.

Gut möglich, dass er Panik bekommen und Sinta Hoymann umgebracht hatte, weil sie von ihm verlangte, seine Partnerin zu verlassen, was er nicht wollte. Hatte sie damit gedroht, ihre Affäre öffentlich zu machen, und der unbekannte Mann war ausgerastet?

So schlecht, wie der Chat anfangs für ihren Mandanten ausgesehen hatte, bot er gegen Ende zumindest Raum für Zweifel. Je mehr alternative Verdächtige Anna präsentieren konnte, desto höher war die Wahrscheinlichkeit, dass dem Richter Zweifel an Robin Thalers Schuld kamen. Und dann würde ihm gar nichts anderes übrig bleiben, als ihn freizusprechen.

Kurz hielt Anna in ihrer Überlegung inne und fragte sich, ob sie das wirklich wollte. Wenn er seine Ex-Freundin umgebracht hatte, wollte sie dann diejenige sein, die ihm half, damit davonzukommen? Andererseits war weder die Sache mit dem Pferderipper noch der Liebhaber, dem die Affäre plötzlich zu eng wurde, an den Haaren herbeigezogen. Und dass Robin Thaler zum Tatzeitpunkt nicht in der Wohnung hatte sein können, war ebenfalls eine Tatsache. Es sprach definitiv mehr für seine Unschuld als andersherum, und das würde sie auch so vortragen. Sie würde Felix bitten, herauszufinden, wer der unbekannte Mann war.

Ihr Telefon klingelte und riss sie aus ihren Gedanken.

»Feindt ist dran«, sagte Daniela nur und stellte durch.

Anna nahm eine lässigere Haltung ein und kritzelte auf dem Notizblock.

»Eine schöne Scheiße haben Sie uns da eingebrockt, Frau Hart.«

Anna kaute am Ende ihres Bleistifts herum und ließ einige Sekunden verstreichen. »Was kann ich für Sie tun?«

»Ihr Mandant ist gerade mal wenige Stunden auf freiem Fuß, da können wir uns schon um die nächste Leiche kümmern.«

23. Kapitel

FELIX hatte sich bei Anna für 16:00 Uhr mit neuen Informationen angekündigt. Er war so kurz angebunden gewesen, dass sie nicht dazu gekommen war, ihm von Feindts Anruf zu berichten. Nun wartete sie gespannt auf seine Ankunft. Nachdem sie ihn eine Weile mit Daniela am Empfang herumschäkern gehört hatte und schon kurz davor war, nach draußen zu gehen und die Flirtorgie zu beenden, klopfte er endlich an ihre Tür.

Mit dem Fuß schob sie schnell den Mülleimer so hin, dass er den Inhalt nicht sehen konnte. Ihr Ex hatte mal wieder Blumen geschickt. Dieses Mal, um sich für seinen »kurzzeitigen Kontrollverlust«, wie er es in der beiliegenden Karte genannt hatte, zu entschuldigen. Allerdings kam er nicht umhin, natürlich Anna die Schuld für diese Eskalation zu geben. Ihm wäre ja überhaupt nichts anderes übrig geblieben, als zu glauben, dass sie einen Neuen habe, so abweisend, wie sie sich ihm gegenüber verhielte.

Auf die Idee, dass es ganz allein an ihm lag, kam er nicht. Die Blumen waren jedenfalls, genau wie die Karte, sang- und klanglos im Müll gelandet, wo sie darauf warteten, von der Putzfrau entsorgt zu werden.

»Na endlich. Ich dachte schon, du wärst gar nicht wegen mir gekommen«, sagte sie, als Felix ihr Büro betrat.

Der Privatdetektiv grinste. »Zwing mich bitte nicht dazu, mich zwischen zwei schönen Frauen zu entscheiden. Ihr habt beide eure unschlagbaren Vorzüge.«

Sollte das etwa ein Flirtversuch sein? Damit landete er vielleicht bei Daniela, aber nicht bei ihr.

Felix setzte sich auf den Stuhl vor Annas Schreibtisch, drehte ihn etwas zur Seite und legte ein Bein über das andere. Sein Auge war mittlerweile abgeschwollen, und am Jochbein war nur noch ein gelber Fleck zu erkennen.

»Was hast du rausgefunden?« Da Felix einen auf harten Kerl machte und nicht gern über seine Verletzungen sprach, mied sie das Thema und kam direkt darauf zu sprechen, was er für Neuigkeiten für sie hatte.

Er lächelte sie süffisant an. »Du wirst erstaunt sein.«

Ungeduldig ordnete Anna einen Papierstapel. »Nun erzähl schon. Du hast ja am Telefon schon so ein Geheimnis drum gemacht.«

Felix entknotete seine Beine, rollte den Stuhl wieder gerade und legte seine Unterarme auf den Tisch. »Bei meinen Recherchen bin ich auf einen interessanten Kerl gestoßen. Der füttert fremde Pferde mit altem Brot.« Er schwieg und fixierte sie mit seinem Blick.

Anna trommelte mit ihren perfekt manikürten Nägeln auf der Schreibtischplatte herum. »Ja?«, fragte sie, als er immer noch nicht weitersprach. »Das ist ja nun nichts Besonderes. Meine Mutter hat früher auch das alte Brot zu einem Stall in der Nähe unseres Wohnortes gebracht«, fügte sie an und schenkte ihm ihrerseits ein breites Grinsen.

»Nicht, wenn er ausgerechnet Tage und Wochen vorher auf mindestens zwei der Höfe gesehen wurde, wo später dann die Tiere abgestochen wurden.« Diesmal ließ Felix das gemeine Hinhaltespielchen sein.

»Ah ja.« Das klang für Anna immer noch nicht nach einer bahnbrechenden Information. »Könnte Zufall sein, meinst du nicht? Es gibt doch bestimmt in jedem Dorf einsame alte Männer, die sich mit Entenfüttern ihre Zeit vertreiben. Oder eben bei den Pferdehöfen.«

»Zufälle gibt es nicht, das war früher immer unser Credo, als ich noch … na ja, als ich noch bei der Kripo war.« Anna konnte ihm ansehen, dass die Erinnerung an diese Zeit keine gute war. Kein Wunder, was man so über seinen Abgang gehört hatte. »Außerdem habe ich ein wenig recherchiert und meine Beziehungen spielen lassen. Der Typ scheint ein echter Psychopath zu sein.«

Anna verkniff es sich, ihn dafür zu rügen, dass er sich vor der Aktion nicht mit ihr abgesprochen hatte, wie es eigentlich ausgemacht war. Daran hatte sie ihn nach der Haftprüfung und dem indirekten Anschiss durch Doktor Grüninger extra noch einmal erinnert. »So ein richtiger, ohne Empathie und so? Warum füttert er dann die Pferde?«

»Wahrscheinlich macht er das nicht aus Nettigkeit, sondern um ihr Vertrauen zu gewinnen. Hat mich meine Schwester drauf gebracht; ich habe es ja nicht so mit Pferden. Und ja, ich glaube tatsächlich, dass der Typ krank ist. Er hat zumindest Dreck am Stecken.

Sein Name ist Jan Siering. In seiner Jugend wurde er zu einer mehrmonatigen Haftstrafe wegen Tierquälerei verurteilt. Nach seiner Entlassung ist er mehrmals in ganz Bayern umgezogen. Mittlerweile ist er Mitte zwanzig und lebt seit einigen Monaten wieder in Fürstenfeldbruck in seinem Elternhaus. Die Mutter ist an Krebs gestorben, und er hat das Haus geerbt. Und jetzt rate mal, wo er zuletzt mit seinem Beutel voller Brot aufgetaucht ist.«

Anna hob die Hand. »Moment! Damit ich auch mitkomme. Du glaubst, dass dieser Siering in ganz Bayern Pferde angegriffen hat und jetzt wieder zurück in seiner Heimat ist, wo er auf Frauen umgesattelt hat?«

Felix schaute sie stirnrunzelnd an. »Frauen? Mehrzahl? Hab ich was verpasst?«

»Ach, ja!« Anna tippte sich gegen die Stirn. »Das weißt du ja noch gar nicht. Veronique Gmeiner wurde gestern brutal ermordet. Ihr Mann kam heute Vormittag von einem Lehrgang zurück und hat sie gefesselt und zu Tode gefoltert im Wohnzimmer gefunden.«

Felix sprang auf. »Was? Das passt ja dann erst recht. Sie hat mich erst auf seine Spur gebracht. Mein Gott. Was ist passiert?«

»Feindt war recht wortkarg. Er hat mir nur mitgeteilt, dass Robin Thaler wohl auch in diesem Fall als verdächtig gilt, immerhin wurde sie umgebracht, als er gerade mal wenige Stunden auf freiem Fuß war. Sie gehen davon aus, dass dieselbe Tatwaffe verwendet wurde.« Sie lehnte sich in ihrem Stuhl zurück und strich sich mit dem Mittelfinger über den glatten Daumennagel. »Ich halte ihn natürlich nicht für so dumm, direkt am Tag seiner Entlassung wieder auf Mordtour zu gehen. Für mich ist das der beste Beweis, dass er auf keinen Fall der Täter ist.«

»Ausgerechnet Veronique Gmeiner«, sagte Felix, der nun vor ihrem Tisch auf und ab ging. »Das ist tatsächlich bemerkenswert, weil sie es war, die mich überhaupt auf Siering gebracht hat. Als ich mit ihr gesprochen habe, hat sie den Kerl erwähnt, den sie ständig vom Hof scheuchen muss, weil eines der Pferde wegen ihm mal eine Kolik oder so bekommen hat. Und jetzt ist sie tot, genau wie Sinta Hoymann, deren Pferd angegriffen wurde.«

Anna nickte. Felix hatte recht. Dieser Siering schien auf den ersten Blick tatsächlich höchst verdächtig.

Sie nahm ein Blatt Papier und einen Stift zur Hand und schrieb oben auf die Seite in dicken Lettern »Pferdefütterer«. Darunter verband sie mit Bindestrichen Sierings Alter, dass er bei seiner Mutter wohnte und in seiner Jugend Tiere gequält hatte. »Massive Gewaltanwendung in beiden Fällen«, überlegte sie laut vor sich hin. »Kein sexuelles Motiv, jedenfalls nicht bei Hoymann, und ich wette, dass auch Gmeiner nicht missbraucht wurde. Anscheinend keine lange Planungsphase und wenig Abkühlzeit. Der Täter war wütend, weil er bei seiner Tat am Pferd gestört und fast entdeckt wurde.«

»Hey, du klingst wie ein Profiler vom FBI«, sagte Felix mit ehrlicher Anerkennung in der Stimme.

»Ich durfte ein äußerst lehrreiches und interessantes Seminar besuchen, das während meiner Studienzeit angeboten wurde. Der Dozent war vom FBI-Schulungszentrum. Das ist zwar schon bestimmt zehn Jahre her, aber es war wirklich sehr nützlich.«

Felix überlegte einen Moment. »Du meinst also, Siering – oder wer auch immer der Mörder ist – hat sowohl Sinta Hoymann als auch Veronique Gmeiner nur deshalb getötet, weil er glaubte, dass sie wussten, wer er ist? Und weil er Angst hatte, sie würden ihn bei der Polizei anschwärzen?«

»Es könnte durchaus sein, wobei ich natürlich seine wahren Beweggründe nicht kenne. Das Motiv von mordenden Psychopathen muss nicht immer in Verbindung zum Opfer stehen. Vielleicht reichten ihm Tiere auch irgendwann nicht mehr, und er wollte sich an Frauen ausprobieren? Möglicherweise hat er ein gespaltenes Verhältnis zu seiner Mutter, die früher mehr Zeit mit ihren Pferden verbracht hat als mit ihm. Deshalb hat er angefangen, sie zu verletzen, und der Tod seiner Mutter symbolisiert vielleicht das Ende der Tierquälerei. Jetzt müssen es Frauen sein.«

Felix schnaubte. »Das wäre ja krank.«

»Das passt alles zu dem, was ich noch grob aus dem Seminar weiß.« Anna blickte nicht von ihrem Notizblock auf. »Serienkiller sind in der Regel recht jung und übrigens in den seltensten Fällen die schlauen Psychopathen, wie wir es aus Filmen kennen. Ted Bundy war da schon die große Ausnahme. Typischer sind eher Männer mit niedrigem IQ, wie der Nightstalker oder auch Fritz Honka. Diese Killer entwischen der Polizei nicht, weil sie ihre Taten so akribisch durchplanen, sondern sie haben eine Zeit lang einfach Glück mit dem, was sie tun.«

Passte diese Beschreibung auch auf ihren Ex? Mit seiner Mutter verstand er sich nicht gut, und sein Vater war bis zum Tod ein unterkühltes und herrisches Familienoberhaupt gewesen, das seinem Sohn keine Liebe geschenkt hatte. *Du liebe Güte, war ich etwa jahrelang mit einem Psychopathen liiert?,* schoss es ihr durch den Kopf. Sie schüttelte den Gedanken ab. »Ich glaube, du hast recht. Dieser Siering klingt, als könnte er ein brandgefährlicher Typ sein. Wir sollten ihn genauer unter die Lupe nehmen.«

»Also, der Kerl hört nicht auf, oder wie?« Felix setzte sich wieder und stützte sich mit den Ellbogen auf den Knien ab. Er wirkte resigniert.

Anna seufzte tief. »Wenn wir Pech haben, hat er erst angefangen, Blut zu lecken.«

24. Kapitel

FELIX verbrachte den Abend vor dem Fernseher und zappte sich durch die Programme, ohne richtig wahrzunehmen, was er da ansah. Immer wieder ging ihm durch den Kopf, was Anna am Nachmittag über den Täter gesagt hatte. Je länger er darüber nachdachte, desto mehr Sinn ergab es für ihn. Über zwei Jahre hinweg hatte der Kerl Pferde angegriffen, seine Methode verfeinert, die Pausen zwischen den Taten verkürzt. Wenn er mit seiner Vermutung richtig lag und Siering nicht nur der Ripper, sondern auch Sinta Hoymanns Mörder war, hatte er nun den nächsten Schritt gemacht und innerhalb kürzester Zeit zwei Menschen umgebracht. Und das auf brutalste Art und Weise, zumindest im Fall von Sinta Hoymann. Wer auch immer der Täter war, er fand Gefallen am Töten, so viel stand fest.

Genervt schaltete Felix den Fernseher aus. Das Hintergrundrauschen konnte er gerade schlecht ertragen. Stattdessen nahm er den Laptop und stellte ihn auf seinen Schoß. Es war bereits nach Mitternacht, und er spürte keinen Funken Müdigkeit. Er war ohnehin kein Frühaufsteher, aber seine nächtlichen Einsätze in den vergangenen Wochen bei dem Nachbarschaftsstreit hatten seinen Rhythmus gänzlich versaut. Meist blieb er bis nach drei Uhr auf und schlief bis mindestens elf am Vormittag.

Aus Langeweile rief er Facebook auf. Privat würde er die Social-Media-Plattform eher nicht nutzen, aber um Werbung für seine Detektei zu schalten, ohne die er gefühlt überhaupt keine Anfragen bekäme, oder für die Recherche zu Personen war er dort angemeldet. Zuletzt hatte er Jan Sierings Profil aufgerufen, dessen Profilbild ihm nun entgegenstarrte.

Nichts an seinem Aussehen deutete darauf hin, was für ein kranker Typ er wirklich war. Er wirkte eher wie ein kindlicher Nerd, auf der Nase eine altmodische Brille, ein schlechter Haarschnitt, der direkt aus den Neunzigern stammen könnte, Mittelscheitel, straßenköterblonde

Haare. Aber das hatte nichts zu heißen, denn in den meisten Fällen war das Umfeld eines Mörders ahnungslos, wenn es zur Verhaftung kam. Man konnte dem Menschen das Böse, das in ihm schlummerte, nicht ansehen.

Anscheinend war auch Siering eher der Typ Nachteule, denn er hatte vor wenigen Minuten etwas gepostet. Sein Profil war überflutet von kitschigen Bildern, gespickt mit kitschigen Lebensweisheiten oder möchtegernklugen Zitaten irgendwelcher Größen der Menschheitsgeschichte. Gerade hatte er den Aufruf einer Person geteilt, die ihre Katze vermisste.

Vermutlich hast du Arschloch sie selbst auf dem Gewissen, dachte Felix. Bei dem Gedanken daran, was Siering möglicherweise mit dem armen Tier angestellt hatte, wurde ihm schlecht. Anhand der Einträge, die er von seinem ehemaligen Kollegen unter der Hand zugespielt bekommen hatte, konnte er es sich leider gut genug vorstellen. Um als Jugendlicher zu einer Freiheitsstrafe wegen Tierquälerei verurteilt zu werden, bedurfte es schon einiger Grausamkeit. Wobei Felix nicht verstand, warum man bei Siering das Jugendstrafrecht angewendet hatte. Er war bei seinem Prozess bereits zwanzig gewesen und ganz bestimmt nicht unreif, wenn man sich seine Taten anschaute. Am liebsten wäre er sofort losgefahren, um ihm mit seiner Faust mal ordentlich die Meinung zu geigen.

Felix sprang vom Sofa auf. Warum sollte er eigentlich nicht mal unverbindlich bei Siering vorbeischauen? Natürlich nicht, um ihm eine reinzuhauen, so verlockend die Vorstellung auch war. Doch es konnte nicht schaden, wenn er sich einen Eindruck davon verschaffte, wie der Kerl so lebte. Er schien noch wach zu sein, also bestand durchaus die Chance, dass Felix durchs Fenster einen Blick auf ihn werfen konnte.

Kurzerhand schnappte er sich seinen Schlüssel und verließ die Wohnung. Da Natalie entweder bereits schlief oder vor ihrem Computer saß und in irgendein Forum vertieft war, wobei sie nicht gestört werden durfte, schrieb er ihr nur eine kurze WhatsApp-Nachricht.

Mit dem Auto brauchte er keine Viertelstunde, bis er Sierings Straße erreicht hatte. Das Haus des Tierquälers stand etwas zurückgesetzt vom Gehweg in einem düsteren Vorgarten, was Felix ganz recht war.

So blieb er hoffentlich vor neugierigen Nachbarn verborgen, die am Ende noch die Polizei riefen, weil sie ihn für einen Einbrecher hielten. Er ging einmal ums Haus herum, um sich einen Eindruck zu verschaffen und möglicherweise einen Blick ins Innere werfen zu können.

Auf der Rückseite entdeckte er tatsächlich ein erleuchtetes Fenster im Erdgeschoss. Allerdings war es Hochparterre, sodass er nicht hineinschauen konnte, ohne irgendwo hochzuklettern.

Er wollte sich gerade nach etwas Geeignetem umsehen, da wurde es dunkel und nur noch gedämpftes Licht, vermutlich aus der Diele, fiel in den Garten. Felix stapfte wieder nach vorn, doch auch dort lagen alle Zimmer im Dunkeln. Vielleicht war Siering ja mittlerweile auf dem Weg ins Bett, immerhin war es fast ein Uhr. Das Haus war alt und besaß nur Fensterläden. Wenn Felix noch ein wenig wartete, könnte er einen Blick ins Innere wagen, ohne zu riskieren, entdeckt zu werden.

An einen Baum gelehnt, um nicht direkt aufzufallen, beobachtete er die Front, als sich plötzlich die Haustür mit einem leisen Quietschen öffnete. Ganz langsam, sodass er sie übersehen hätte, wäre da nicht das Geräusch der Tür gewesen, schob sich eine Gestalt heraus. Wo wollte Siering um diese Zeit noch hin? Mit einem hellen Jutebeutel über der Schulter und ansonsten dunkel gekleidet, huschte er zur Straße und stieg in ein Auto, mit dem er davonfuhr.

Seltsam. Felix' ehemaligem Kollegen zufolge bezog Siering Arbeitslosengeld II. Überhaupt hatte er arbeitstechnisch wenig gemacht, nachdem er seine Jugendstrafe verbüßt hatte, sodass es recht unwahrscheinlich war, dass er irgendwo für die Nachtschicht eingeteilt war.

Felix wartete noch einen Moment, ob er nur zum Zigarettenholen gefahren war, aber Siering kam nicht zurück. Also stieß er sich von dem Baumstamm ab und ging auf die Haustür zu, während er seine Supermarkt-Rabattkarte aus dem Geldbeutel fischte.

Nur mal probieren, sagte er sich. Wenn ihm der erste Versuch gelang, war das ein Zeichen, dass er sich mal kurz umsehen konnte. Eigentlich glaubte er nicht an so etwas, aber man konnte sich die Dinge ja auslegen, wie es gerade passte.

Es dauerte nicht mal dreißig Sekunden, da sprang die Tür auf. Felix hielt kurz die Luft an, ob sich drinnen etwas regte, doch es blieb alles still. Soweit er wusste, lebte Siering allein, aber man konnte ja nie wissen, ob er nicht doch einen Mitbewohner hatte, um seine Einnahmen ein wenig aufzubessern. Leise betrat Felix das Haus und drückte die Tür hinter sich zu.

Wenn das Anna wüsste, die würde unter Garantie ausrasten. Aber sie musste es ja nicht erfahren. Er war nicht hier, um irgendwelche Beweise zu sammeln. Im Grunde wusste er nicht, wonach genau er suchte. Eigentlich wollte er sich nur mal umsehen, sich ein Bild davon machen, wie so ein kranker Tierquäler und mutmaßlicher Pferderipper und Mörder lebte. Möglicherweise stieß er ja auf etwas Verdächtiges, sodass er seine Ermittlungen in Richtung Siering offiziell intensivieren konnte.

Der erste Eindruck, nachdem sich seine Augen an das fahle Licht gewöhnt hatten, war enttäuschend. Im Endeffekt sah es ähnlich aus wie in der Wohnung seiner Eltern bis zu ihrem Tod. Kein Wunder, immerhin hatte das Haus Sierings Mutter gehört, und Geld, um sich neu einzurichten, hatte der Arbeitslose bestimmt nicht. Die Möbel waren alt und verlebt, hässliche Läufer lagen über dem Parkett und die Wände waren mit geschmacklosen Malereien und Fotos geschmückt. Alles wirkte sauber und aufgeräumt, und Blutflecken oder Ähnliches gab es schon gar nicht zu entdecken. Da die Frauen in ihren eigenen Wohnungen ermordet und die Pferde auf den Weiden oder den Ställen angegriffen worden waren, war das auch kaum zu erwarten gewesen.

Am Ende des Flurs erspähte Felix eine angelehnte Tür. Wenn er sich nicht täuschte, war dies der Raum, in dem Siering gerade eben noch gesessen hatte. Um das Knarren der Bodendielen zu vermeiden, schlich Felix wie in Zeitlupe darauf zu. Er wollte kein Licht machen, also nahm er sein Handy aus der Hosentasche und schaltete das Display ein.

Im Halbdunkel betrat er das Zimmer und schreckte sofort zurück. Vor ihm auf dem Boden lag eindeutig ein Tier. Ein großes. Im ersten Moment glaubte Felix, vor einem Hund zu stehen, doch der schwarze Fleck bewegte sich nicht, sondern streckte lediglich alle viere von sich in die Luft. Er ging näher heran und leuchtete das Tier mit dem Handy

an. Tote Augen starrten ihn an. Die Bauchdecke war aufgeschlitzt und
…

Ein Geräusch ließ Felix aufschrecken. Eine Autotür, dann ein Schlüssel im Schloss. Scheiße, Siering kam zurück. Schnell leuchtete Felix den Raum auf der Suche nach einer Versteckmöglichkeit ab. Wohin er auch blickte, es schauten ihm tote Tiere entgegen. Einen Schrank oder ein Sofa fand er nicht, lediglich Regale, in denen Einmachgläser mit irgendwelchen organischen Gebilden sowie weitere Tiere gelagert waren, und eine Werkbank. Nicht mal einen Vorhang gab es, hinter dem er sich verstecken konnte.

Mittlerweile hörte er schon Schritte in der Diele, die glücklicherweise in die Küche abzubiegen schienen. Ihm blieb nur eine Möglichkeit: das Fenster. Siering würde zwar später merken, dass der Riegel nicht geschlossen war, aber darauf konnte Felix keine Rücksicht nehmen. Auf keinen Fall durfte er sich von diesem Irren in seinem Reich des Todes erwischen lassen.

Er steckte das Handy ein, öffnete das Fenster und sprang hinaus. Gerade rechtzeitig, denn er hatte nur wenige Schritte in Richtung der Hecke gemacht, um sich dort zu verstecken, da ging in dem Zimmer das Licht an.

25. Kapitel

FRÜH aufzustehen, war überhaupt nicht Annas Ding. Erst recht nicht, wenn es so kühl war wie in der letzten Nacht. Ihr Wecker klingelte um halb sechs, da sie noch so viel auf dem Tisch hatte, dass sie heute vor sieben im Büro sein wollte, aber sie schaffte es einfach nicht, sich aus dem gemütlichen Bett zu quälen.

Unter der Dusche brauchte sie auch länger als sonst, weil sie sich nicht von dem warmen Wasser loseisen konnte. Immerhin war sie danach einigermaßen fit, auch wenn es mittlerweile schon Viertel vor sieben war und sie es niemals zur geplanten Uhrzeit ins Büro schaffen würde. Zumindest gab es keinen Chef, der sie dafür rügte.

Auf dem Weg in die Kanzlei holte sie sich in einem Coffeeshop einen großen Becher schwarzen Kaffee zum Mitnehmen. Gemessen an ihrem gelangweilten Gesichtsausdruck fühlte sich die junge Aushilfe hinter dem Tresen von Annas Bestellung maßlos unterfordert. Die meisten Kunden kauften wohl irgendwelche White-Mocca-Latte-Caramel-Brühe, die so rein gar nichts mehr mit einem koffeinhaltigen Getränk zu tun hatte, sondern eher Milchshakes ähnelte. Anna verstand nicht, wie man sich so etwas anstelle eines guten Kaffees reinpfeifen konntc.

Bei ihrem Büro angekommen, fand sie dank der frühen Stunde sofort einen Parkplatz. Etwas ungelenk stieg sie aus dem Mini, wobei sie den noch viel zu vollen Becher vorsichtig balancieren musste, da sie sich dummerweise gegen einen Deckel entschieden hatte. Das hatte sie nun von ihrem Versuch, zumindest ein wenig nachhaltiger zu leben.

Mit der Aktentasche unter dem Arm, den Schlüsselbund am kleinen Finger und den Blick stur auf den Becher gerichtet, tippelte sie über den Bürgersteig. Nur aus dem Augenwinkel nahm sie wahr, dass jemand aus einer Nische trat. Frontal stieß sie mit der Person zusammen, die sich ihr mitten in den Weg stellte. Der Kaffee schwappte über und landete auf ihrer Bluse, der Schlüssel rutschte von ihrem Finger und fiel auf den Boden.

»Herrgott noch mal, können Sie nicht aufpassen?«, blaffte sie die Person an und betrachtete das Malheur auf ihrer Kleidung. Nur gut, dass sie heute keine wichtigen Termine angesetzt hatte.

»Gut, dass Sie endlich da sind«, sagte die Person, während Anna damit beschäftigt war, den Schlüsselbund aufzuheben.

Verwirrt schaute sie hoch und erkannte Robin Thaler. Was hatte der denn um diese Uhrzeit hier zu suchen? »Entschuldigen Sie, aber waren wir verabredet?«

»Nennen Sie mir den Namen.«

Anna griff nach dem Schlüssel und richtete sich auf. Ihr Mandant sah furchtbar gerädert aus, unter seinen Augen zeichneten sich dunkle Schatten ab, und sein Haar hing ihm fettig in die Stirn. Er kratzte sich nervös an der Wange, auf der ein ungepflegter Bart wucherte.

»Welchen Namen?«, fragte Anna verwirrt, doch sie ahnte, worauf er hinauswollte.

»Lassen Sie den Scheiß!«, brüllte Thaler sie unvermittelt an, und sie wich vor Schreck einen Schritt zurück.

»Hören Sie, vielleicht beruhigen Sie sich erst mal und erklären mir, worum es geht.« Es war ihr unangenehm, mit dem offensichtlich aufgebrachten Mann hier auf der Straße zu diskutieren, aber noch weniger wollte sie in diesem Moment allein mit ihm in ihrem Büro sein.

»Das lässt mir seit der Entlassung keine Ruhe. Ich mache nachts kein Auge zu. Sie müssen es mir sagen!« Robin strich sich die Haare aus der Stirn und wischte anschließend die Hände an seiner Hose ab. Er atmete tief ein und aus und sagte zwischen zusammengebissenen Zähnen: »Ich will wissen, mit wem Sinta die Affäre hatte, von der dieser Staatsanwalt bei der Haftprüfung geredet hat. Sie haben doch sicher längst alle Informationen.« Er ließ die Schultern hängen, aber in seinen Augen war noch immer Wut zu sehen.

»Oh!« Anna schluckte. Ihre Stimme klang keineswegs selbstsicher. Das hatte sie befürchtet. Es stimmte wohl, was die Freundinnen von Sinta Hoymann über ihren Mandanten gesagt hatten. Er war chronisch eifersüchtig. »Herr Thaler, davon abgesehen, dass in den Akten bislang kein Name vermerkt ist, dürfte ich Ihnen den aus datenschutzrechtlichen Gründen nicht mitteilen. Es tut mir sehr leid. Möglicherweise …«

Thaler machte einen Schritt nach vorn und baute sich bedrohlich vor ihr auf. »So ein Unsinn. Das glauben Sie doch selbst nicht. Ich habe ein Recht darauf, es zu erfahren. Sie war meine Freundin, und der Typ hat sie umgebracht!«

Anna ballte eine Faust um ihren Schlüssel. Vielleicht konnte sie sich damit notfalls zur Wehr setzen. Thaler war nun so nah, dass sie seinen sauren Schweiß riechen konnte. Anscheinend hatte er seit seiner Entlassung nicht nur keinen Schlaf mehr gefunden, sondern auch nicht geduscht.

Sie straffte die Schultern und versuchte, selbstsicher zu wirken. Mit ihren knapp eins sechzig in den hochhackigen Schuhen war das nicht so leicht. Außerdem bebten ihre Knie. »Ich kann verstehen, dass Sie aufgebracht sind, wirklich. Mit einem solchen Verlust umzugehen, ist fürchterlich schwer. Deswegen rate ich Ihnen dringend, sich Hilfe zu holen.« Hoffentlich klang das nicht zu sehr nach Psychotherapeutin, aber eine andere Möglichkeit sah sie nicht, ihn von seinem Aggressionslevel runterzuholen.

Ausgerechnet heute war niemand weit und breit zu sehen, der ihr helfen konnte. Die meisten Geschäfte in der Umgebung öffneten erst um neun. Tolle Idee, so früh aufzustehen und herzukommen.

»Hilfe! Dass ich nicht lache. Niemand kann mir helfen.« Seine Miene veränderte sich, er sah nun gequält aus. »Es würde mir höchstens helfen, zu verstehen, was wirklich passiert ist. Und dafür brauche ich seinen Namen. Wenn sich die Polizei schon nicht um ihn kümmern will …«

»Halt!«, unterbrach Anna ihren Mandanten. »Was Sie da möglicherweise vorhaben, ist überhaupt keine gute Idee. Ich bin auch nicht einverstanden, wie die Staatsanwaltschaft und die Beamten gerade vorgehen, aber das ändert nichts daran, dass wir ihnen ihre Arbeit schon überlassen müssen. Und es bringt Ihnen auch nichts, wenn Sie mich hier bedrängen, denn wie ich bereits sagte, hat die Kripo noch nicht herausgefunden, um wen es sich bei diesem Mann handelt. Sie gehen jetzt besser nach Hause, legen sich hin und versuchen zu schlafen.«

Mit einem Satz war er bei ihr und umklammerte ihre Oberarme mit festem Griff. »Reden Sie nicht so einen Scheiß! Sie lügen! Sie glauben, ich war es!« Er schüttelte sie so fest, dass ihr die Tasche aus der Hand rutschte und auf den Boden klatschte.

Steif vor Angst schnappte Anna nach Luft. Genauso schnell, wie er sie angegangen war, ließ Thaler sie wieder los, trat einen Schritt zurück und starrte auf den Boden. »Tut mir leid«, murmelte er. »Ich hatte mich für einen Moment nicht im Griff.«

So wie an dem Abend, als Sie Sinta Hoymann umgebracht haben?, dachte Anna. Nach diesem Auftritt war sie sich nicht mehr sicher, ob er tatsächlich nichts mit dem Tod seiner Ex-Freundin zu tun hatte.

»Ich will doch nur wissen, mit wem sie was hatte. Verstehen Sie doch, ich habe sie geliebt und würde ihr nie was antun.« Er wurde wieder laut und kam erneut auf sie zu. Anna stolperte nach hinten, als Thaler wie aus dem Nichts zurückgezogen wurde. Er schrie auf und lag keine Sekunde später bäuchlings auf dem Boden. Jemand kniete auf seinem Rücken und drehte den Arm ein.

»Andreas?«, rief Anna. In den letzten Wochen war sie nie so erleichtert gewesen, ihren Ex zu sehen, wie in diesem Augenblick.

»Sehe ich dich noch mal in ihrer Nähe, kommst du nicht so glimpflich davon, hast du verstanden?«, knurrte er ihren Mandanten an.

Thaler stieß einen Schmerzenslaut aus. »Ich … wollte doch … nicht … Lassen Sie mich los, verdammt! Sie tun mir weh.«

»Hast du verstanden?«

Thaler murmelte ein leises »Ja«, woraufhin Andreas von ihm abließ und sich zwischen Anna und ihm positionierte, damit Thaler nicht mehr an sie herankam.

Fluchend rappelte ihr Mandant sich auf, schaute sie noch einmal wütend an und verschwand die Straße entlang. »Wenn Sie mir nicht helfen wollen, finde ich es eben allein raus!«, rief er noch, dann war er außer Sichtweite.

Anna seufzte auf, nahm ihre Tasche vom Boden und glättete den Hosenanzug und ihre Haare.

»Alles in Ordnung?«, fragte Andreas, klang dabei aber nicht so besorgt, wie er es sein sollte. Es wirkte eher, als würde er sich insgeheim freuen, dass er sie aus einer prekären Lage hatte befreien können.

Anna wusste nicht, was sie sagen sollte, deshalb nickte sie nur.

»Was war das für ein Bekloppter? Gut, dass ich gerade zufällig in der Gegend war und euch gesehen habe.«

Genau. Rein zufällig. Jetzt, wo sie etwas ruhiger wurde, realisierte sie, dass er sie schon wieder beobachtet haben musste. In dieser Situation war es vielleicht gut, denn wer konnte schon sagen, was Thaler noch getan hätte, aber im Endeffekt machte ihr sein Verhalten Angst. Ihre anfängliche Dankbarkeit wich der Wut.

Anna wehrte ihn mit den Händen ab, als er näher kam, um sie augenscheinlich in den Arm zu nehmen. »Nicht, August!«, sagte sie bestimmt.

Er runzelte die Stirn, denn er hasste es, wenn sie ihn mit seinem zweiten Vornamen ansprach. Das tat seine Mutter immer, wenn es ernst war, und sie hatte das während ihrer Beziehung übernommen. So langsam musste er verstehen, dass er zu weit ging. Die Blumen, der Angriff auf Felix und jetzt das hier. Glaubte er vielleicht, dass sie zu ihm zurückkehren würde, nur weil sein Stalking zufällig dazu geführt hatte, dass er zum richtigen Zeitpunkt vor Ort gewesen war?

»Danke für deine Hilfe«, sagte sie kleinlaut, obwohl sie ihn eigentlich lieber fragen wollte, was er schon wieder hier zu suchen hatte.

Er ging vor ihr auf und ab und raufte sich seine sonst so korrekt gestylten Haare. »Mensch, Anna, Kleines. Mit was für Typen lässt du dich denn ein? Erst der komische Kerl auf dem Fahrrad und jetzt das hier.« Er schüttelte mit einer väterlichen Miene den Kopf.

Kleines! Anna wurde schlecht. Wie oft hatte sie ihm schon während ihrer Beziehung gesagt, dass sie es hasste, wenn er sie so nannte? Das war wohl die Retourkutsche für den August. Sie umklammerte den Tragegriff ihrer Tasche und hätte sie am liebsten gegen den Kopf ihres Ex-Freundes geschlagen.

»Weißt du, Andreas August, ich verstehe nicht, was du hier um diese Uhrzeit zu suchen hast. Meines Wissens ist deine Wohnung in Münchens Stadtmitte. Ich bin dir dankbar, dass du mir geholfen hast, aber vermutlich wäre ich auch selbst mit meinem Mandanten fertig geworden. Ein für alle Mal: Wir sind getrennt, und ich möchte, dass du dich fernhältst, von mir und von meinen Mitarbeitern oder Mandanten.« Mehr wollte sie zu Felix' Person nicht sagen, denn es war lächerlich, zu behaupten, er wäre ein Freund.

Andreas blickte sie hochmütig an und grinste dann. »Immer noch die Frau, die meint, sie könnte alles allein stemmen, was? Na ja, hat man ja gesehen.«

Anna drehte sich um und hielt auf die Eingangstür zu dem Gebäude zu. »Ich finde, ich habe genug gesagt, August.«

Mit zittrigen Fingern schloss sie auf und betrat das Treppenhaus. Ihre Absätze klapperten lautstark auf dem Marmorboden. Sie musste sich zusammenreißen, um sich nicht umzudrehen und zu schauen, ob er ihr folgte. Oben im Büro angekommen, versperrte sie die Tür hinter sich, warf ihre Tasche auf den Schreibtisch und nahm ihr Handy heraus. Sie musste unbedingt Felix anrufen und ihm von Thalers Auftritt berichten.

Nach dreimaligem Klingeln hörte sie seine verschlafene Stimme.

»Schläfst du eigentlich auch mal?«, fragte er nuschelnd. Es klang, als würde er noch im Bett liegen.

»Störe ich bei etwas?«

»Um die Uhrzeit? Nur beim Schlafen. Ich war die ganze Nacht auf den Beinen. Was gibt es denn so Wichtiges?«

»Ist es möglich, dass deine Schwester sich massiv in Robin Thaler getäuscht hat?«, fragte sie, bemüht, ihre Wut nicht an Felix auszulassen. Weder er noch seine Schwester konnten etwas dafür, dass sie der Pflichtverteidigung zugestimmt hatte und außerdem so naiv gewesen war, zu glauben, Thaler wäre unschuldig.

Es raschelte, anscheinend setzte Felix sich auf. »Wenn du Natalie fragst, bestimmt nicht. Sie irrt sich niemals.« Sie konnte sein Grinsen förmlich durchs Telefon hören und entspannte sich etwas. »Wie kommst du darauf? Hast du was Neues rausgefunden?«

Sie berichtete von dem Angriff, der ihr jetzt, wo sie es aussprach, plötzlich gar nicht mehr so dramatisch vorkam. Er hatte sie an den Armen gepackt, ja und? War es nicht verständlich, dass er aufgebracht war? Wie würde sie reagieren, wenn jemand eine Person ermordete, die sie liebte, und sie am Ende dafür beschuldigt wurde? Da war es wohl nur normal, dass man nachts nicht schlafen konnte und sich das auf den Gemütszustand auswirkte.

Oder war es doch Thalers Charakter, und er war ein aggressives Arschloch?

»Scheiße, das klingt ja echt beängstigend«, sagte Felix und wirkte nun wesentlich wacher. »Aber es ist alles okay? Du bist nicht verletzt?«

Anna fuhr sich unwillkürlich über die Stellen an dem Oberarm, wo Thaler sich festgekrallt hatte. »Ja, alles gut. Vermutlich habe ich morgen ein paar blaue Fingerabdrücke auf dem Bizeps, weiter nichts. Allerdings bin ich mir tatsächlich nicht mehr sicher, ob Feindt nicht doch recht hat. Veronique Gmeiner wusste von der Affäre. Was, wenn Thaler auch aus ihr einen Namen rauspressen wollte, aber nicht rechtzeitig aufgehört hat?«

»Hm«, brummte Felix. »Du glaubst echt, dass er doch der Täter ist?«

»Mittlerweile bin ich unsicher, was seine Unschuld betrifft«, gab Anna zu. Sie ging in die Teeküche, um sich dort einen neuen Kaffee zu machen. Den Becher hatte sie vor Schreck unten auf der Straße stehen lassen.

»Nun, vielleicht hilft es dir ja, wenn ich dir von heute Nacht erzähle. Aber nicht wütend werden, okay?«

Als ob sie nach diesem Morgen noch etwas aufregen würde. »Ja?«, fragte sie dennoch streng.

»Gestern Abend bin ich noch mal losgezogen. So ganz unverbindlich wollte ich mal schauen, wie Jan Siering so lebt.«

Anna stellte ihre Tasse unter den Auslauf und wählte die höchste Stärke. »Und da hast du einfach geklingelt, dich brav vorgestellt und mit ihm einen Absacker getrunken?«

»Natürlich nicht. Ich wollte mir nur mal einen Eindruck verschaffen, vielleicht durchs Fenster schauen oder so.« Er räusperte sich.

Immerhin war es ihm unangenehm, das konnte man ihm anhören. »Nun ja, es war jedenfalls sehr spät, so eins oder halb zwei und plötzlich kommt der Typ aus der Tür und fährt weg. Ich meine, er ist arbeitslos; das ist schon seltsam. Aber die Gelegenheit wollte ich nicht ungenutzt verstreichen lassen und bin ins Haus gegangen. Du wirst nicht glauben, was ich entdeckt habe. Siering ist unser Mann, das garantiere ich, der ist total krank!«

»Was habe ich dir über Alleingänge gesagt?« Anna seufzte und ärgerte sich nun doch, obwohl sie geglaubt hatte, Felix würde es heute nicht schaffen, sie wütend zu machen.

»Ja, tut mir leid. Aber willst du nicht wissen, was ich da gefunden habe?«

»Was auch immer es ist, wir werden es nicht verwenden dürfen«, sagte sie zerknirscht. Hoffentlich war es nicht die Tatwaffe. Felix würde es noch schaffen, mit seinen Ad-hoc-Aktionen die gesamten Ermittlungen zu torpedieren. Am Ende hätte selbst die Kripo keine Möglichkeit mehr, etwas davon zu verwenden, nachdem die Beweise kontaminiert waren. Im Zweifel würde zwar ihr Mandant freikommen, wenn man ihm die Tat nicht nachweisen konnte, aber der wahre Mörder würde so weiterhin frei herumlaufen.

»Jetzt hör mir doch erst mal zu. Dieser Psychopath hat ein total krankes Hobby. Ein ganzer Raum war vollgestopft mit toten Tieren!«

Anna fiel es schwer, den Kaffee runterzuwürgen, von dem sie gerade einen Schluck genommen hatte. »Wie bitte? Tierleichen?«

»Ja! Ausgestopfte zwar, aber hey, das sorgt lediglich dafür, dass es weniger stinkt. Verdammt creepy ist es trotzdem. Der hat sich über die Jahre eine ziemliche Sammlung zugelegt: Wildschweine, Eichhörnchen, Hasen, eine Katze, Marder. Alles dabei. Dass dort kein Pferd rumstand, war alles. Ich wette mit dir, der Kerl ist heute Nacht raus, um sein nächstes Opfer auszukundschaften.«

Annas Magen zog sich zusammen. Das klang wirklich verdammt verdächtig. Andererseits war da der Auftritt von Thaler vorhin, der sie zweifeln ließ, und nicht zu vergessen die Möglichkeit, dass Sinta Hoymanns Affäre etwas mit der Sache zu tun hatte.

»Scheiße«, sagte sie nur ratlos. Mit einem hatte ihr Mandant recht gehabt: Staatsanwalt Feindt und die Kripo schienen mit Scheuklappen zu ermitteln und den offensichtlichsten Weg zu wählen. Was aber, wenn der ins Nichts führte?

»Wir machen einen Deal, okay? Du bist vorsichtig, was Thaler angeht, und ich observiere Siering, um herauszufinden, wo er sich mitten in der Nacht hinschleicht. So lange halten wir die Füße still und warten ab, was Feindt und seine Schergen ermitteln.«

Anna nickte, merkte, dass er es gar nicht sehen konnte, und sagte dann leise: »Abgemacht.«

Sie wusste nicht, was ihr lieber wäre: dass sie einen Mörder aus dem Gefängnis geholt hatte, der keine Zeit verlor, ein zweites Mal zuzuschlagen, oder dass sie es mit einem psychopathischen Serienkiller zu tun hatten, der bereits auf der Suche nach seinem nächsten Opfer war. Und zu dem es bislang keine Spur gab.

26. Kapitel

Es war Samstag, der Tag, an dem Natalie eigentlich ihre Therapiestunde mit Robin Thaler hatte. Am Morgen hatte der Träger angerufen, um mitzuteilen, dass nach dem Ausfall der letzten Stunden eine Vertretung für ihn eingesetzt werde. Den Grund hatten sie nicht genannt.

Felix hatte es einiges an Überzeugungsarbeit gekostet, bis Natalie bereit war, sich auf die Vertretung einzulassen, aber sie hatte ihm das Versprechen abgerungen, sie dieses Mal nicht nur abzusetzen, sondern die gesamte Stunde dabeizubleiben. Was ihm ausnahmsweise gar nicht so unrecht war, denn so konnte er sich umhören, ob jemand auf dem Hof schon mal etwas von Siering gehört hatte oder er sogar dort gesichtet worden war.

Die letzten beiden Nächte der Observation des Tierquälers waren ereignislos verlaufen. Siering hatte das Haus nicht verlassen, sondern sich die meiste Zeit in seinem Kadaverzimmer aufgehalten. Immerhin hatte Felix herausgefunden, dass er die Tiere, die er ausstopfte, wohl von der Straßenwacht bekam und nicht selbst abmurkste. Was natürlich nicht garantierte, dass er der Sammlung nicht doch eigenhändig einige Katzen oder Hunde hinzugefügt hatte. Schon gar nicht bedeutete es, dass er nicht der Ripper und Mörder von Sinta Hoymann und Veronique Gmeiner war.

Felix parkte den Wagen vor dem Hofgelände und stieg mit Natalie aus. Schon an ihrem stocksteifen Gang und ihrem Blick, den sie in den Boden bohrte, war zu erkennen, wie unwohl sie sich mit der Situation fühlte. Eine Abweichung von ihren Routinen war das Schlimmste für sie, und sich im Rahmen der Reittherapie nun auf eine neue Person einlassen zu müssen, warf sie um einige Schritte zurück.

Sie erreichten den Putzplatz, an dem ein dickes, hellbraunes Pferd mit braunem Streifen auf dem Rücken angebunden war. Felix blieb mit einiger Distanz stehen. Das Vieh wog bestimmt sechshundert Kilo, die Hufe waren riesig.

Die junge Frau, die augenscheinlich Thalers Vertretung war, kam lächelnd auf sie zu.

»Hi, ich bin die Janine. Du bist sicher Natalie«, sagte sie fröhlich und war so schlau, Natalie nicht die Hand hinzustrecken. Dann schaute sie zu Felix. »Und du bist?«

»Felix, ihr Bruder. Ich begleite sie heute, damit ihr die Umstellung nicht ganz so schwerfällt«, sagte er.

Seine Schwester hatte die Arme vor der Brust verschränkt und betrachtete ihre Fußspitzen, als hätte sie die noch nie zuvor gesehen. Mit den Zähnen nagte sie an ihrer Unterlippe.

»Alles klar, kein Problem. Wie sieht's aus, Natalie, sollen wir loslegen? Du weißt ja sicher noch, womit wir anfangen, oder?«

Natalie nickte verkniffen und trat dann an das Pferd heran.

Felix schaute zu, wie die beiden das Tier ausgiebig striegelten und sogar die Beine anhoben, um die lebensgefährlichen Hufe sauber zu machen. Er wunderte sich immer wieder, wie mutig und selbstsicher seine Schwester bei dem Putzvorgang war. Durch die Konzentration auf die Aufgabe schien sie zwischendurch sogar ihre Vorbehalte gegenüber der neuen Pädagogin abzulegen und wirkte regelrecht entspannt.

Als das Pferd endlich ausreichend gebürstet und mit einer Art Festhaltegurt ausgestattet war, begaben sie sich zum Reitplatz, und Felix folgte ihnen in gebührendem Abstand. Natalie stieg auf, und Janine begann damit, das Pferd im Kreis herumzujagen. Wenn da mal niemand einen Drehwurm bekam! Felix war es immer noch ein Rätsel, wie dieser Zirkus seiner Schwester half, aber es hatte Wirkung gezeigt, also hinterfragte er es nicht weiter.

Die Zeit, in der Natalie aufs Reiten konzentriert war, nutzte er, um sich umzuschauen. Auf einer Wiese neben dem Sandplatz waren die Hofbesitzerin Elsbeth Wimmer und ihr Sohn damit beschäftigt, die Hinterlassenschaften der Pferde in eine Schubkarre zu verfrachten. Er ging auf sie zu und nahm den Ausdruck von Sierings Profilbild aus der Hosentasche.

»Entschuldigen Sie«, rief er, da sie ihn nicht zu bemerken schien. »Frau Wimmer?«

Endlich schaute sie auf, wischte sich die Hände an ihrer fleckigen Hose ab, was vermutlich gar nichts brachte, und hinkte zum Zaun. Ihr Sohn blieb auf der Weide zurück und beäugte die beiden.

»Was gibts?«, fragte sie ohne Begrüßung und mit verkniffener Miene. Im Vergleich dazu, wie ihn Veronique Gmeiner empfangen hatte, war diese grummelige Familie ein Unterschied wie Tag und Nacht.

Felix hielt ihr das Foto hin, das sie mit zusammengezogenen Augenbrauen kurz betrachtete, dann schaute sie zu ihm hoch. »Ich wollte fragen, ob Sie diesen Mann hier schon mal gesehen haben.«

Erneut wanderte ihr Blick auf den Ausdruck, blieb dieses Mal etwas länger dort. Dann schüttelte sie den Kopf. »Wer soll das sein? Und wer sind Sie? Von der Polizei oder wie?«

Felix war versucht, das Missverständnis auch dieses Mal nicht aufzuklären, weil sie dann möglicherweise etwas offener reagierte, aber das konnte er nicht machen, denn dafür würde er sich hier noch zu häufig blicken lassen. »So ähnlich«, sagte er. »Privatdetektiv. Ich ermittle im Fall der ermordeten jungen Frau aus Hebertshausen. Sie haben sicher davon gehört.«

»Aber sicher. Schrecklich!« Nun nahm ihm Frau Wimmer das Bild aus der Hand und begutachtete es intensiv. »Muss ich mir Sorgen machen? Ist das der Kerl, den sie jetzt verdächtigen?« Sie drehte sich um und winkte ihren Sohn heran, der sich widerwillig in Bewegung setzte.

»Dazu darf ich leider nichts sagen.«

»Ich meine, der Robin wirds ja nicht gewesen sein, der ist wieder frei, soweit ich das mitbekommen habe. Hätte mich auch gewundert. Er ist ja bei uns am Hof, als Reitlehrer für Behinderte, wissen Sie?« Sie hielt ihrem Sohn den Ausdruck hin. »Hast du den da schon mal irgendwo gesehen?«, fragte sie ihn. Dann schaute sie Felix grübelnd ins Gesicht und deutete in die Richtung von Natalie. »Gehören Sie nicht zu dem Mädchen da?«

»Korrekt. Das ist meine Schwester, und sie hat mich draufgebracht, dass Robin Thaler unschuldig ist.«

»Den Typen auf dem Foto kenne ich nicht«, sagte Carsten Wimmer und hielt Felix den Ausdruck hin.

»Ich hab's gleich geahnt«, sagte Elsbeth Wimmer mit selbstgerechter Miene. »Und Veronique war derselben Überzeugung, nicht wahr, Carsten? Der Thaler war's nicht, haben wir beide gesagt. Und jetzt ist Veronique auch tot. Die arme Frau.« Sie schüttelte so heftig den Kopf, dass sich ihre locker zusammengebundenen Haare lösten und ihr ins Gesicht fielen.

»Ich muss dann mal weitermachen«, brummte Carsten Wimmer und ließ die beiden stehen.

»Es ist so tragisch. Erst wird sie von ihrem Björn betrogen und dann, während der angeblich auf einem Lehrgang ist und sich vermutlich mit einer anderen vergnügt hat, dringt jemand in ihr Haus ein und tut ihr so was an. Krank sind die Leute, krank.«

Felix wurde hellhörig. »Der Mann von Veronique Gmeiner hatte eine Affäre?«

»Aber wenn ich's Ihnen doch sage. Wissen Sie, so ganz generell ist der Björn ja ein Guter. Der ist öfter hier auf dem Hof, hat mit dem Carsten zu tun.« Sie nickte in Richtung ihres Sohnes, der weiter die Koppel absammelte. »Er hat meinem Jungen nach dem plötzlichen Tod meines Mannes geholfen, den Hof am Laufen zu halten. Der war ganz schön überfordert damals, der arme Kerl. Aber er hat sich gemausert, das hätte ich nicht erwartet. Man will ja nichts Schlechtes über seine Kinder sagen, aber am Anfang sah's nicht so aus, als wär der Carsten für den Hof gemacht.«

Felix räusperte sich. »Die Affäre«, sagte er, um sie wieder zurück zum Thema zu lenken. War Veroniques Mann etwa der Liebhaber von Sinta Hoymann? Wie hatte er Anna so schön gesagt? An Zufälle glaubte er nicht. »Woher wissen Sie davon?«

Elsbeth Wimmer kam näher an ihn heran und senkte die Stimme. »Ich hab mal ein Telefonat belauscht. Aus Versehen, natürlich. Da hat er mit seinem Gspusi herumgeschäkert, als gäbs kein Morgen mehr. Ganz schlecht ist mir da geworden. Veronique kenn ich schon, da war sie noch ein Kind; das hat sie wirklich nicht verdient. Sie war ihm immer eine gute Frau, und er hat den Hof ihrer Eltern übernommen, womit er einen Reibach macht. Dafür sollte er ihr dankbar sein, anstatt sie zu betrügen.«

»Woher wissen Sie denn, dass das am Telefon nicht seine Frau war?«, fragte Felix.

»Weil er seine Frau bestimmt nicht Sinni nennt.« Wie um sich selbst zu bestätigen, nickte sie. »Warum interessieren Sie sich überhaupt dafür?«

Felix überlegte, was er ihr antworten sollte. Er konnte ihr wohl kaum sagen, dass sie soeben seinen Verdacht Siering gegenüber abgemildert und stattdessen seinen Fokus auf Björn Gmeiner gelenkt hatte. Wenn es sich bei ihm tatsächlich um den Liebhaber von Sinta Hoymann handelte, passte plötzlich alles zusammen. Erst hatte Gmeiner Thalers Ex-Freundin umgebracht, weil sie mehr von ihm wollte, als er geben konnte. Immerhin hätte eine Scheidung bedeutet, dass er vermutlich den Hof und damit die Pferdezucht aufgeben müsste. Möglicherweise hatte seine Frau nach dem Mord etwas geahnt und ihm mit ebendieser Scheidung gedroht, woraufhin auch sie hatte sterben müssen.

Noch bevor er sich eine Ausrede ausdenken konnte, schaltete Elsbeth Wimmer selbst und schaute ihn mit großen Augen an. »Sie glauben doch nicht etwa, er hat seine eigene Frau umgebracht?« Sie schlug sich die Hand vor den Mund. »Und die junge Frau, die Freundin vom Robin? Die auch? Wenn ich das dem Carsten erzähle, der wird aus allen Wolken fallen. Der versteht sich immer so gut mit dem Björn.«

»Momentan ist das nichts als reine Spekulation. Wir müssen auch Verdächtige ausschließen, um den wahren Täter zu finden, darum geht es hier«, wiegelte Felix schnell ab. »Es wäre gut, wenn Sie erst mal niemandem davon erzählen. Wenn dem so sein sollte, wird sich die Polizei darum kümmern. Die geht noch davon aus, dass Robin Thaler der Schuldige ist, und ich versuche zu beweisen, dass er es nicht war. Das ist alles.«

Sie nickte, aber Felix sah ihr an, dass sie sich vermutlich nicht daran halten würde. Er konnte nur hoffen, dass sie lediglich mit ihrem Sohn sprach, der die Gerüchte über seinen guten Freund ganz sicher nicht weiterverbreiten würde. Aber ihn warnen, dass er in den Fokus gerückt war, würde er bestimmt. Nun durften sie nicht mehr allzu viel Zeit verlieren. Er musste sich unbedingt mit Anna beratschlagen, wie sie ihre Ermittlungen vorantreiben konnten.

27. Kapitel

AM Samstagvormittag telefonierte Anna von zu Hause aus mit dem Staatsanwalt, um sich nach dem neuesten Stand der Ermittlungen zu Sinta Hoymanns Affäre zu erkundigen. Der nutzte die Gelegenheit, sich ausführlich darüber auszulassen, dass es eigentlich nicht ihre Aufgabe sei, sich in die Ermittlungsarbeiten reinzuhängen. Außerdem warf er ihr an den Kopf, dass sie ohnehin kaum mehr als die Polizei herausfinden würde, die angeblich mit Hochdruck an dem Fall arbeitete. Im Endeffekt erfuhr sie lediglich, dass es nichts Neues gab.

Insgesamt hatte es für sie nicht den Anschein erweckt, dass dieser Mann auf der Prioritätenliste der Ermittlungen in beiden Mordfällen ganz oben stand. Dabei lag es für sie auf der Hand, dass der Unbekannte einen näheren Blick wert war. Immerhin hatte Veronique Gmeiner von der Affäre gewusst, und nun war sie tot. Wenn man Thaler der Tat verdächtigte, sollte man auch in Betracht ziehen, dass Hoymanns Liebhaber etwas damit zu tun haben könnte.

Danach versuchte sie zum wiederholten Mal, ihren Mandanten zu erreichen, um sich mit ihm auszusprechen. Seit dem Zwischenfall am Donnerstag ging er nicht an sein Telefon, wenn sie anrief, weshalb sie es dieses Mal mit unterdrückter Nummer versuchte. Das Ergebnis war dasselbe. So langsam machte sie sich Sorgen, dass er seine Drohung, sich selbst auf die Suche nach dem Mann zu machen, mit dem seine Ex-Freundin ihn betrogen hatte, in die Tat umsetzen könnte. Nicht nur, dass es vor Gericht gar nicht gut aussehen würde, wenn es zu einer körperlichen Auseinandersetzung zwischen den beiden käme, es bestand zudem die Möglichkeit, dass dieser Mann ein gefährlicher Mörder war.

Seufzend wischte sie ihre Bedenken beiseite und machte sich daran, über die sozialen Medien selbst etwas herauszufinden, obwohl sie wenig Hoffnung hatte, dort auf Hinweise zu stoßen. Sinta Hoymann hatte ihre Affäre auch nach der Trennung geheim gehalten, da ihr

Liebhaber offenbar ebenfalls vergeben war. Dementsprechend entdeckte sie keinerlei Anhaltspunkte, die sie weiterbrachten. Danach nahm sie noch einmal die Akte zur Hand, die sie aus dem Büro mitgenommen hatte, und ging die Liste der befragten Freunde des Opfers durch. Zwar hatte niemand ausgesagt, dass Sinta Hoymann Thaler betrogen hatte, aber vielleicht fand Anna eine Anspielung, die übersehen worden war.

Die junge Frau hatte nicht viele Freundinnen gehabt. Ein paar lose Bekanntschaften vom Hof, eine alte Schulfreundin, zu der regelmäßiger Kontakt bestand, eine Kollegin, mit der sie nach der Arbeit hin und wieder etwas trinken ging, und eine Frau, mit der sie im Fitnessstudio trainierte. Männer waren überhaupt keine darunter. Vermutlich, weil Thaler solche Kontakte unterbunden hatte. Das kannte Anna von Andreas. Explizit verboten hatte er es nie, aber wann immer sie sich – und sei es nur aus beruflichen Gründen – mit einem anderen Mann getroffen hatte, war er danach tagelang beleidigt gewesen und hatte Anspielungen gemacht, dass sie ihn betrog. Irgendwann war es Anna zu blöd geworden, aber anstatt die Kontakte abzubrechen, hatte sie sich getrennt.

In der Aussage der Fitnessstudio-Freundin stieß Anna auf etwas Interessantes. Monika Sauer-Deus war etwa in Sintas Alter, hatte eine kleine Tochter und war glücklich verheiratet. Wie die übrigen Zeugen hatte auch sie von Sinta Hoymann erfahren, dass Thaler vom Ende der Beziehung alles andere als begeistert gewesen war. Sinta Hoymann hätte sich bei ihr darüber ausgelassen, dass ihr Ex-Freund ihr auflauerte. Die Zeugin erwähnte, dass sie sich über den plötzlichen Wandel der eigentlich so glücklichen Beziehung gewundert hatte. Etwa nach acht Monaten hätte sie den Eindruck gewonnen, dass das Verhältnis zwischen den beiden abgekühlt sei. Die Polizei war bei der Befragung nicht weiter auf diesen Punkt eingegangen, sondern hatte nur nach Thaler gefragt. Schon daran konnte man sehen, wie festgefahren die Ermittlungen von Anfang an gewesen waren.

Anna hatte das Gefühl, dass diese Frau ihre beste Chance war, mehr herauszufinden. Wenn Monika Sauer-Deus nur eine lockere Bekanntschaft von Sinta Hoymann war und keine enge Freundin, dann hatte sie ihr vielleicht ein paar Details erzählt, die sie anderen verschwiegen hatte. Jedenfalls würde Anna das so machen. Beste Freundinnen neigten oft dazu, einem Ratschläge zu erteilen, die man eigentlich nicht hören wollte, weil man einfach nur einen Gesprächspartner brauchte, der nicht urteilte. Besonders, wenn die auch den Partner kannten und möglicherweise zu solidarisch waren.

Anna hob mit einem gelben Marker die Kontaktdaten von Monika hervor und griff nach dem Hörer, um die Telefonnummer einzugeben. Auf dem privaten Anschluss sprang der Anrufbeantworter an. Anna legte auf, ohne eine Nachricht zu hinterlassen, und probierte es auf der Mobilnummer. Monika nahm nach dem dritten Klingeln ab.

»Sauer-Deus?« Vermutlich wunderte sie sich über die Nummer, die sie nicht kannte, und glaubte, es wäre ein Callcenter.

»Hallo Frau Sauer-Deus, mein Name ist Anna Hart, und ich bin Anwältin. Ich vertrete Herrn Thaler und hätte in Bezug auf die Vorwürfe gegen ihn einige Fragen an Sie.« Hoffentlich legte Monika nicht direkt auf, denn immerhin glaubte sie vermutlich, dass Thaler ihre Freundin umgebracht hatte.

»Ja? Eigentlich ist es gerade schlecht. Kann ich Sie in zehn Minuten zurückrufen?« Die Frau sprach leise, so als wäre sie in einem kleinen Raum von anderen Menschen umgeben, die nicht mitkriegen sollten, worüber sie redete.

»Ja, natürlich. Sehen Sie meine Nummer im Display?« Anna war sich nicht sicher, ob sie die Übertragung nach dem Versuch mit unterdrückter Rufnummer bei Thaler wieder eingeschaltet hatte.

»Ja, die sehe ich. In zehn Minuten, okay?«

Anna legte auf und lehnte sich im Stuhl zurück. Zumindest wollte Monika Sauer-Deus mit ihr sprechen, auch wenn sie skeptisch geklungen hatte. Während sie auf den Anruf wartete, notierte sie ein paar Fragen, die sie ihr stellen wollte. Gefühlt fünf Minuten später klingelte ihr Handy.

Die Bekannte von Sinta Hoymann klang etwas entspannter, auch wenn ihre Neugier herauszuhören war. »Entschuldigen Sie, ich habe gerade die Familie zu Besuch, und da muss nicht unbedingt jeder mitbekommen, worüber wir reden«, sagte sie freundlich. »Allerdings muss ich Ihnen gleich sagen, dass ich vermutlich wenig helfen kann.

Ich kannte Herrn Thaler nur aus den Erzählungen von Sinta, hab ihn vielleicht einmal gesehen, als er sie abgeholt hat.«

»Das macht nichts. Um ihn soll es gar nicht gehen, denn ich bin überzeugt, dass er unschuldig ist, und will herausfinden, wer Frau Hoymann stattdessen getötet haben könnte.«

»Ach ja?« Nun war die Skepsis in ihrer Stimme zurück.

»Natürlich kann ich Ihnen keine Details nennen, aber es gibt Beweise, dass er die Tat nicht begangen haben kann. Mich würde da eher eine andere Person interessieren, von der Ihnen Frau Hoymann vielleicht erzählt hat. Wussten Sie, dass sie seit geraumer Zeit eine Affäre hatte?«

Monika Sauer-Deus seufzte und schwieg einen Moment. Es raschelte im Hintergrund, anscheinend setzte sie sich irgendwohin. »Wir waren nicht besonders eng befreundet, sodass sie mir davon erzählt hätte«, sagte sie angespannt. »Trotzdem bemerkte ich eine Veränderung bei ihr. Vor etwa einem halben Jahr. Das hab ich auch der Polizei gesagt, aber die sind nicht drauf eingegangen, sondern haben mich nur weiter nach Thaler befragt.«

Das bestätigte den Eindruck, den Anna aus den Protokollen gewonnen hatte. »Wie sah diese Veränderung aus?«, fragte sie, da Monika Sauer-Deus nicht weitersprach.

»Na ja, sie hat plötzlich nichts mehr über Robin erzählt. Stattdessen hing sie während des Trainings und in der Umkleide ständig am Handy und hat immer so gegrinst dabei. Einmal wurde sie angerufen und hat sich beim Aufwärmen verabschiedet. Vom Crosstrainer aus habe ich beobachtet, wie sie ein Typ abgeholt hat und sie in sein Auto gestiegen ist. Der war wesentlich älter als sie, fuhr so einen Geländewagen. Erst dachte ich, es wäre ihr Vater, aber so, wie die sich umarmt haben …« Sie atmete hörbar ein und aus. »Mein Gott. Glauben Sie, die Affäre hatte was mit ihrem Tod zu tun?«

»Das sind nur Vermutungen, aber die würde ich gerne überprüfen, Frau Sauer-Deus. Um das Gericht von der Unschuld von Herrn Thaler zu überzeugen, möchte ich jeder Spur nachgehen, die ihn entlasten könnte. Haben Sie Frau Hoymann auf Ihre Beobachtung angesprochen?«

»Wie gesagt, wir waren nicht eng befreundet, und ich hänge mich in so etwas nicht rein. Wir haben nur mal ganz allgemein über Beziehungen gesprochen und wie mein Mann und ich es schaffen, dass nach so vielen Jahren die Luft nicht raus ist. Sinta hat mich mal gefragt, ob ich je daran gedacht habe, dass ich mit einem anderen Mann glücklicher sein könnte. Ein anderes Mal wollte sie wissen, ob ich keine Angst hätte, dass mein Mann sich mal eine Jüngere suchen könnte.«

»Direkt hat sie aber nie darüber gesprochen, dass sie eine Affäre hatte, oder gar einen Namen genannt?«, fragte Anna etwas enttäuscht. Die Informationen waren interessant, brachten sie im Endeffekt aber kein Stück weiter, sondern untermauerten nur die bisherigen Spekulationen. »Es wäre wirklich wichtig, dass wir mit diesem Mann sprechen, selbst wenn sich herausstellt, dass er es nicht war. Ermittlungen beinhalten auch immer, Verdächtige auszuschließen, damit man sich auf etwas anderes konzentrieren kann.«

»Wie gesagt, leider nicht. Ich kann nur sagen, dass ich mich über ihren Geschmack gewundert habe. Der Typ war echt nicht mehr so frisch, und er trug Reithosen und ein Karohemd, die Ärmel hochgekrempelt. Und das im Februar. Aber gut, ihr Pferd war ja ihr Ein und Alles. Vermutlich hat sie den Kerl im Stall kennengelernt, und wenn man viel draußen ist, wird man der Kälte gegenüber ja unempfindlich.«

Reithosen. Immerhin etwas. Anna notierte sich den Geländewagen und die Kleidung. Es war wirklich ein Jammer, dass Veronique Gmeiner tot war, bestimmt hätte sie noch einiges zu den Ermittlungen beitragen können. Was wiederum den Verdacht bestärkte, dass sie genau aus diesem Grund hatte sterben müssen. Weil sie zu viel wusste. »Fällt Ihnen sonst noch etwas ein? Haben Sie sich die Automarke gemerkt oder so?«

»Nein. Es war Abend, draußen war es dunkel. Ich hab die beiden eigentlich nur deshalb gesehen, weil er direkt unter einer Straßenlaterne geparkt hatte. Es tut mir leid. Hören Sie, ich muss auflegen, die Familie wartet nun lang genug.«

Anna rieb sich über die Stirn. »Ja, natürlich. Wenn Ihnen noch etwas einfällt, rufen Sie mich bitte an. Sie haben mir auf jeden Fall geholfen.«

Nachdem sie aufgelegt hatte, ging Anna grübelnd in ihrem Büro auf und ab. Sie hatte sich nicht viel von dem Gespräch erhofft, und dafür war es doch ganz gut gelaufen. Immerhin hatten sich die Hinweise verdichtet, dass der Unbekannte auf dem Hof der Gmeiners zu finden sein musste. Am besten wäre es, wenn sie gleich dort vorbeiführe und mit ein paar Leuten spräche, vielleicht sogar mit Veroniques Mann. Wenn sie etwas gewusst hatte, war das eventuell auch mal Thema zwischen den Eheleuten gewesen.

Bevor sie sich auf den Weg machte, versuchte sie es noch mal bei Thaler, der wieder nicht abnahm. Sie sprach ihm aufs Band, packte ihre Tasche zusammen und verließ das Büro. Daniela, die schon zu Tisch gegangen war, legte sie einen Zettel auf den Schreibtisch.

Als sie nach einer kurzen Autofahrt die Zufahrt zum Zedernhof erreichte und den Wagen unter einer Trauerweide abstellte, rief sie bei Felix an, um ihm mitzuteilen, was sie herausgefunden hatte. Sie konnte ihn nicht immer für seine Alleingänge rügen und dann selbst ihre Neuigkeiten für sich behalten. Es meldete sich nur die Mailbox, also sprach sie ihm kurz drauf, dass sie mit ihm reden wollte, und bat um Rückruf.

Sie steckte das Handy in ihre Tasche und prüfte noch einmal den Sitz ihrer widerspenstigen Haare im Spiegel der Sonnenblende. Heute war es schwülwarm, und trotz einer gefühlten Tonne Haarspray standen einzelne Fussel am Haaransatz ab. Seufzend klappte sie die Sonnenblende zurück, zog ihre Tasche vom Beifahrersitz und stieg aus dem Auto. Mit den High Heels versank sie im sandigen Boden.

»Na super.« Sie stakste auf den Weg zu und verfluchte sich dafür, dass sie sich nicht besser vorbereitet hatte. Demnächst musste sie sich wohl für den Fall der Fälle ein Paar Turnschuhe in den Kofferraum legen.

Zum Glück war die Einfahrt des Hofs betoniert, sodass sie wieder sicher zu Fuß war. Je näher sie den Gebäuden kam, desto intensiver wurden die typischen Gerüche eines Stalls. Irgendwo wieherte ein

Pferd, auf einem Reitplatz drehte jemand seine Runden und ein paar Zuschauer standen am Rand. Früher war sie mal geritten, aber das war in einem anderen Leben gewesen. Dennoch spürte sie die freudige Erregung, die sie damals immer befallen hatte, sobald sie sich den majestätischen Tieren näherte.

Eigentlich ein perfekter Tag, um eine Runde auszureiten, dachte sie, als sie an den Stallungen vorbeiging und neugierig in die Boxen schaute. Pferde waren keine zu sehen, die standen vermutlich alle auf der Weide.

Sie wandte sich dem Wohnhaus zu. Trotz der Temperaturen überzog eine Gänsehaut ihre Arme. Hier war Veronique Gmeiner also zu Tode gefoltert worden. Weit und breit gab es keine Nachbarn, die ihre Schreie hätten hören und ihr zu Hilfe eilen können. Was für eine fürchterliche Vorstellung, einem skrupellosen Killer derart ausgeliefert zu sein. Anna könnte niemals so abgelegen wohnen, jedenfalls nicht, ohne ihr Haus wie Fort Knox zu sichern.

Jemand kam auf sie zu. »Kann ich Ihnen helfen?«

Vor ihr stand ein Mann Ende vierzig in Arbeitskleidung und Gummistiefeln. Die Schultern hingen ein wenig nach unten, und er machte den Eindruck, als würde ihn etwas beschäftigen. Mit rot geränderten Augen blickte er sie dennoch freundlich an. Vor ihm stand eine Schubkarre, auf der Futtersäcke gelagert waren.

»Ich suche den Hofbesitzer«, sagte sie.

Nun straffte er die Schultern und streckte die Hand aus, die Anna zögerlich nahm und kurz schüttelte. »Das bin ich, Björn Gmeiner.«

»Annabelle Hart. Ich bin die Anwältin von Robin Thaler.«

Sofort erstarrten seine Gesichtsmuskeln, und er runzelte die Stirn. »Ach so? Ich hab mich schon gefragt, wer dieses kranke Schwein aus dem Gefängnis geholt hat, sodass er meine Frau umbringen kann. Was wollen Sie?«

Mit so viel Feindseligkeit hatte sie nicht gerechnet, aber eigentlich war klar, dass er nicht gut auf Thaler zu sprechen war, immerhin tat Feindt alles dafür, dass man ihren Mandanten für den Täter hielt.

»Ihr Verlust tut mir sehr leid«, sagte sie, als sie ihre Hand zurückzog und dem Drang widerstand, sie sofort mit einem Taschentuch abzuwischen, denn unter seinen Fingernägeln stand der Dreck. Sie fragte sich, wann er sich zuletzt die Hände gewaschen hatte.

Gmeiner nickte stumm, sein Blick driftete ins Leere. Schließlich fasste er sich, wischte sich über die Augen und fragte: »Also, was wollen Sie von mir? Wenn Sie glauben, ich könnte Ihnen dabei behilflich sein, den Robin als unschuldig dastehen zu lassen, dann haben Sie sich geschnitten. Wie man so ein Schwein vertreten kann, ist mir ein Rätsel.«

»Jeder hat das Recht auf einen fairen Prozess, Herr Gmeiner. Und sicher wollen Sie doch auch, dass der wahre Täter gefasst wird, sollte er auch Ihre Frau getötet haben.« Anna beobachtete seine Reaktion.

»Meine Frau würde noch leben, hätten Sie den Kerl nicht rausgeboxt«, sagte Björn Gmeiner feindselig.

»Warum glauben Sie, dass er Ihre Frau angegriffen haben sollte? Was könnte sein Motiv sein?«

Er zuckte mit den Schultern und schaute demonstrativ auf die Uhr. »Für so etwas hab ich keine Zeit und schon gar keine Nerven. Woher soll ich wissen, was in diesem kranken Kerl vorgeht? Vielleicht sieht er einfach gern Blut.«

»Möglicherweise wusste sie etwas über den Täter, was ihm hätte gefährlich werden können. Ihre Frau erzählte meinem Ermittler, dass Sinta Hoymann eine Affäre hatte.«

»Ach so?«, rief Gmeiner. Er wirkte plötzlich nervös. »Mit solchem Getratsche gebe ich mich nicht ab. Sie wissen doch, wie die Weiber sind.«

Anna runzelte die Stirn. Seltsam, dass er mit einem Mal so abfällig über seine tote Frau sprach, wo er doch eben noch wie am Boden zerstört gewirkt hatte. Sie betrachtete ihn genauer, dann schaute sie sich verstohlen um. Neben dem Wohnhaus, das hinter einem eingezäunten Vorgarten stand, war ein grauer Jeep Renegade geparkt. Wieder sah sie Gmeiner an. War es etwa möglich, dass …?

»Hey, Anna, das ist ja ein Zufall!«

Sie drehte sich um. Es war Felix, der auf sie zustiefelte. Als er bei ihnen ankam, blickte er sie verwundert an. »Was machst du denn hier?«, fragte er.

Dasselbe könnte ich dich fragen, dachte Anna. »Das ist Björn Gmeiner. Ich hatte ein paar Fragen …«

Felix stieß sie unauffällig in die Seite, sodass sie den Satz nicht beenden konnte. »Ich weiß«, sagte er und sah sie durchdringend an. Mit dem Daumen zeigte er auf die Einfahrt, als Zeichen, dass sie mitkommen sollte.

Björn Gmeiner blickte unterdessen von einem zum anderen und tippte dann auf seine Uhr. »Wie ich eben schon sagte, es gibt noch einiges zu tun. Futter für später zusammenmischen, ausmisten. Jetzt, wo meine Frau …«

»Danke, Herr Gmeiner, dass Sie sich Zeit für mich genommen haben«, sagte Anna schnell, da Felix weiter an ihr herumzupfte. »Wenn ich noch Fragen habe, komme ich auf Sie zu.«

»Sparen Sie sich das, solange es darum geht, diesen Wahnsinnigen zu entlasten«, sagte Gmeiner und ließ die beiden stehen.

Felix zog sie ungeduldig am Arm in Richtung Parkplätze, sodass sie in ihren hohen Schuhen fast gewankt wäre. Erst als sie auf halbem Weg waren, hielt Felix an. »Du hast wahrscheinlich gerade mit Sintas Affäre gesprochen.«

28. Kapitel

FELIX stand die dritte Nacht vor Sierings Haus und wartete darauf, dass der potenzielle Pferderipper zu einem seiner nächtlichen Ausflüge aufbrach. Wenn das so weiterging, würde er sich nie wieder an einen normalen Schlafrhythmus gewöhnen. Vielleicht sollte er sich gleich einen Job bei einer Gebäudeüberwachung besorgen, wo er zumindest ein regelmäßiges Einkommen hätte. Als ehemaliger Polizist war er zwar deutlich überqualifiziert, aber wen interessierte das schon, außer sein Ego? Peinlich würde es nur werden, wenn er auf einen der früheren Kollegen träfe, die er ans Messer geliefert hatte und die weiterhin ihre Posten innehatten, während er …

Felix verwarf den Gedanken, als das Licht im Fenster neben der Haustür aufflammte. Nur einen Moment später trat Siering ins Freie. Endlich kam etwas Bewegung in die Sache. Unwillkürlich rutschte Felix tiefer in seinen Sitz, obwohl er weit genug entfernt geparkt hatte, sodass er nicht Gefahr lief, entdeckt zu werden.

Siering schien nichts zu ahnen, er spazierte in aller Seelenruhe zu seinem Wagen, stieg ein und fuhr los. Felix startete den Motor und folgte ihm, ohne das Abblendlicht einzuschalten. Das Dorf war nachts wie ausgestorben, sodass ein Unfall unwahrscheinlich war. Es sei denn, jemand anderes käme auf die Idee, ohne Licht durch die Gegend zu fahren.

Als sie die menschenleere Landstraße erreichten, ließ Felix sich noch weiter zurückfallen und schaltete nun doch das Licht ein. Hier war es einfach zu finster, und er hatte keine Lust, im Blindflug durch den Wald zu fahren. Von Weitem sah er Sierings Rücklichter zwischen den Bäumen verschwinden und gab etwas mehr Gas, um ihn nicht zu verlieren. Der Mann schien es eilig zu haben, denn Felix gelang es nicht, ihn einzuholen. Die gesamte Strecke vor ihm, die er überblicken konnte, lag im Dunkeln.

Felix befürchtete schon, Siering wäre unbemerkt in einen Waldweg abgebogen, da lichteten sich die Bäume, und er entdeckte ihn in einiger Entfernung auf einer Zufahrt zu einem Hof.

»Hab ich dich, du kleines Arschloch«, murmelte er. Jetzt würde er den Pferderipper auf frischer Tat ertappen und ihn der Polizei ausliefern, um Thaler endgültig zu entlasten. Wenn Siering die Waffe dabeihatte, würde es keine Zweifel mehr an seiner Schuld geben.

Felix passierte die Einmündung und fuhr weiter, bis er eine Möglichkeit fand, wo er seinen Wagen am Straßenrand abstellen konnte. Schnell stieg er aus und rannte die Strecke zurück. Er musste sich beeilen, wenn er verhindern wollte, dass ein weiteres Tier oder gar ein Mensch durch Sierings Hand verletzt wurde.

Außer Atem erreichte er die Hofeinfahrt und schaute sich um. Wo sollte er zu suchen anfangen? Es war stockfinster hier draußen, da es weder Straßenlaternen noch eine andere Lichtquelle gab. Die Hofbesitzer schienen bereits zu schlafen, denn das Wohnhaus lag komplett im Dunkeln. Felix lauschte, doch er hörte nur seinen eigenen Herzschlag und seinen keuchenden Atem, so still war es. Ein Wunder, dass die Bewohner nicht durch das Motorengeräusch geweckt worden waren.

Felix betrat das Grundstück in der Hoffnung, dass nicht sofort ein Wachhund auf ihn zugestürmt käme, um ihn bei lebendigem Leib zu zerfleischen. Allerdings hätte Siering sich wohl kaum diesen Hof ausgesucht, wenn er Gefahr liefe, von einem bellenden Hund erwischt zu werden. Zumindest redete Felix sich das ein.

Zu seiner Linken erkannte er die Schemen eines Stallgebäudes mit Ausläufen im Freien und bewegte sich darauf zu. Ein Geräusch ließ ihn innehalten.

Das leise Wiehern eines Pferdes. Es kam von irgendwo weiter hinten. Er beschleunigte seine Schritte und hielt auf die Stelle zu, von wo aus seiner Vermutung nach das Geräusch gekommen war. Auf keinen Fall durfte er zu spät kommen.

Als er um die Ecke des Gebäudes bog, entdeckte er auf dem Boden vor einem Gatter einen hellen Punkt im Zwielicht der Nacht. Ein Schatten beugte sich darüber. Er hatte Siering gefunden, und der wühlte gerade in seiner Tasche, um sein selbst gebautes Messer herauszuziehen. Felix sprintete los und warf sich auf den Rücken des Mannes.

Mit einem überraschten Stöhnen sackte Siering zusammen, und sie fielen gemeinsam zu Boden. Dabei berührte Felix' Arm den Elektrozaun, der zusätzlich zu dem Gatter gespannt war. Ein heftiger Stromschlag durchfuhr ihn. Es fühlte sich an, als hätte ihm jemand fest in die Rippen geboxt. Prustend stieß er die Luft aus.

Siering rollte sich währenddessen zur Seite und rappelte sich hoch. »Was soll das?«, rief er, nachdem er sich offenbar vom ersten Schreck erholt hatte. »Sind Sie wahnsinnig geworden, mich dermaßen aus dem Nichts anzuspringen?« Er bückte sich, um nach seiner Tasche zu greifen.

Felix bekam wieder etwas Luft und trat nach ihm. Sein Schuh traf die Hand.

Mit schmerzerfülltem Gesicht wich Siering zurück. »Hören Sie auf«, jammerte er. »Ich hab überhaupt nichts getan.«

»Ach ja? Und was ist das hier?« Felix schnappte sich den Jutebeutel und kam auf die Füße, um den Inhalt auf den Boden zu kippen. Altes Brot kullerte heraus. Felix schüttelte noch einmal, doch die Tasche war leer. Kein Messer. Scheiße. Er war zu früh, das hier war nur die Vorbereitung des Rippers.

»Die Pferde freuen sich, wenn ich sie besuche. Sie mögen das Brot. Und es tut ihnen gut«, rechtfertigte Siering sich mit weinerlicher Stimme. »Ich liebe Tiere!«

»Erzähl doch keine Scheiße«, fuhr Felix ihn an. »Was war mit dem Hund, den du damals zu Tode geschleift hast mit dem Mofa? Hast du den auch geliebt und ihm deshalb mit einem Seil die Pfoten zusammengebunden, sodass er keine Chance hatte?« Er ballte eine Faust, als er sich das bildlich vorstellte. Tiere waren nicht seine besten Freunde, und Hunden gegenüber war er fast so skeptisch wie Pferden, aber Felix würde ihnen niemals absichtlich Schaden zufügen oder sie gar auf so grausame Weise umbringen. Der Kerl war einfach nur krank.

»Woher ... wer hat das behauptet?«, stammelte Siering.

»Willst du etwa sagen, du hast dafür nicht vier Monate in der Jugendstrafanstalt eingesessen?«

Siering hob beschwichtigend seine Hände und ging noch einen weiteren Schritt zurück. »Hören Sie, keine Ahnung, woher Sie das wissen. Aber so war das nicht, das habe ich auch dem Richter gesagt. Niemand hat mir geglaubt. Das mit dem Mofa war ein Schulkamerad von mir. Er hatte es sich ausgeliehen und dann diesen armen Hund … Ich wollte ihm noch helfen, als ich gesehen habe, was er getan hat, aber … es war zu spät.« Siering schluchzte auf. Für einen Moment war Felix versucht, ihm zu glauben. Dann dachte er an das Gruselkabinett mit den toten Tieren in Sierings Haus.

»Falsche Freunde, ich war's gar nicht, ich wurde reingelegt. Was glaubst du, wie oft man sich bei der Polizei solche Ausreden anhören muss?«, knurrte er.

»Sie sind von der Polizei?«

Felix ging nicht auf seine Frage ein. »Lass dich nicht mehr in der Nähe von Pferden blicken«. Er drehte sich um und ließ Siering stehen.

Er war wütend, vor allem auf sich selbst. Mit seinem Auftritt hatte er die Observation versaut. Demnächst würde Siering sicherlich vorsichtiger sein, und er, Felix, stand nun ohne Tatwaffe und somit ohne Beweise da. Anna würde bestimmt nicht begeistert sein.

29. Kapitel

ER saß vor seinem Teller mit der geschmacklosen Pampe namens Dosenravioli und stocherte ohne großen Appetit darin herum. Dass sich jetzt ein Privatdetektiv in den Fall eingeschaltet hatte, machte ihm Sorgen. Die Anwältin des Pädagogen hatte ihn anscheinend engagiert, damit er die Wahrheit herausfand. Er fragte sich, ob die beiden ihm schon auf der Spur waren.

Die Sache entwickelte sich wirklich schlecht! Reichte es nicht, dass direkt nach Thalers Entlassung eine weitere Leiche aufgetaucht war, um den Verdacht gegen ihn zu erhärten? Am Anfang hatte alles so gut gepasst, was er als eindeutiges Zeichen gewertet hatte. Thaler war durch Zufall zu seinem Sündenbock geworden, und alles hatte sich so perfekt gefügt. Für ihn hatte es schon an ein Wunder gegrenzt, dass der Kerl überhaupt aus der Untersuchungshaft freigekommen war, aber dass sich seine Anwältin tatsächlich so sehr für ihn einsetzte, setzte noch eins obendrauf. Wie viel Glück konnte man haben? Oder Pech, wenn man es aus seiner Perspektive betrachtete. Es durfte einfach nicht sein, dass sich jetzt irgend so ein Schnüffler einmischte und seinen gesamten Plan zunichtemachte.

Er schob den Teller mit den mittlerweile kalten Nudeln von sich. Alles geriet gerade völlig aus dem Ruder. Wie sollte er da essen können? Er nahm das Tablett zur Hand, das neben ihm auf dem Sofa lag, und rief das Internet auf. Wenn es immer noch Leute gab, die daran zweifelten, dass Thaler wirklich der Täter war, musste er eben dafür sorgen, dass sich das endgültig änderte. Und was machte jemand, der schuldig war und dem die Polizei im Nacken saß? Der wartete bestimmt nicht brav zu Hause, bis die Beamten mit dem nächsten Haftbefehl vor der Tür standen. Im Gegenteil. Der sah zu, dass er die Beine in die Hand nahm und das Land verließ.

Nun, das Land würde Thaler nicht verlassen, aber doch zumindest seine Wohnung, und er würde nie wieder zurückkehren. Im

Suchfenster des Browsers gab er den Namen »Thaler« und den Wohnort »Dachau« ein. Zunächst fand er einige Pressemitteilungen über die Verhaftung, die er grinsend wegscrollte. Hätte der Typ nicht Glück mit seiner Anwältin gehabt, wäre er jetzt noch im Knast. Aus Veroniques Perspektive betrachtet, war es wohl eher Pech gewesen … Die würde nämlich noch leben, hätte Thaler eine schlechtere Vertretung gehabt. Was wiederum für ihn selbst Pech gewesen wäre, denn bei seiner nächsten Tat hätte er in dem Fall viel vorsichtiger sein müssen.

Auf der zweiten Google-Seite, auf die angeblich nie jemand klickte, stieß er auf das, was er suchte. Thaler hatte tatsächlich eine eigene Webseite, von der aus er die Menschen vor den Bildschirmen auf einem großen Porträtfoto angrinste. *Systemischer Coach, Heilpädagoge, Blabla. Was es nicht für nutzlose Berufe gibt!* Im Impressum fand er Thalers Adresse. Das war zu einfach gewesen, um ein Fehler zu sein. So langsam fing er an, doch an Zeichen zu glauben.

In derselben Nacht stand er vor Thalers Haustür und beobachtete die Umgebung. Sein Haus lag in einer ruhigen Gegend, die der nächsten Nachbarn in ausreichender Entfernung. Es war schon dunkel. Die Laternen spendeten zwar etwas Licht, aber rundum waren die meisten Fenster dunkel, weshalb er davon ausging, dass die Anwohner allesamt schliefen. Die Chancen standen also gut, dass ihn niemand bemerken würde.

Er wartete noch ein paar Minuten und beobachtete die Straße, um sicherzugehen, dass kein Hundebesitzer auf seiner nächtlichen Gassirunde vorbeikam, dann stieg er aus dem Wagen. Im Gegensatz zu den angrenzenden Häusern brannte bei Thaler noch Licht, das schwach durch eines der Fenster schien. Anscheinend war er zu Hause und hoffentlich auch allein.

Als er seinen Finger auf den Klingelknopf presste, verspürte er seltsamerweise überhaupt keine Nervosität. Es würde ganz schnell gehen, so schnell, dass Thaler viel zu überrascht wäre, um sich zu wehren. Wenn er denn aufmachte. Hinter seinem Rücken hielt er den Baseballschläger verborgen, den er ihm über den Kopf ziehen wollte, sobald er öffnete. Thaler hätte keine Gelegenheit, sich zu wundern, was er so spät hier zu suchen hatte.

Er klingelte noch einmal, und hinter dem Glaseinsatz in der Haustür ging das Licht an, dann wurde ein Schlüssel im Schloss gedreht. Die Tür wurde lediglich ein Stück aufgezogen und Thaler linste durch den Schlitz.

»Hallo?«, fragte er und sah sich suchend in der Dunkelheit um. »Wer ist da?«

»Ich brauche Hilfe«, gab er zurück, wie er es sich zurechtgelegt hatte. »Meine Freundin und ich wurden überfallen, und sie wurde niedergeschlagen. Unsere Telefone haben sie auch geklaut. Da bei Ihnen noch Licht brannte, dachte ich, Sie lassen mich vielleicht die Polizei rufen.«

Ein billiger Trick, auf den Thaler wegen des Überraschungsmoments hoffentlich hereinfallen würde. Sollte er auf die Idee kommen, die Tür nicht öffnen und stattdessen selbst die Polizei rufen zu wollen, hatte er ebenfalls eine Antwort. Er würde einfach behaupten, eine stark blutende Verletzung am Arm zu haben, die er verbinden wollte.

Thaler aber wollte anscheinend – aus nachvollziehbaren Gründen – nichts mit den Bullen am Hut haben, oder er schien sie zumindest nicht selbst anrufen zu wollen, denn er zog die Tür ein Stück weiter auf.

Gänsehaut überzog seinen Nacken, als er die zwei Stufen zur Tür hinaufstieg und auf Thaler zuging. Jetzt war er doch ein wenig aufgeregt. Das war etwas anderes, als Frauen zu überfallen. Zumal er vorsichtig sein musste – Thaler sollte nicht sterben. Jedenfalls nicht sofort, denn er brauchte ihn noch. Er krallte seine Finger um den Schläger und spannte seine Muskeln an.

Als die Haustür vollständig geöffnet wurde, damit er eintreten konnte, reagierte er ganz instinktiv. Er stieß Thaler nach hinten, holte aus und traf ihn an der Schläfe. Der Pädagoge stolperte und stürzte rücklings zu Boden. Um zu schreien, war er anscheinend zu überrumpelt, er hielt sich nur stotternd den Kopf und kroch die Diele entlang.

Schnell stieß er die Tür mit dem Fuß zu und holte noch einmal aus. Diesmal traf er ihn am Hinterkopf, und Thaler blieb reglos liegen. Blut floss auf den Läufer, und seine Augen verdrehten sich, sodass nur noch das Weiße zu sehen war. Hoffentlich hatte er ihn nicht umgebracht.

30. Kapitel

AUCH an den folgenden Tagen hörte Anna nichts von ihrem Mandanten. Seit seinem Auftritt vor ihrer Kanzlei ging er nicht ans Telefon und meldete sich trotz zahlreicher Nachrichten, die sie auf seiner Mailbox hinterlassen hatte, auch nicht zurück. Mittlerweile war es Montag. Einerseits war sie wütend auf ihn, weil er sich wie ein bockiger Teenager verhielt, andererseits machte sie sich Sorgen.

Was, wenn er herausgefunden hatte, mit wem seine Ex-Freundin ihn betrogen hatte? Sollte es sich bei Björn Gmeiner tatsächlich um den Liebhaber und Mörder von Sinta Hoymann und Veronique Gmeiner handeln, konnte es durchaus gefährlich sein, ihm zu nahe zu kommen. Es war nicht auszuschließen, dass er erneut tötete, damit er nicht überführt würde.

Dass Robin selbst die Taten begangen hatte, schloss Anna aus, nachdem sie sich nach seinem Angriff beruhigt und den Vorfall mit etwas Abstand betrachtet hatte. Im Endeffekt hatte er nichts weiter getan, als sie an den Oberarmen zu packen. Und das nur, weil er den Namen des mutmaßlichen Mörders seiner Ex-Freundin erfahren wollte, was nachvollziehbar war. Immerhin hatte er Sinta Hoymann über alles geliebt. Außerdem stand sein Alibi für die Tatzeit weiterhin; Felix und sie hatten es selbst ausprobiert. Wenn er nicht tatsächlich ein Taxi genommen hatte, konnte er Sinta Hoymann nicht umgebracht haben.

Björn Gmeiner oder Jan Siering, das waren für sie die beiden Hauptverdächtigen, auch wenn Felix Letzteren leider nicht auf frischer Tat ertappt hatte. Möglicherweise hatte Siering geahnt, dass er beschattet wurde, und sein nächtlicher Besuch auf dem Pferdehof war lediglich ein Ablenkungsmanöver gewesen.

Sie verdrängte die Gedanken und schulterte ihre Aktentasche. Jetzt musste sie erst einmal die Unterlagen zu einem anderen Fall beim zuständigen Richter einreichen und danach mit Felix besprechen, wie sie weiter vorgehen wollten. Sie hatte das Gefühl, dass sie auf der Stelle traten, und wenn sie sich nicht täuschte, war es nur eine Frage der Zeit, bis der Täter das nächste Mal zuschlug. Sie mussten endlich auf seine Spur kommen, um ihren Mandanten zu entlasten und den Mörder aufzuhalten.

Im zweiten Stock des Gerichtsgebäudes folgte sie dem langen, schmucklosen Flur bis ans Ende, um ihre Akten bei der Sekretärin des Richters abzugeben. Auf den Bänken vor den Verhandlungssälen saßen vereinzelt Zeugen oder Angeklagte, die darauf warteten, aufgerufen zu werden. Einige starrten sichtlich nervös vor sich hin, andere waren ins Gespräch mit ihren Anwälten vertieft. Eine Verhandlung war für Menschen, deren Beruf nichts mit dem Rechtswesen zu tun hatte, in der Regel eine beängstigende Sache. Da spielte es keine Rolle, ob sie selbst angeklagt oder nur als Zeuge geladen waren.

Als Anna ihre Unterlagen abgegeben hatte und wieder auf den Korridor trat, wurde sie beinahe von jemandem umgerannt, der es eilig zu haben schien.

»Oh, verzeihen Sie …«, setzte sie an, doch ihr blieb die Entschuldigung im Hals stecken. Vor ihr stand Feindt und musterte sie abschätzig von oben bis unten.

»Na, das ist ja ein Zufall, dass wir uns treffen«, sagte er schließlich und lächelte ein falsches Lächeln.

Ja, ein wahnsinniger Zufall, dachte sie. *Ein Staatsanwalt und eine Anwältin treffen sich vor Gericht. So könnte auch ein schlechter Witz losgehen.*

»Guten Morgen und auf Wiedersehen«, murmelte Anna und machte sich daran, an ihm vorbeizugehen. Auf einen Schlagabtausch mit ihm hatte sie momentan überhaupt keine Lust.

»Warum haben Sie es denn so eilig?«, fragte er und stellte sich ihr in den Weg. »Wenn ich Sie gerade schon mal hier habe, können wir uns doch kurz unterhalten.«

Anna funkelte ihn angriffslustig an. »Klar, ich hab ja sonst keine Termine. Wollen wir direkt auf dem Flur ein Kaffeekränzchen abhalten, sodass jeder mitbekommt, worum es geht?«

Feindt richtete seine Krawatte, obwohl es da nichts zu richten gab. »Natürlich nicht hier. Kommen Sie doch kurz mit in mein Büro. Ich bin sicher, Ihr Kalender wird es verschmerzen können.« Er packte sie am Ellenbogen und dirigierte sie in Richtung Übergang zum Trakt der Staatsanwaltschaft.

Anna musste sich zurückhalten, ihn nicht anzubrüllen und sich loszureißen. Unauffällig ruckte sie an ihrem Arm, doch sein Griff blieb eisern. Hatte er sie noch alle, sich ihr gegenüber derart übergriffig zu verhalten? Sie war keine Verdächtige und er schon gar kein Justizvollzugsbeamter, dass er sie hier sichern musste.

»Lassen Sie mich sofort los! Was fällt Ihnen ein?«, zischte sie, als sie außer Hörweite der Wartenden waren.

Endlich gab er ihren Ellenbogen frei. »Wo ist Ihr Mandant?«, fragte er, ohne auf ihre Beschwerde einzugehen.

Anna bemühte sich um ein Pokerface. »Zu Hause, nehme ich doch an. Ich habe ihm keine Fußfessel verpasst.«

»Dort ist er aber nicht anzutreffen, und er reagiert auch nicht auf Nachrichten. Gestern hätte er zu einer Befragung bei Hauptkommissar David Bäumler erscheinen sollen. Dieser ist er ferngeblieben. Das wirft nicht gerade ein gutes Licht auf ihn.«

»Nachdem er von Ihnen zu Unrecht in Untersuchungshaft gesteckt wurde, weil Ihre Mitarbeiter schlampig gearbeitet haben, ist das nicht verwunderlich«, sagte Anna und war froh, dass sie ihre Stimme im Griff hatte. Warum hatte Thaler sich nicht bei ihr gemeldet, wenn die Polizei bei ihm vor der Tür gestanden hatte? War er tatsächlich untergetaucht? Oder war ihm etwas zugestoßen? »Wie Sie wohl wissen, ist man nicht verpflichtet, einer Vorladung Folge zu leisten. Und zur Erinnerung: Das darf nicht negativ ausgelegt werden.«

»Nun, eine Auflage für die Entlassung aus der U-Haft war allerdings, sich für weitere Fragen zur Verfügung zu halten. Sollte er geflüchtet sein, wandert er direkt wieder ins Gefängnis, das sollte Ihnen klar sein. Sie wissen hoffentlich, wo er sich aufhält, denn für uns ist er schon seit einer ganzen Weile nicht erreichbar, und es öffnet niemand die Tür.« Feindt starrte sie durchdringend an, doch Anna hielt seinem Blick stand.

»Oder er hat ganz einfach gesehen, dass Ihre Beamten klingeln, und deshalb nicht aufgemacht«, sagte Anna. »Was im Übrigen sehr gut nachvollziehbar ist, denn immerhin läuft wegen Ihrer nachlässigen Ermittlungsarbeit ein zweifacher Mörder frei herum.«

»Nun hören Sie mal, Frau Hart, was maßen Sie sich an? Viel eher haben Sie bei der Haftprüfung dafür gesorgt, dass ein Mörder freikommt und es überhaupt ein zweites Opfer gibt!«

»Ach, wollen Sie behaupten, es wäre ordentliche Arbeit, dass Ihre Beamten Frau Sauer-Deus nicht zu der Affäre von Frau Hoymann befragt haben, obwohl sie die erwähnt hat?« Anna fuchtelte mit dem Zeigefinger vor Feindts Gesicht herum. Am liebsten hätte sie ihn geohrfeigt, so wütend war sie. »Dank ihrer Aussage war es ein Leichtes für mich, herauszufinden, um wen es sich bei dieser für Sie noch unbekannten Person handelt. Vielleicht kommen Sie ja auch drauf, wenn Sie sich ein wenig anstrengen.«

Damit drehte sie sich um und stürmte den Korridor entlang. Ihre klappernden Absätze übertönten, was Feindt ihr noch hinterherrief. Sie musste unbedingt Robin Thaler finden. Hoffentlich war ihm nichts passiert.

Auf dem Weg durch München war der Verkehr die Hölle. Während Anna in einer Rotphase nach der nächsten klebte, versuchte sie, Felix zu erreichen. Wieder mal ging er nicht ans Handy. Vermutlich schlief er noch, nachdem er in der Nacht Siering observiert hatte. Sie sprach ihm auf die Mailbox, dass sie zu Thaler unterwegs sei, und bat ihn, sich dort mit ihr zu treffen.

Irgendwie hatte sie trotz der Überzeugung, dass ihr Mandant unschuldig war, ein ungutes Gefühl. Auch wenn er kein Mörder war, bestand die Möglichkeit, dass er sie erneut anging, wenn sie ihm den Namen von Sinta Hoymanns Liebhaber nicht verriet. Sofern er ihn nicht selbst herausgefunden und sich in Gefahr gebracht hatte. Vermutlich aber kerkerte er sich in seinem Haus ein und bemitleidete sich selbst, versuchte sie sich zu beruhigen.

Oder er hat seinem Leben ein Ende bereitet, kam ihr ein erschreckender Gedanke. Bezweifelte er ihre Fähigkeiten als Strafverteidigerin und hatte so viel Angst, für einen Mord, den er nicht begangen hatte, im Gefängnis zu landen, dass er sich dem durch Suizid entzogen hatte?

All diese Gedanken gingen ihr durch den Kopf, und je näher sie dem Haus kam, desto schlimmer fiel das Kopfkino aus. Als sie schließlich vor seiner Einfahrt parkte, war sie ein Nervenbündel und musste sich erst einmal beruhigen, indem sie eine halbe Flasche Wasser leerte und kurz durchatmete. Es war später Vormittag, die Sonne hatte die Luft angenehm erwärmt, und Anna nahm den Geruch von getrocknetem Gras wahr.

Sie strich ihren Rock glatt und ging auf die Haustür zu. Felix hatte sich nicht zurückgemeldet und war demnach nicht da, um sie zu unterstützen. Aber plötzlich hatte Anna keine Angst mehr, und auch ihre Sorgen um Robin Thaler waren wie weggeblasen. Es war mitten am Tag, am Ende der Straße mähte jemand seinen Rasen, und Kinder rasten mit ihren Rollern durch die verkehrsberuhigte Gegend.

Als sie an der Tür ankam, musterte sie Thalers Briefkasten. Darin steckte eine Zeitung, und ein großer Umschlag fiel fast heraus. Zumindest heute schien Thaler noch nicht vor die Tür gegangen zu sein.

Sie klingelte; der Gong schallte heraus bis auf die Straße. Anna trat einen Schritt zurück und blickte die Fassade entlang. Im Erdgeschoss des kleinen, zweistöckigen Hauses war eines der Fenster geöffnet. Dann war er wohl zu Hause, denn wer ließ schon sein Fenster zur Straße offen, wenn er nicht da war? Auch im Dorf konnte es durchaus passieren, dass jemand diese Gelegenheit nutzte und einstieg.

Anna klingelte noch einmal und schaute durch das offene Fenster, konnte aber wegen des zugezogenen Vorhangs nichts erkennen. Drinnen blieb es jedenfalls ruhig. Wenn Thaler wirklich da war, tat er alles, um sie vom Gegenteil zu überzeugen. Vielleicht glaubte er ja, sie wäre die Kripo.

Sie rief: »Herr Thaler, machen Sie bitte auf. Ich bin es, Frau Hart.« Im Inneren des Hauses regte sich weiterhin nichts.

Na gut, dann eben nicht, dachte sie und drehte sich gerade um, da hörte sie ein leises Klacken. Sie wandte sich um und sah, dass die Haustür einen Spalt offen stand. Das hatte sie zuvor gar nicht bemerkt.

Hatte Thaler ihr geöffnet? Sie drückte zaghaft gegen das Türblatt und klopfte an die Zarge. Die Tür schwang unter ihrer Berührung auf. Niemand erwartete sie in der Diele, und es war weiterhin kein Geräusch auszumachen. Anna zuckte zurück. Das war nun wirklich seltsam. Thaler war bestimmt nicht rausgegangen und hatte weder das Fenster noch die Tür geschlossen. War er vielleicht nur im Keller? Oder war ihm tatsächlich etwas zugestoßen?

Bevor sie länger darüber nachdenken konnte, betrat sie die Wohnung.

31. Kapitel

FELIX saß nur mit Boxershorts bekleidet vor dem Stapel Ermittlungsunterlagen zum Fall des Pferderippers. Seit Tagen traten sie auf der Stelle, und je mehr Zeit verging, desto größer wurde die Gefahr, dass der Täter erneut zuschlug. Dass es nur eine Frage der Zeit war, bis er sich sein nächstes Opfer suchte, daran hatte Felix keine Zweifel. Und sei es ein weiteres Tier, das sein Leben lassen musste, weil weder er noch die Polizei vorankam.

Jan Siering blieb für Felix der Hauptverdächtige, auch wenn er in der Nacht von Samstag auf Sonntag keine Waffe, sondern nur altes Brot in seiner Tasche gehabt hatte. Vielleicht hatte dieser Ausflug nur der Vorbereitung für seinen nächsten Angriff gedient. Ein paar Nächte später wäre er dann zurückgekehrt, um eines der Pferde aufzuschlitzen. Was er nun sicherlich unterlassen würde, nachdem er von Felix erwischt worden war.

Sein krankes Hobby bescheinigte ihm jedenfalls das handwerkliche Geschick, das der Täter brauchte, um eine Waffe aus Knochen und Steinen herzustellen. Und durch seine umfangreiche Sammlung von toten Tieren hatte er genug Gebeine zur Verfügung. Außerdem war er innerhalb der letzten Jahre mehrfach umgezogen, und auch der Pferderipper war nahezu im gesamten Bundesland unterwegs gewesen, nachdem die Angriffe in der Umgebung von Fürstenfeldbruck ihren Anfang genommen hatten.

Ausgerechnet jetzt, wo Siering wieder in der Gegend war, hatte jemand Sinta Hoymanns Pferd angegriffen. Dass er in seiner Jugend von einem falschen Freund reingeritten worden war und gar nichts mit den Quälereien an den Hunden und Katzen der Nachbarschaft zu tun gehabt hatte, konnte er seiner Oma erzählen. In seiner Laufbahn als Polizist hatte Felix zu oft solche Ausreden hören müssen, als dass er sie jetzt einfach naiv als Wahrheit hinnehmen würde.

Andererseits wollte er Björn Gmeiner noch nicht von der Liste der Verdächtigen streichen. Der Bauer kannte sich mit Pferden aus, immerhin züchtete er einige wertvolle Rassen und sollte wissen, wie man mit den Tieren umging, sodass ihr Fluchtinstinkt nicht griff. Aufgrund der Zucht war er immer wieder tagelang unterwegs, so auch kurz vor dem Tod seiner Frau, davon hatte sie Felix selbst berichtet. Er hatte also ausreichend Kenntnisse und Gelegenheiten, an verschiedenen Orten anzugreifen, ohne dass seine Abwesenheit zu Hause auffiel. Handwerkliches Geschick sollte er als Bauer ebenfalls mitbringen, und an Knochen heranzukommen, war bestimmt auch kein Problem für ihn.

Nicht zuletzt war er ziemlich sicher der unbekannte Liebhaber von Sinta Hoymann. Da der Gmeiner-Hof Veroniques Erbe war, hätte er im Fall einer Scheidung alles verloren. Jetzt, da seine Frau tot war, trat genau das Gegenteil ein, denn das Erbe war auf ihn übergegangen, und er musste nicht mehr fürchten, dass ihm jemand sein Lebenswerk wegnahm.

Andererseits ergab es wenig Sinn, dass Gmeiner der Ripper war. Offensichtlich liebte er Pferde so sehr, dass er ihnen sein gesamtes Leben widmete. Weshalb sollte er sie dann auf so brutale Art und Weise umbringen? Oder ging es ihm bei seiner Zucht allein ums Geld? Wie viel brachte so ein Tier wohl ein? Felix wusste, dass Scheichs für bestimmte Renn- oder Dressurpferde ein Vermögen bezahlten, aber die kamen sicherlich nicht von Gmeiners Hof auf dem bayerischen Land.

Dann wiederum dachte Felix daran, dass die Tiere Gmeiners Leben ein Stück weit bestimmten, was unter Umständen auch zu Hass auf sie führen könnte. Weil die eigenen Pferde zu wertvoll waren, attackierte er stattdessen fremde.

Wie er es auch drehte und wendete, er kam zu keinem zufriedenstellenden Ergebnis. War der wahre Täter womöglich jemand, den sie noch gar nicht auf dem Schirm hatten? Waren die beiden Frauen nur Zufallsopfer gewesen? Nein, daran glaubte Felix nicht. Der Mörder musste in irgendeiner Verbindung zu den Höfen stehen.

Er nahm einen Schluck aus seiner Tasse und verzog das Gesicht. Der Kaffee war kalt, also stand Felix auf und machte sich einen frischen. Dann blätterte er ziellos durch die Ermittlungsakten, die Natalie vom

Server des LKA Bayern geladen hatte. Es war ihm ein Rätsel, wie seine Schwester es schaffte, die Sicherheitsvorkehrungen in den Netzwerken der Polizeibehörden zu umgehen, ohne dass jemand etwas merkte.

Einmal hatte sie versucht, es ihm zu erklären, um ihn zu beruhigen, da er in ständiger Panik war, dass sie irgendwann erwischt würde. Allerdings hatte er nur Bahnhof verstanden, und so blieb ihm nur zu hoffen, dass sie tatsächlich nicht auffliegen würde.

Beim Sichten der Unterlagen stach Felix ein Foto ins Auge. Zuerst konnte er gar nicht benennen, was ihn aufmerksam werden ließ, aber als er genauer hinschaute, entdeckte er es. Die Aufnahme war knapp 15 Monate alt und zeigte aus der Totalen einen der ersten Tatorte, an dem der Pferderipper zugeschlagen hatte. Das Stroh in der Box war blutverschmiert; ein Tier war nicht zu sehen, es war wohl bereits abtransportiert worden. Dafür stand außerhalb auf dem Gang ein Futtersack, dessen Logo Felix bekannt vorkam. Es bestand aus dem Schattenriss eines Pferdekopfes mit einem Hufeisen darüber, das Ganze vor einem roten Hintergrund. Weil es ein wenig dämonisch auf ihn gewirkt hatte, war es ihm noch so gut in Erinnerung.

Es war gar nicht so lang her, dass er es gesehen hatte. Erst gestern, in Gmeiners Schubkarre. Und auch bei Wimmers auf dem Hof war ihm dieses Logo begegnet. Er blätterte weitere Tatortfotos der Pferdemorde durch und entdeckte auf einigen davon Säcke mit demselben Logo. Vermutlich war das nichts Besonderes, es war schließlich einfach Pferdefutter, das trotz des hässlichen Logos in ganz Deutschland ein Verkaufsschlager sein konnte. Aber da er keinen anderen Ansatz hatte, lohnte sich vielleicht ein genauerer Blick. Einen Markennamen entdeckte er nicht auf dem Sack, lediglich der Pferdekopf war zu erkennen.

Gab es nicht bei Google die Möglichkeit, eine umgekehrte Bildersuche durchzuführen? Kurz war er versucht, Natalie zu rufen, damit sie ihm zeigte, wie das funktionierte, entschied sich aber dagegen. Das würde nur wieder in einem Vortrag über die Verwendung der verschiedenen Funktionen von Google und die Vorteile von alternativen Suchmaschinen und Browsern enden. Stattdessen suchte er sich selbst eine Anleitung heraus und fotografierte die Aufnahme mit seinem Handy ab, um sie in die Bildersuche hochzuladen. Dabei sah er, dass Anna ihn angerufen und eine Nachricht auf seiner Mailbox hinterlassen hatte, aber darum würde er sich später kümmern.

Das Ergebnis der Suche ließ ihn stutzig werden, und er probierte es noch mal, nachdem er mit seinem Handy ein neues Foto des Logos gemacht hatte. Auch dieser Versuch endete mit demselben Resultat und spuckte ihm nicht einen einzigen Eintrag aus. Entweder war das Bild des Logos zu unscharf, da der Fokus der Aufnahme nicht auf dem Futtersack lag, oder die Futtermarke gehörte zu keiner großen Firma, sodass der Hersteller nicht mal eine eigene Webseite betrieb. Offenbar gab es im Internet kein Bild des Logos.

Das war nun wirklich merkwürdig, und Felix' Anspannung wuchs merklich. War das etwa eine kleine Manufaktur, die ihr Pferdefutter ausgerechnet an die Höfe lieferte, auf denen Pferde angegriffen wurden? Das wäre schon ein außergewöhnlicher Zufall. Aber warum war das vorher niemandem aufgefallen? Vielleicht, weil es auch auf allen Höfen Rattengift derselben Marke gab und sich darüber auch niemand wunderte? Futter gehörte eben zu einem Stall wie Zucker in den Kuchen.

Felix nahm sein Handy, um Anna zurückzurufen. Es klingelte, doch sie ging nicht ran. Vermutlich war sie in einer Besprechung. Er wählte die Nummer seiner Mailbox, um ihre hinterlassene Nachricht abzuhören. Sie erklärte ihm kurz, dass sie auf dem Weg zu Thalers Haus war, um nach ihm zu sehen, und bat Felix, zu ihrer Unterstützung dazuzustoßen. Warum aber ging sie dann nicht ran, wenn sie ihn erwartete?

Er versuchte es erneut auf ihrem Handy. Anna nahm nicht ab. Das war gar nicht gut. Auch wenn Thaler nicht der Täter sein konnte, war er sie doch vor einigen Tagen vor ihrer Kanzlei heftig angegangen, was zeigte, wie emotional ihn die ganze Situation machte. Was, wenn er sie nun erneut angegriffen hatte, als sie vor seiner Tür stand, weil sie ihm weiterhin keinen Namen liefern wollte? Weshalb war sie nur so leichtsinnig gewesen, allein zu ihrem Mandanten zu fahren, anstatt zu warten, bis Felix bei ihr war? Verdammt, er musste sofort dorthin. Hoffentlich war ihr nichts passiert!

32. Kapitel

ROBINS Mund war so trocken, als hätte eine Katze darin übernachtet, und er hatte einen Brummschädel. Irgendwas pikste ihn an der Hüfte, vermutlich das Schild in seinem Shirt. Als er sich kratzen wollte, konnte er seine Hände nicht bewegen. Sie schienen auf seinem Rücken festgewachsen zu sein, und er hatte kein Gefühl in den Fingern.

Herrgott, wie viel hatte er gestern getrunken? Er konnte sich überhaupt nicht erinnern, es musste also eine Menge gewesen sein. Anscheinend hatte er sich auch übergeben, denn es stank wie Hölle. Vorsichtig öffnete er die Augen, in der Erwartung, geblendet zu werden, doch um ihn herum war es düster. Erst jetzt merkte er, dass er an irgendeinen Balken gelehnt dasaß. Seine Hände waren nicht etwa eingeschlafen, weil er draufgelegen hatte, sondern sie waren festgebunden.

Robin versuchte, sich zu orientieren. Wo, zur Hölle, war er gelandet? Er saß auf trockenem Gras, obwohl er sich in einem Gebäude befand. Eine Scheune! Fahles Licht drang durch die Ritzen zwischen den Holzbrettern, aus denen sie zusammengezimmert war. Wie war er hierhergekommen?

Nach und nach kehrte seine Erinnerung zurück. Er hatte nicht getrunken. Jemand hatte ihn niedergeschlagen. Die Person, die mitten in der Nacht bei ihm geklingelt und darum gebeten hatte, sein Telefon zu benutzen. Und er war so naiv und dumm gewesen, die Tür zu öffnen, anstatt selbst die Polizei zu rufen. Als Dank hatte er eins über den Schädel gezogen bekommen.

Mit einem Schlag wurde ihm klar, in welcher Gefahr er sich befand. Sein Magen zog sich krampfhaft zusammen, und sein Herz raste. Der Typ von letzter Nacht musste Sintas Mörder sein. Panisch zerrte er an seinen Fesseln, die sich keinen Millimeter bewegten. Er wollte um Hilfe rufen, doch es kam nicht mehr als ein ersticktes Krächzen heraus. Sein Mund war einfach zu trocken. Vermutlich war es ohnehin sinnlos;

er wurde bestimmt nirgends gefangen gehalten, wo ihn jemand hören könnte. Er war auf sich allein gestellt.

Verzweifelt drehte er erneut seine Handgelenke in dem Seil, doch ohne Erfolg. Der Knoten saß so fest, dass er keine Chance hatte, sich zu befreien, und das Seil schien sich mit jeder Bewegung nur enger um seine Glieder zu ziehen. Wenn er so weitermachte, würde er sich noch gänzlich das Blut abschnüren. Es musste eine andere Lösung geben.

Irgendwie musste er es schaffen, hier rauszukommen, bevor der Typ zurückkehrte, sonst würde er sterben, da war er sich sicher.

Er schaute sich um, in der Hoffnung, irgendein Werkzeug zu entdecken, mit dem er sich helfen könnte. Seine Augen hatten sich mittlerweile an die Dunkelheit gewöhnt. Die Scheune war nicht groß und auf der einen Seite gefüllt mit bis zur Decke gestapelten Stroh- und Heuballen. Es war ruhig; er konnte sich also nicht an einer Straße befinden, und Menschen schienen auch nicht in der Nähe zu sein, obwohl es, angesichts der Lichtstreifen, Tag sein musste.

Zu seinen Füßen raschelte es, etwas huschte durchs Stroh. Er zog die Beine an den Körper. Kurz darauf wurde das Summen neben seinem Kopf lauter, etwas berührte sein Gesicht, dann noch etwas. Fliegen? Er spuckte aus, als eine davon seine Lippen streifte, und schüttelte sich.

Dann hörte er ein schmatzendes Geräusch. Robin starrte in die Richtung, aus der es kam, und reckte seinen Kopf nach vorn, um in dem Dämmerlicht etwas zu erkennen. Bis auf einen hellen Fleck vor einem der Ballen konnte er nicht viel ausmachen. War das ein Arm, eine Hand? Entsetzt sog Robin die Luft ein. Schlagartig wurde ihm klar, dass der Gestank nicht davon kam, dass er sich ins Stroh übergeben hatte. Er stammte von irgendetwas Totem. Ja, jetzt war er sich sicher. Der helle Fleck da vorn war eine Leiche, und eine Ratte machte sich an ihr zu schaffen.

Robin schnappte nach Luft, ohne auf die Fliegen zu achten, die dabei möglicherweise in seinen Mund gerieten, dann brüllte er sein Entsetzen hinaus.

33. Kapitel

NERVÖS tigerte Anna auf dem Bürgersteig vor Thalers Wohnhaus auf und ab, während sie auf Felix wartete. Die Zeit zog sich wie Kaugummi. Vor etwas mehr als einer halben Stunde hatte sie ihn endlich erreicht und hierherbestellt. So lange konnte er doch gar nicht brauchen, wenn er gleich nach ihrem Telefonat losgefahren war. Bestimmt hatte er getrödelt. Er nahm sie einfach nicht ernst. Und das, nachdem er sich angeblich Sorgen um sie gemacht hatte, weil sie nicht gleich an ihr Handy gegangen war.

Zwischendurch rang sie immer wieder mit sich, ob sie noch einmal ohne ihn reingehen sollte. Sie hatte nur den Blutfleck auf dem Läufer im Flur gesehen und sich auf dem Absatz umgedreht. Hatte dort ein Kampf stattgefunden? Hatte Thaler tatsächlich herausgefunden, wer Sinta Hoymann umgebracht hatte, und war dem Täter zu nahe gekommen? Befand sich dieser gar noch in der Wohnung und hatte ihren Mandanten in seiner Gewalt?

Steiger dich nicht rein, indem du dir ein solches Katastrophenszenario ausmalst, ermahnte sie sich.

Vielleicht war alles ganz harmlos und Thaler hatte sich beim Kochen geschnitten oder war gestürzt. Lag er irgendwo verletzt und brauchte Hilfe? Aber warum war die Tür dann offen? Und würde er nicht im Flur liegen, wenn er gestürzt wäre? Wahrscheinlicher war es, dass er sich einen Rettungswagen gerufen hatte und gar nicht da war, sollte das Blut von ihm stammen. Oder aber, er hatte sich etwas angetan und lag tot im Bad.

Scheiße!

Vermutlich wäre es am besten, sie riefe die Polizei, aber sie wollte sich nicht blamieren. Das Blut konnte genauso gut alt sein, oder sie hatte sich nur verguckt und es war einfach ein Rotweinfleck oder das Muster im Teppich. Nein, sie würde auf Felix warten und gemeinsam mit ihm die Lage checken. Dann würde sie entscheiden, was zu tun war.

Als Felix schließlich vor ihr stand, war Anna das reinste Nervenbündel.

»Hey, was ist denn passiert?«, fragte er und schaute sie besorgt an. »Du siehst ja aus, als hättest du einen Geist gesehen. Hat Thaler dir was angetan?«

»Mir nicht, keine Sorge. Aber vielleicht sich selbst.« Unwillkürlich griff sie sich an den Hals.

Felix sah sich um, ging einen Schritt auf die Haustür zu, die Anna offen gelassen hatte, und deutete auf den Briefkasten. »Du meinst, weil er die Zeitung von heute nicht reingeholt hat? Das hat doch nichts zu bedeuten.«

»Nein! Ich war drin, in seinem Haus. Es scheint niemand da zu sein, aber das Fenster steht offen, und die Tür war nur angelehnt. Und im Flur ist Blut.«

»O *shit*. Viel?«

Anna zuckte die Schultern. »Kann ich nicht so genau sagen, weil ich sofort wieder raus bin. Ich hatte Angst, über seine Leiche zu stolpern.«

»Na, dann gehen wir doch mal rein und schauen nach«, sagte er und betrat den Hausflur. Erleichtert, ihn nun an ihrer Seite zu haben, folgte Anna ihm.

Die Haustür hatte sie wieder nur angelehnt. Mit einem Taschentuch stieß Felix sie vorsichtig auf und betrat den Flur. Auf dem Läufer ging er in die Knie. »Hm. Das ist ja nicht viel.«

Anna betrat ebenfalls den Eingangsbereich und schaute sich den Fleck genauer an. Er hatte recht, verblutet war Thaler hier im Flur zumindest nicht, aber die Ursache musste schon mehr als Nasenbluten gewesen sein.

Felix titschte mit dem Taschentuch auf die Stelle. »Ist getrocknet. Vielleicht ist das Ding uralt, und er hat sich tatsächlich abgesetzt.«

»Das klingt nach etwas, das Feindt sagen würde. Arbeitest du für mich oder für ihn?«, gab Anna gereizt zurück. Sie hatte heute nicht die Nerven, sich für ihre Befürchtungen rechtfertigen zu müssen. Thaler war seit Tagen nicht erreichbar, und hier im Flur war eindeutig Blut. Hatte Felix nicht selbst noch gesagt, dass es keine Zufälle gab?

»Sorry, so war das nicht gemeint. Ich wollte doch nur sagen, dass es manchmal egal ist, ob man schuldig ist oder nicht. Wenn man seine Felle davonschwimmen sieht und einem die Düse geht, dass man unschuldig im Knast landen könnte, kann man schon mal irrational handeln.«

Anna seufzte und blickte sich weiter um. Überall im Flur hingen Fotos von Sinta Hoymann und Thaler. Beim Großteil handelte es sich um unscharfe Schnappschüsse, die man sich eigentlich nicht einrahmen würde. Ein kurzer Blick ins Wohnzimmer zeigte ein ähnliches Bild. Über dem Sofa hing ein furchtbar kitschiges Foto der beiden vor einem Sonnenuntergang, das auf Leinwand gedruckt war. Man könnte meinen, dass Thaler von Sinta Hoymann besessen gewesen war.

In der Küche entdeckte Anna auf der Anrichte einen Schlüsselbund; das Handy ihres Mandanten war nirgends zu sehen. Auch im Bad und im Schlafzimmer lag es nicht. Anna öffnete den Kleiderschrank. Keine größeren Lücken; am Waschbeckenrand stand noch seine Zahnbürste in einem Becher.

Das Haus machte auf sie nicht den Eindruck, als hätte Thaler es freiwillig für längere Zeit verlassen, und wenn Sanitäter hier gewesen wären, hätten die ihre Utensilien bestimmt nicht weggeräumt. Das wusste sie ziemlich genau von damals, als ihre Mutter sich die Hüfte bei einem Treppensturz gebrochen und außerdem beim Aufprall eine große Platzwunde an der Stirn zugezogen hatte. Im ganzen Flur hatten Verpackungen von Kompressen, Spritzen und anderer Müll gelegen, nachdem sie mit dem Rettungswagen abgeholt worden war.

»Alle seine Sachen sind hier«, sagte Anna zu Felix, der schon wieder im Hausflur stand, als hätte er es besonders eilig. Hätte er sich mal so rangehalten, als es darum ging, sie zurückzurufen.

»Das heißt ja nichts. Wenn er irgendwo bei Freunden untergetaucht ist, braucht er nicht viel.«

»Meine Güte«, fauchte Anna ihn an, »du klingst ja wirklich wie Feindt.«

»Na, dann kannst du schon mal üben, was du ihm antworten wirst. Ich schätze, du kommst nicht drum herum, zu melden, dass dir dein Mandant abhandengekommen ist.«

Anna kaute auf ihrer Unterlippe. Eigentlich hatte er ja recht, aber es bestand immer noch die Möglichkeit, dass es eine einfache Erklärung für all das hier gab. Vielleicht hatte er Besuch gehabt, und man hatte gemeinsam gekocht. Dabei hatte er sich heftig geschnitten und war dann von seinem Bekannten in die Notaufnahme gebracht worden. Sie wollte nicht riskieren, eine Fahndung mit anschließendem Medienrummel auszulösen, wenn Thaler einfach nur im Klinikum rechts der Isar lag.

»Das werde ich. Aber vorher versuche ich selbst, ihn zu finden.«

Felix schaute sie kurz mit hochgezogenen Augenbrauen an, dann zuckte er die Schultern. »Gut. Mach, wie du meinst. Wenn du mich nicht mehr brauchst, würde ich verschwinden. Ich habe noch etwas zu erledigen.«

»Das war's? Du willst einfach wieder gehen?« Verärgert verschränkte Anna die Arme vor der Brust.

Felix setzte sich in Bewegung und ging zurück auf die Straße, wohin Anna ihm folgte. »Was soll ich denn hier machen? Die Schubladen in seinem Schlafzimmer durchsuchen? Das ist Sache der Polizei. Wenn hier wirklich was passiert ist, haben wir ohnehin alle Spuren verwischt.«

Anna überlegte kurz. »Du könntest mir zum Beispiel bei der Befragung der Nachbarn helfen. Vielleicht hat jemand was mitbekommen. Mich würde auch interessieren, wann er zuletzt auf der Straße gesehen wurde, immerhin erreiche ich ihn seit Tagen nicht.«

»Normalerweise liebend gern, aber gerade gibt es Wichtigeres. Ich habe da vielleicht eine Spur, der ich nachgehen möchte. So ungern ich es sage, Thalers Verschwinden ist merkwürdig, aber es bringt uns auch nicht weiter. Meine Sache vielleicht schon.«

»Ach ja? Worum geht es da?«, fragte Anna, etwas milder gestimmt.

»Ich habe eventuell eine Verbindung gefunden. Ich habe mir noch einmal die Tatortfotos der Pferdemorde durchgesehen und dabei etwas entdeckt. Auf einigen war ein Futtersack einer ganz bestimmten Marke zu sehen.«

»Okay. Das klingt erst mal nicht gerade nach dem großen Durchbruch.«

»Das Auffällige ist, dass ich bei einer Internetsuche nach dieser Marke nichts gefunden habe. Es ist also nichts, was man einfach so bei Amazon oder im Tierfachhandel bestellen kann.«

Er wirkte für Annas Geschmack zu enthusiastisch für die Informationen, die er ihr vortrug. »Na ja, es sind halt Pferde, für die gibt es Futter. Ich kenne mich nicht aus, aber vermutlich gibt es extra Lieferanten dafür, die keinen Internetauftritt brauchen«, sagte sie gelangweilt.

»Oder aber, es ist eine verdammt seltene Marke, die irgendwas mit dem Ripper zu tun hat. Irgendwie muss er ja die Pferde angelockt haben, und er kennt sich höchstwahrscheinlich mit Tieren aus. Und jetzt rate mal, wo ich diese Säcke noch gesehen habe.«

Anna machte eine auffordernde Handbewegung. Auf Ratespielchen hatte sie jetzt keine Lust.

»Bei Gmeiners und auf dem Hof, wo meine Schwester … also, wo Robin Thaler als Heilpädagoge arbeitet.«

Anna seufzte. Sie verstand immer noch nicht, was daran so brisant sein sollte. Aber Felix war nicht von seiner Idee abzubringen, also sagte sie: »Aha. Dann such du mal Pferdefutter, und ich kümmere mich um die Sache hier.« Sollte er ruhig merken, dass sie angesäuert war.

34. Kapitel

Uм die Mittagszeit lag der Hof der Wimmers verlassen in der Maisonne. Zu dieser Uhrzeit waren die meisten der Pferdebesitzer wahrscheinlich noch auf der Arbeit, denn es konnte sich wohl kaum jemand ein so teures Hobby leisten, der kein eigenes Einkommen hatte. Felix betrat das Gelände und schaute sich um, konnte aber auch die Hofbesitzerin nirgends entdecken.

Am Wohnhaus wurde auf sein Klingeln hin nicht geöffnet. Nach einem Moment versuchte er es noch mal, dann ging er einmal um das Haus herum, fand jedoch niemanden. Vermutlich war die ältere Dame gerade damit beschäftigt, irgendwelche Wiesen oder Sandplätze von Pferdeäpfeln zu befreien. Dann würde er eben im Auto warten und es später noch mal versuchen. Als er sich umdrehte, fiel sein Blick auf den Hundezwinger, und er erstarrte.

Die Käfigtür stand offen, und das riesenhafte schwarze Biest, das eigentlich darin eingesperrt sein sollte, spazierte über den Hof. Es hatte den Kopf zu Boden gesenkt und schnüffelte, als würde es irgendeine Spur aufnehmen. Vielleicht seine?

Just in diesem Moment drehte sich das Vieh in seine Richtung. Felix hielt die Luft an, sein Puls begann zu rasen. Was sollte er jetzt tun? Wie war das noch mal bei Hunden? Sollte man ihnen in die Augen schauen, um sie zu beruhigen, oder machte sie das erst recht aggressiv? Was auf jeden Fall nicht helfen würde, war, zu rennen, denn das würde nur den Jagdinstinkt triggern, so viel wusste sogar er. Außerdem hätte der Hund ihn längst eingeholt und sich in Felix' Bein verbissen, ehe er bei seinem Auto angelangt wäre.

Wenn er doch Natalie nur etwas besser bei ihren Vorträgen zuhören würde, dann wüsste er jetzt, was zu tun wäre. Vielleicht half es ja, wenn er sich so unauffällig wie möglich verhielt und das Biest nicht anschaute, bis es das Interesse an ihm verlor. Andererseits würde er dann nicht mitbekommen, falls es anfing, auf ihn zuzurennen.

Das zu bemerken, bringt dir auch nichts. Was willst du denn machen? Einen Superheldensprung aufs Hausdach?

Der Hund hatte sich mittlerweile in Bewegung gesetzt und kam tatsächlich in Felix' Richtung. Gerade als der schon mit seinem Leben abgeschlossen hatte, ertönte aus der Ferne ein Pfiff. Der schwarze Koloss drehte ab und verschwand.

Erleichtert atmete Felix auf und wischte sich seine schweißnassen Hände an der Hose ab. Das war ja gerade noch mal gut gegangen! Wie war er überhaupt auf die bescheuerte Idee gekommen, den Hof ohne Begleitung zu betreten? Er hatte schon oft genug erlebt, dass der Wachhund frei herumstromerte, das hätte er doch vorhersehen können. Er schaute in die Richtung, aus der der Pfiff erklungen war, und sah Frau Wimmer auf sich zukommen, die den Hund am Halsband neben sich herzog.

»Ah, hab ich's mir doch gedacht, dass der Bär was Interessantes entdeckt hat, als er plötzlich stiften gegangen ist!«, rief sie ihm zu.

Ja, seinen Mittagssnack in Form von mir, dachte Felix und beobachtete, wie sie das Tier mit dem so passenden Namen in den Zwinger brachte. Schließlich schlenderte sie zu ihm.

»Der Herr Detektiv wieder, ja guten Tag. Wollen Sie noch was wissen von mir?«, fragte sie und schielte auf das Foto, das Felix in der Hand hielt.

Den Ausdruck von der Aufnahme des Futtersacks hatte er noch schnell zu Hause gemacht, bevor er zu Thalers Wohnung gefahren war.

»Wenn Sie bereit wären, noch mal ein paar Minuten für mich zu opfern«, sagte Felix und schenkte ihr ein breites Lächeln.

Sie streckte den Arm auffordernd aus. »Na, geben Sie schon her. Wen soll ich dieses Mal erkennen?«

Felix reichte ihr das Bild. Sie betrachtete es und verzog verwundert das Gesicht.

»Was wollen Sie denn jetzt damit?«

»Kennen Sie die Marke?«

»Na, und ob!« Sie nickte so heftig wie ein Kind, das man gefragt hatte, ob es eine Kugel Schokoladeneis wolle. »Das ist unsere.«

»Ihre?« Felix verschluckte sich fast an seinem Speichel. Damit hatte er nun überhaupt nicht gerechnet.

»Ja, na ja, nicht so richtig, aber auch wieder doch.«

Er sah Frau Wimmer fragend an. Was redete sie da?

»Der Carsten, mein Sohn. Nach dem Tod von meinem Mann vor ein paar Jahren lief der Hof erst nicht so, das hab ich Ihnen schon letztes Mal erzählt, wissen Sie noch?«

»Ja, ich erinnere mich.« Felix hätte sie am liebsten angetrieben, zum Punkt zu kommen, doch das würde vermutlich nur das Gegenteil bewirken.

»Das war nicht unbedingt die Schuld vom Carsten, sondern eher die von meinem Mann. Der war ein richtiger Nörgler und hat nach und nach alle Leute vertrieben, die ein Pferd bei uns stehen hatten. Schon als er noch gelebt hat, musste er Heu und Stroh an andere Höfe verkaufen, damit wir über die Runden kamen.«

Sie sah ihn mitleidheischend an, und Felix nickte verständnisvoll.

»Dann ließ sich mein Mann beim Mähen vom eigenen Traktor erschlagen, und der Sommer war eh schon viel zu trocken, die Heuernte dahin. Der arme Carsten musste zusehen, wie er mit vier vermieteten Stellplätzen das Einkommen für uns bestritt. Da kam Björn, der uns nicht nur Geld für den Übergang geliehen hat, sondern auch eine rettende Idee hatte.«

»Eine Futtermarke zu gründen?«, versuchte Felix, die Sache ein wenig zu beschleunigen.

»Genau. Er und Veronique haben uns das Geld für die Anschaffung der Maschinen vorgestreckt. Mein Carsten kümmert sich um den Rübenanbau und die Ernte von unseren Feldern, dann wird das hinten in der Produktionshalle gehäckselt und getrocknet. Wollen Sie die Halle mal sehen?«

Ohne seine Antwort abzuwarten, stiefelte sie in Richtung einer der Scheunen. Felix ging ihr hinterher, während sie weitererzählte.

»Von Rüben allein wird so ein Pferd aber nicht ausreichend versorgt. Der Björn betreibt ja eine Zucht und weiß genau, welche Nährstoffe die Tiere brauchen. Er wählt Zusatzstoffe aus, die am Ende vor dem Verpacken untergemischt werden, damit die Pferde alles bekommen, um gescheit beisammenzubleiben. Wissen Sie, das Futter ist so gut, es wird mittlerweile in ganz Bayern verkauft.« Sie umfasste mit beiden Händen den Eisengriff des Scheunentors, stellte sich seitlich und lehnte sich nach hinten. Ächzend setzte sich das Tor in Bewegung und rollte zur Seite.

»Das ist ja interessant.« Etwas gelangweilt warf Felix einen Blick in die Halle, die der ganze Stolz von Frau Wimmer zu sein schien. Riesige Maschinen und Förderbänder nahmen den gesamten Raum ein. Warum hatte er davon noch nie etwas mitbekommen? »Und wie vertreiben Sie das Futter, wenn man es in ganz Bayern kaufen kann? Ist bestimmt nicht so einfach, überregional bekannt zu werden.«

Frau Wimmer winkte ab und betrat die Halle. Sie wollte ihm anscheinend alles ganz genau zeigen. »Darum kümmert sich auch Björn. Durch seine Züchterei hat er natürlich überall Kontakte. Ohne ihn wären wir wahrscheinlich nicht mal zwei Dörfer weiter bekannt. Ich hab mir immer gewünscht, dass der Carsten mal so patent wie der wird. Aber immerhin verdient er sich seinen Anteil, indem er die Lieferungen ausfährt.« Sie lachte, aber ihr Gesicht wirkte auf einmal melancholisch. Von ihrem Sohn schien sie nicht allzu viel zu halten, so wie sie ständig über ihn redete. »Der Björn ist wirklich ein Guter. Bis auf die Sache mit seiner Frau …«

Und sehr wahrscheinlich ein brutaler Mörder, ergänzte Felix in Gedanken.

Die Puzzleteile fügten sich immer mehr zusammen, ohne dass man sie mit Gewalt zusammenpressen musste. Björn Gmeiner kümmerte sich um den Vertrieb des Futters in ganz Bayern. Auf mehreren Höfen, auf denen er offenbar die Rübenschnitzel an den Mann gebracht hatte, waren Pferde vom Ripper angegriffen worden. Die Frau, mit der er eine Affäre gehabt hatte, war tot, ebenso wie seine eigene Frau. Es musste mit dem Teufel zugehen, wenn er nicht der Täter war. Jetzt mussten sie nur noch handfeste Beweise finden, denn mit bloßen Anschuldigungen brauchten sie Staatsanwalt Feindt nicht zu kommen.

»Da hinten ist übrigens mein Sohn«, sagte Frau Wimmer und winkte einem Mann zu, der gerade dabei war, mit einem Rechen die zum Trocknen ausgelegten Schnitzel zu wenden.

Carsten Wimmer schaute nur mit finsterer Miene in ihre Richtung und widmete sich dann wieder seiner Arbeit, ohne zurückzuwinken.

»Ich zeig dem Herrn hier nur gerade mal die Maschinen, lass dich von uns nicht stören!«, rief sie ihm zu, was er ebenfalls ignorierte.

»Vielen Dank, Frau Wimmer, das war wirklich interessant«, sagte Felix, um die Sache zu beenden. Er hatte keine Lust, sich jetzt noch irgendwelche Fachsimpeleien über die Maschinen anzuhören. »Ich muss dann auch mal weiter.«

»Hier, wollen Sie mal probieren?« Sie ignorierte seinen Versuch einer Verabschiedung und hielt ihm eine Handvoll brauner Bröckchen hin. »Da ist noch nichts beigemischt, das können Sie ohne Bedenken essen. Wird auch für Zuckerrübensirup verwendet. Allerdings nicht bei uns.«

Felix drehte angewidert den Kopf weg. Nie im Leben würde er sich Pferdefutter in den Mund stecken. »Danke«, sagte er und wandte sich endgültig zum Gehen. Dabei entdeckte er einen schmalen Raum, der von der Haupthalle abging. Es war eine Art Werkstatt mit einer Werkbank, an der eine Schraubzwinge angebracht war. Auf der Holzplatte lagen verschiedene Feilen, und in der Zwinge war ein großer Stein eingespannt, an dem sich wohl gerade jemand zu schaffen gemacht hatte.

Felix' Nackenhaare stellten sich auf. »Was ist das da?«, fragte er.

»Ach, die kleine Werkstatt. Bei so Landmaschinen geht immer mal wieder was kaputt, und der Björn kommt dann vorbei, um dem Carsten zu helfen. Ich hoffe ja immer noch, dass der Carsten es irgendwann mal allein hinbekommt. Er gibt sich wirklich Mühe, aber so richtig wird das nix …«

»Herr Gmeiner hat hier also auch regelmäßig Zutritt?«, hakte Felix nach.

»Aber sicher. Der hat einen eignen Schlüssel, schließlich muss er immer mal wieder an das Futter ran. Nachts sperren wir hier zu, man weiß ja nie.«

»Vielen Dank, Frau Wimmer. Jetzt wird es wirklich Zeit für mich. Sie haben mir sehr geholfen.« Felix reichte ihr die Hand, dann stürmte er aus der Halle.

In ihm breitete sich ein Gefühl freudiger Erregung und Anspannung aus. Anscheinend hatte er genau das gefunden, wonach er gesucht hatte. In diesem Raum lag die Werkstatt des Pferderippers und des Mörders von Sinta Hoymann und Veronique Gmeiner, da war er sich sicher. Anna würde Augen machen, nachdem sie vorhin so seltsam reagiert hatte. Das hier war der Durchbruch, den sie sich erhofft hatten.

35. Kapitel

ANNA hatte sich 24 Stunden gegeben, um den Aufenthaltsort ihres Mandanten herauszufinden, und diese Frist war beinahe abgelaufen. Von Thalers Nachbarn hatte keiner mitbekommen, ob ihm etwas zugestoßen war. Es konnte ihr nicht einmal jemand sagen, wann er zuletzt gesehen worden war. Die meisten hatten mitbekommen, was man ihm vorwarf, und gingen ihm nach Möglichkeit aus dem Weg. Wer wollte schon in seiner Wohngegend einen potenziellen Mörder treffen?

Am Vormittag hatte Anna die Krankenhäuser der Umgebung abtelefoniert, allerdings ohne Erfolg. Natürlich wollte man ihr keine Auskunft erteilen, ob ihr Mandant eingeliefert worden war. Sie kam schließlich nicht von der Polizei, und am Telefon würde man aus Datenschutzgründen schon gar keine Informationen herausgeben. Das hatte sie bereits befürchtet, aber sie wollte dennoch nichts unversucht lassen.

An Thalers Handy ging mittlerweile sofort die Mailbox ran. Entweder er hatte es selbst ausgeschaltet, oder der Akku war leer. Sie hatte all ihre Möglichkeiten ausgeschöpft.

In einer Stunde war sie mit Horst Tiefnagel verabredet. Er war der Bauer des Hofes, auf dem Felix auf den Tatortbildern den Futtersack aus Wimmers Produktion entdeckt hatte. Nachdem Felix zufällig auf Wimmers Hof die Werkstatt gesehen hatte, waren sie sich sicher, dass nicht Siering, sondern Björn Gmeiner sowohl für die Morde an den Pferden als auch an den Frauen verantwortlich war. Wenn sie nachweisen wollten, dass es einen Zusammenhang zwischen der Futtermarke und den Pferdemorden gab, mussten sie die Daten der Lieferungen des Futters mit denen der Angriffe abgleichen. Der Hof von Tiefnagel war einer der ersten gewesen, auf dem ein Pferd umgebracht worden war, und er lag in der Nähe. Gute Gründe, dort anzufangen.

Wenn sie pünktlich sein wollte, musste sie bald los. Es war also an der Zeit, sich an die Bedingung zu halten, die sie sich auferlegt hatte, und Feindt über das Verschwinden ihres Mandanten zu informieren.

Schweren Herzens wählte sie die Telefonnummer des Staatsanwalts und wappnete sich innerlich gegen den Streit, der nun garantiert folgen würde. Ihre Hoffnung, dass er vielleicht gar nicht erreichbar sein könnte, wurde schnell enttäuscht. Schon nach dem zweiten Klingeln nahm er den Anruf entgegen.

»Hallo, Herr Feindt, hier spricht Annabelle Hart.« Sie gab sich Mühe, selbstbewusst und nicht schuldig zu klingen, und setzte sich entspannt in den Stuhl. Immerhin war sie nicht Thalers Babysitterin, und es war nur fair, Feindt ins Bild zu setzen, dass ihr Mandant nicht auffindbar war. Sie hätte es auch einfach für sich behalten können, was ihr bei der Hauptverhandlung – sollte Thaler bis dahin immer noch nicht aufgetaucht sein – jedoch ganz schön auf die Füße gefallen wäre.

»Ach, grüß Gott, Frau Hart. Was kann ich für Sie tun? Sie wollen mir hoffentlich mitteilen, dass Ihr Mandant seine Vorladung doch noch wahrnehmen möchte.«

»Leider nein. Im Gegenteil. Er ist verschwunden«, sagte sie geradeheraus.

»Ja, sagen Sie bloß«, gab Feindt sarkastisch zurück. »Sehen Sie jetzt auch ein, dass er sich verdächtig verhält? Egal, was die Vorgaben bezüglich einer Auslegung des Fernbleibens von einer Befragung sind, das ist doch nicht normal. Eine zweite Frau wird auf ähnliche und brutalste Art umgebracht, und der Hauptverdächtige taucht unter.«

»Ich vermute eher, dass ihm etwas zugestoßen ist. In seiner Diele befanden sich Blutspuren und Anzeichen eines Kampfes.«

Er schwieg einen Moment, dann fragte er, vorhersehbar wie ein Uhrwerk: »Wie kamen Sie dort rein?«

»Die Haustür stand offen, als ich ihm gestern Mittag nach unserem Aufeinandertreffen im Gerichtsflur einen Besuch abstatten wollte.« Anna umgriff den Hörer etwas fester. »Um ehrlich zu sein, habe ich ihn auch schon einige Tage lang nicht erreicht und mir Sorgen gemacht. Jedenfalls war da das Blut auf dem Boden im Flur, und das Fahrzeug meines Mandanten steht auf dem Parkplatz. Ich dachte, vielleicht hat er sich verletzt und wurde vom Rettungsdienst abgeholt.

Nachdem ich aber in den Kliniken nicht weiterkomme und auch sonst niemand weiß, wo er sich derzeit aufhält, dachte ich mir, es wäre an der Zeit, Sie zu informieren.«

Er grummelte. »Viel Blut?« Sie meinte, eine leichte Besorgnis aus seiner Stimme herauszuhören. Anscheinend hatte sogar der aalglatte Staatsanwalt so etwas wie ein Herz.

»Nicht so viel, dass ich davon ausgehen würde, er könnte daran gestorben sein, aber auch nicht wenig. Harmloses Nasenbluten schließe ich als Ursache mal aus.«

»Gut, ich melde das meinen Ermittlern und halte Sie auf dem Laufenden.«

Anna merkte, wie schwer ihm die Aussage fiel. Erleichtert, es hinter sich gebracht zu haben, beendete sie das Gespräch und packte ihre Sachen zusammen.

Sie brauchte weniger als zwanzig Minuten, bis sie von der Schnellstraße ins Feld abbog, wo ein großes Schild mit der Aufschrift »Frische Milch direkt vom Bauernhof« den Weg wies. Das Gehöft konnte man bereits von der Landstraße aus erkennen, und vor einem Anbau, in dem sich ein Hofladen befand, standen mehrere Parkplätze zur Verfügung.

Sie hatte Horst Tiefnagel noch keine Details zum Grund ihres Besuchs verraten, sondern nur telefonisch angefragt, ob er mittags Zeit für eine Unterhaltung hätte. Er hatte ihr angeboten, sofort mit ihr zu reden, doch sie hatte abgelehnt. Ein Gespräch entwickelte sich anders, wenn man sich persönlich gegenüberstand, und mit etwas Glück konnte er ihr die Unterlagen zu den Lieferdaten gleich mitgeben.

Anna stieg aus dem Wagen und beäugte misstrauisch einige große Hunde hinter dem Zaun, die laut bellten und von links nach rechts rannten, als könnten sie es kaum erwarten, den Besucher in Beschlag zu nehmen.

Keine schöne Begrüßung für Leute, die sich hier ihre Frischmilch holen wollen, dachte sie. In Sachen Marketing mussten die Bauern wohl noch so einiges lernen. Wobei sie vermutlich von dem aktuellen Bio- und Nachhaltigkeitsboom profitierten und sich wenig Sorgen um Kundschaft machen mussten. Jedenfalls standen auf dem Parkplatz genügend Autos. Die ganzen hippen jungen Leute hatten anscheinend weniger Probleme mit Hunden als sie.

Anna ging auf den Laden zu, der für all die Wagen erstaunlich leer war. Kein einziger Kunde war zu sehen. Als sie den Anbau betrat, rief eine junge, weibliche Stimme aus dem Lager: »Wir machen gleich zu. Dienstags nur bis eins! Aber da vorn sind die Milchautomaten, da können Sie sich was holen, wenn Sie Kleingeld haben.«

»Ich bin eigentlich mit Herrn Tiefnagel verabredet«, rief Anna zurück.

Die Frau trat aus dem Lager auf sie zu. Sie sah jung aus, noch keine zwanzig, vermutlich die Tochter. »Ach, warten Sie«, sagte sie und lächelte. »Ich sag meinem Vater geschwind Bescheid.« Sie trocknete die Hände an ihrer Schürze ab und lief zurück zu der Tür, durch die sie gekommen war.

Anna schaute sich derweil in dem Laden um. Sie war überrascht über die Gestaltung. Er war im Landhausstil eingerichtet; auf der Theke standen bunte Blumen, und in einer Kühltheke befanden sich Wurst, Käse und andere Milchprodukte. Überall standen Blumenkübel, die dem Laden mit seinen alten Holzbalken eine rustikale Note gaben.

»Er kommt sofort«, sagte die junge Frau und verstaute das Handy, mit dem sie ihren Vater anscheinend angerufen hatte, hinter der Theke.

»Danke sehr.«

»Möchten Sie in der Zwischenzeit was kaufen? Noch hab ich die Kasse nicht gemacht.«

Anna lehnte dankend ab. So lecker sie auch aussahen, die Sachen würden in ihrem Kühlschrank vermutlich nur vergammeln. Seit sie von Andreas zurück in eine eigene Wohnung gezogen war, hatte sie vielleicht zweimal den Herd benutzt. Allerdings nur für den Espressokocher, denn mit ihren Kochkünsten war es nicht weit her, und sie ging entweder essen oder bestellte sich etwas nach Hause.

Die junge Frau nickte und räumte die Auslagen in einen großen Korb. Der Inhalt würde vermutlich ins Kühllager wandern.

Anna ließ sie in Ruhe werkeln und trat auf den Hof, wo ihr ein Mann mit Gummistiefeln, Latzhose und kariertem Hemd entgegenkam.

Er lächelte sie freundlich an, und als er bei ihr angekommen war, reichte er ihr die Hand. »Horst Tiefnagel. Sie müssen die Anwältin sein.« Seine Wangen waren rot, und die jahrelange Arbeit in der Sonne hatte tiefe Falten um Augen und Mund gegraben. Seine Hände fühlten sich schwielig an, und seine Statur war kernig und robust.

»Danke, dass Sie Zeit für mich haben«, sagte Anna.

»Ich bin immer auf dem Hof, Frau Hart. Für so hübsche Frauen wie Sie nehme ich mir doch gern die Zeit.«

Charmant, dachte sie, obwohl er am Telefon gar nicht gesehen haben konnte, wie sie aussah. Ob er sie gegoogelt hatte, während er auf sie wartete? Andererseits war er eher die Generation, die mit der modernen Technik auf Kriegsfuß stand, und noch dazu hatte er vermutlich andere Sachen zu tun, als vor dem Computer zu sitzen und nach Anwältinnen zu googeln.

»Nun, wollen Sie mir jetzt verraten, worum es geht? Es kommt nicht alle Tage vor, dass eine Anwältin auf den Hof kommt. Hab ich was verbrochen?«

»Ich bin Strafverteidigerin, nicht Staatsanwältin«, sagte Anna lächelnd. »Wenn Sie etwas getan hätten, würde ich höchstens dafür sorgen, dass Sie ungeschoren davonkommen.«

»Ha!« Er lachte scheppernd. »Das will ich wohl meinen. Sie sehen aus, als könnten Sie richtig gut streiten.«

Anna öffnete ihre Handtasche und holte den Ausdruck hervor, den Felix von einem Ausschnitt des Tatortfotos gemacht hatte. Hoffentlich führte der Bauer so ordentlich Buch, dass er noch Aufzeichnungen von den Lieferungen vor zwei Jahren hatte. »Ich wollte wissen, ob Sie mir ein paar Informationen zu einem bestimmten Pferdefutter geben können.«

Sie hielt ihm das Foto hin, das er mit in Falten gelegter Stirn betrachtete. Dann winkte er ab. »Ah, des. Ich kauf es immer von dem Sohn eines ehemaligen Klassenkameraden. Nachdem sein Vater gestorben ist, hat der den Hof übernommen und richtige Geldprobleme.«

Er kniff die Augen zusammen und schüttelte den Kopf, als hätte er einen Gedanken verworfen. Gerade als Anna darauf zu sprechen kommen wollte, ob es einen Zusammenhang zwischen der Lieferung und dem Angriff auf eines seiner Pferde geben könnte, sprach er weiter.

»Es wundert mich, dass der Carsten es überhaupt geschafft hat, den Hof über Wasser zu halten. Dem Jungen hat das wirklich niemand zugetraut. Ohne die Hilfe vom Björn wäre er gnadenlos untergegangen. Der hat ihm bei den Rübenschnitzeln geholfen und auch das Logo da gemacht. Ich muss ja sagen, ich find's fürchterlich, aber was den jungen Leuten eben so gefällt, nicht wahr?«

Anna spannte sich an. Horst Tiefnagel kannte Gmeiner also auch. Vielleicht konnte sie ja nebenbei noch etwas über ihn herausfinden. »Wie meinen Sie das, dass niemand Carsten Wimmer etwas zugetraut hat?«, fragte sie, um das Gespräch am Laufen zu halten.

»Na, der Vater vom Carsten, Hans-Jörg, der war schon ein echter Tyrann. Das ging schon in der Schule los, wo er den anderen immer das Pausenbrot geklaut hat, weil's bei ihm nichts zum Frühstück gab außer Dresche.« Tiefnagel lächelte, als wäre das eine schöne Erinnerung. »Was soll ich sagen? Wie man's daheim lernt, so gibt man's weiter. Der Carsten musste ganz schön einstecken. Kein Wunder, dass er fast bis zur Hauptschule Bettnässer war. Anders als der Hans-Jörg war er nicht für eine harte Hand gemacht.«

»Und die Mutter?«, fragte Anna perplex. Mit einer solch düsteren Geschichte hatte sie nicht gerechnet. Eigentlich hatte sie eher fragen wollen, wie gut der Bauer Gmeiner kannte.

»Ach, das war der doch nur recht. Es war doch alles für den guten Zweck. Ein Nachfolger für den Hof darf kein Weichei sein. Wie oft habe ich mir vom Hans-Jörg anhören müssen, dass der Carsten bestimmt der Sohn vom Postboten ist, so jämmerlich wäre der. Einen Schwächling hat er seinen Jungen immer geschimpft, und ein bisschen recht hatte er schon damit.«

»Inwiefern?«

»Da gab's verschiedene Situationen. Auf einem Hof gibt es eben Dinge, die muss man wie ein Mann erledigen, sonst hat man irgendwann eine Katzenschwemme. Und die Babys haben doch noch die Augen zu, die merken doch gar nichts davon, wenn man sie in die Güllegrube wirft.«

Anna drehte sich der Magen um. Das war also Tiefnagels Definition eines Schwächlings? Wenn jemand sich weigerte, Tiere mutwillig umzubringen, nur weil man sie gerade nicht gebrauchen konnte? Sie hatte Carsten Wimmer nicht kennengelernt, aber der Mann tat ihr leid.

»Ein anderes Mal«, fuhr der Bauer ungerührt mit seinen Anekdoten fort, als würde er übers Melken reden, »da lag ein verletztes Pferd auf der Weide. Der Hans-Jörg wollte seinem Sohn beibringen, wie man da vorzugehen hat. Klar, der sollte ja den Hof übernehmen, also würde es irgendwann auf ihn zukommen. Da ist der Junge heulend wie ein Mädchen davongerannt. Abends hats dann was gesetzt vom Vater, wobei man sich über solche Erziehungsmethoden streiten kann. An meine Tochter würde ich niemals Hand anlegen.«

»Das ist sehr löblich von Ihnen«, sagte Anna. Je länger das Gespräch dauerte, desto unsympathischer wurde ihr der Kerl.

»Ich meine, er hat ja recht behalten. Der Carsten ist einfach ein Schwächling. Das hat sich spätestens gezeigt, als der Hans-Jörg vor ein paar Jahren von seinem Traktor eingeklemmt worden ist. Der Carsten hat ihn gefunden, aber statt anzupacken und seinen Vater zu befreien, ist er davongerannt. Bis dann Hilfe kam, war es zu spät. Aber ist ja nicht so, als hätte es mit dem Hans-Jörg einen Unschuldigen getroffen. Murphys Gesetz, oder wie nennt man das?« Tiefnagel lachte kehlig.

Anna erwiderte nicht, dass er den Begriff hier eigentlich falsch verwendete. In ihrem Kopf brodelte es. Carsten Wimmer, Bettnässer, vom Vater ungeliebt und wahrscheinlich misshandelt, von der Mutter nicht beschützt. Wie viele Punkte der Psychopathenliste konnte jemand erfüllen? Dazu die Sache mit den Tieren. Was machte es wohl mit einem Kind, wenn der eigene Vater es zwang, Tiere wie Gegenstände zu behandeln? Felix hatte ihr erzählt, dass Carsten Wimmer die Lieferungen ausfuhr. Ausreichend Gelegenheit für die Angriffe auf die Pferde hatte er also. »Wann war das?«

»Das mit dem Hans-Jörg?«

Anna nickte angespannt.

»Etwa zweieinhalb Jahre müsste es her sein, wenn mich nicht alles täuscht. Es wird ja gemunkelt, dass er ihn absichtlich so lang hat liegen lassen. Um sicherzugehen, dass er den Unfall auch wirklich nicht überlebt. Aber dafür fehlen dem Kerl die Eier, würde ich sagen.«

Anna rechnete im Kopf kurz nach. Das war nicht lange vor dem Zeitpunkt, zu dem die ersten Angriffe auf Pferde stattgefunden hatten. Sie hatten sich getäuscht. Nicht Björn Gmeiner war der Pferderipper. Carsten Wimmer musste es sein!

36. Kapitel

DER Frühlingswind zischte durch das Seitenfenster, das Carsten einen Spalt offen gelassen hatte, und wehte ihm den Geruch von blühenden Sträuchern und Abgasen ins Auto. Angespannt beobachtete er das Mädchen, das mit steifen Schultern aus dem Auto seines Bruders stieg. Wenn man es nicht wusste, würde man nicht ahnen, dass die junge Frau behindert war. Nur ihr Verhalten war ein wenig seltsam, die Bewegungen nicht natürlich, aber nichts Tragisches. Sie warf auch ihr Haar, das ihr ins Gesicht fiel, nicht lässig nach hinten, wie es andere in ihrem Alter tun würden.

Es würde ihm eine Freude sein, sich mit ihr zu vergnügen und ihre steife Art zu knacken. Ob sie wohl schreien würde, wenn er sie mit dem Messer aufschlitzte? Würde endlich etwas Bewegung in sie kommen, oder würde sie weiterhin ein emotionsloses Wrack bleiben? Schmerzen kehrten die wahren Menschen heraus, aber wie war das bei Behinderten? Gab es dadrin eine andere Person als die, die sie nach außen hin zeigte? Er war so gespannt auf das Erlebnis, dass er am liebsten sofort aus dem Wagen gesprungen wäre, um sie sich zu krallen. Aber das ging nicht. Er musste den richtigen Moment abpassen.

Der Schnüffler und seine Schwester sprachen noch ein paar Worte, und sie verabschiedete sich mit einem steifen Winken. Ihr Bruder sah ihr kurz hinterher, dann ließ er seinen Blick über den Parkplatz schweifen. Ausgerechnet in dem Moment, in dem Carsten ihn in Thalers Wagen passierte. Er hielt die Luft an. Wusste der Detektiv, welches Auto der Pädagoge fuhr? Würde er ihn erkennen und misstrauisch werden, weil eine andere Person darin saß?

Er grinste in sich hinein. Und wenn schon! Was wollte er tun? Sich vor die Motorhaube werfen und ihn aus dem Auto ziehen? Ganz bestimmt nicht. Er könnte höchstens seine Schwester wieder einsammeln. Aber auch das würde ihr Schicksal nicht abwenden.

Carsten würde sie sich krallen, sei es heute oder an einem anderen Tag. So lange würde er den Pädagogen am Leben halten, damit sein Plan aufging.

Der Blick des Bruders traf einen Moment auf Carstens. Der Schnüffler verzog die Stirn, als würde er überlegen, dann schaute er weg. Vermutlich kam Carsten ihm tatsächlich irgendwie bekannt vor, doch anscheinend wusste er nicht, wohin er ihn stecken sollte. Wie auch? Sie waren sich auf dem Hof zwar einige Male begegnet, aber hatten nie wirklich miteinander geredet.

Carsten konzentrierte sich wieder auf sein eigentliches Ziel und lenkte den Wagen auf die Straße. Im Rückspiegel versicherte er sich, dass der Bruder ihm nicht folgte, dann tuckerte er im Schritttempo hinter der jungen Frau her. Sie stakste wie ein Storch den Bürgersteig entlang, den Blick starr nach vorn gerichtet. An einer Ampel musste Carsten anhalten, was ihm ganz gut passte, denn die Autofahrer hinter ihm wurden wegen seiner Schleicherei schon nervös. Jetzt durfte er nur das Mädchen nicht aus den Augen verlieren. Sie überquerte die Straße und bog auf der anderen Seite rechts ab.

Als es grün wurde, gab er Gas und folgte ihr. Zunächst befürchtete er, dass er sie verloren hatte, da er sie nirgends sah, doch sie war nur von einem parkenden Transporter verdeckt. Er entschied sich, jetzt den Versuch zu wagen. Hier war nicht so viel los wie eine Straße weiter, wo Geschäfte zum Verweilen einluden und Cafés bereits die Bestuhlung nach draußen verlegt hatten. Hier gab es nur ein paar Bürogebäude sowie ein Ärztehaus mit einer Apotheke im Erdgeschoss und eine Tankstelle am Ende der Straße. Auf dem Hof, der als Parkplatz diente, standen drei Autos.

Carsten überholte die junge Frau, lenkte den Wagen etwas weiter vorn an den Straßenrand und stieg aus. Den Motor ließ er laufen. Die Sache musste schnell vonstattengehen. Seine Hand umklammerte die Spritze in seiner Jackentasche. Er schaute sich um. Nur ein paar Passanten in einiger Entfernung. Die junge Frau kam langsam näher, den Kopf stur zur Seite gerichtet. Vermutlich hatte sie ihn schon entdeckt und wollte keinen Blickkontakt riskieren. Hoffentlich wechselte sie jetzt nicht die Straßenseite oder machte plötzlich kehrt.

Schnell schaute auch er weg und behielt sie nur aus dem Augenwinkel im Blick.

Nur noch ein paar Schritte, dann war sie auf seiner Höhe. Er hielt die Luft an und sprang auf sie zu, die Spritze in der erhobenen Hand. Jetzt hatte er sie!

37. Kapitel

MIT zwei Tüten voller Einkäufe stapfte Felix über die Straße auf den Hauseingang zu. Wie jeden Dienstag hatte er Natalie auf dem Edeka-Parkplatz abgesetzt, damit sie von dort aus zu der Praxis ihrer Psychotherapeutin laufen konnte, während er den Wocheneinkauf erledigte und sie danach wieder abholte.

Heute würde er sich im Anschluss mit Anna treffen, um zu besprechen, was sie bei Bauer Tiefnagel herausgefunden hatte. Sie hatten sich darauf geeinigt, dass sie zu dem Hof fahren würde. Wenn es um die Herausgabe von Geschäftsunterlagen wie Lieferscheinen ging, waren die Leute bei einem Privatdetektiv deutlich zurückhaltender als bei einer Anwältin, obwohl die auch nicht mehr Befugnisse hatte.

Felix war zuversichtlich, dass sie nach dem Termin einen großen Schritt weiter wären. Eine Übereinstimmung des Lieferdatums mit dem Angriff auf Tiefnagels Pferd war noch kein Beweis, aber es ließe sich leicht prüfen, ob auch an den Tagen vor den anderen Pferdemorden eine Lieferung des Futters mit dem dämonischen Logo eingetroffen war. Wenn das der Fall sein sollte, konnte auch Feindt seine Augen nicht mehr vor den Tatsachen verschließen. Dann war da noch die außergewöhnliche Tatwaffe, die aller Wahrscheinlichkeit nach in den Fällen des Pferderippers und bei den Morden an Sinta Hoymann und Veronique Gmeiner dieselbe war. Außerdem das Motiv, das Felix und Anna herausgearbeitet hatten.

Nahm man alles zusammen, dürfte es definitiv eng werden für Björn Gmeiner.

Im Hausflur hörte Felix das Klingeln des Telefons. Seltsam, eigentlich rief so gut wie niemand auf dem Festnetz an. Das letzte Mal hatte er es privat benutzt, als seine Eltern noch gelebt hatten. Ansonsten meldete sich nur die Telekom, um ihm irgendetwas anzudrehen, oder die Zahnarztpraxis, um ihn an seine bevorstehende

Zahnreinigung zu erinnern. Umständlich balancierte er die Einkäufe, um den Schlüssel ins Schloss zu bugsieren. Die Packung Eier, die er ganz oben daraufgelegt hatte, damit sie nicht zerdrückt wurde, geriet dabei ins Rutschen und knallte auf den Boden, wo sie auslief. Na wunderbar, jetzt durfte er auch noch putzen.

Als er den Fuß über die Schwelle setzte, verstummte das Klingeln. Vermutlich war der Anrufbeantworter angesprungen. Er stellte die Tüten auf der Anrichte ab, wischte die Eiersauerei vor der Tür weg und machte sich dann auf die Suche nach dem Telefon, das irgendwo im Wohnzimmer herumlag. Ein Wunder, dass es überhaupt noch Akku hatte, denn Felix konnte sich nicht erinnern, wann er es zuletzt aufgeladen hatte. Er fand es und suchte aus dem eingespeicherten Telefonverzeichnis die Nummer der Sprachbox heraus.

Die hinterlassene Nachricht stammte von Natalies Therapeutin. Mit angesäuertem Tonfall bat sie darum, demnächst doch bitte ausgemachte Termine mindestens 24 Stunden im Voraus abzusagen, da sie sonst eine Strafgebühr für den Ausfall berechnen müsse. Das war merkwürdig. Er hatte Natalie doch in die Stadt gefahren. Hatte sie sich im Termin geirrt und war zu spät gekommen? Aber der Anruf der Therapeutin stammte von gerade eben, das konnte also nicht sein.

Er rief auf der Nummer zurück, aber dort meldete sich nur die automatische Bandansage mit der Information, dass er außerhalb der Sprechzeiten anrief. Natalies Handy, auf dem er es als Nächstes versuchte, war ausgeschaltet, wie immer während der Sitzungen. Vielleicht war sie ja gerade dort angekommen, und die Therapeutin war nur etwas voreilig mit ihrem Anruf gewesen. Ein Blick auf die Uhr verriet ihm, dass das unwahrscheinlich war. Seit er seine Schwester auf dem Supermarktparkplatz abgesetzt hatte, war eine Dreiviertelstunde vergangen. Für den Fußweg zur Praxis benötigte sie höchstens zehn Minuten.

Hatte sie auf dem Weg etwa einen Unfall gehabt? Der Verkehr in München war die Hölle, und die ganzen E-Scooter-Fahrer verstopften mittlerweile auch die Gehsteige. Immer wieder kam es da zu gefährlichen Zusammenstößen, weil die Teile echt schnell wurden und viele den Bremsweg unterschätzten. Er versuchte, sich zu erinnern, ob er nach dem Einkauf einen Krankenwagen oder Polizei bemerkt hatte, aber da war nichts gewesen. Davon abgesehen, war er als Notfallkontakt in Natalies Handy eingetragen und wäre bei einem Unfall ganz sicher benachrichtigt worden.

Felix rammte seine Faust gegen den Tisch. So sehr er auch versuchte, sich einzureden, dass alles in Ordnung war, es wollte ihm nicht gelingen. Erneut rief er die Nummer der Therapeutin an und erhielt dieselbe Tonbandnachricht. Verdammt, hatte sie keine Notfallnummer oder so? Wenn Natalie bei ihr im Behandlungszimmer saß, könnte sie doch wenigstens Entwarnung geben.

Felix schnappte sich seinen Autoschlüssel und stürmte aus der Wohnung. Auf dem Bürgersteig kam ihm Anna entgegen.

»Sorry, ich kann gerade nicht«, rief er ihr zu und lief kopflos an ihr vorbei. »Meine Schwester …«

Anna machte kehrt und folgte ihm. »Hey, warte mal«, sagte sie und hatte Mühe, ihm mit ihren hohen Absätzen hinterherzukommen. »Was ist denn los?«

Felix schloss von Weitem den Wagen auf. Er hatte das Gefühl, keine Sekunde verlieren zu dürfen. Irgendwas war passiert, das spürte er. »Keine Zeit. Wenn du willst, steig ein, dann erkläre ich es dir auf der Fahrt.«

Damit warf er sich auf den Fahrersitz und startete den Motor. Anna schaffte es gerade noch, einzusteigen, bevor er rückwärts aus der Parklücke stieß.

»Warum hast du es denn so eilig?«, fragte sie, während Felix viel zu schnell durch das Wohngebiet raste. »Und bist du gar nicht neugierig, was bei dem Gespräch mit Tiefnagel rausgekommen ist?«

Er krallte seine Hände ums Lenkrad und fokussierte sich auf die Straße. »Gerade hab ich überhaupt keinen Kopf dafür. Natalie ist nicht bei ihrem Arzttermin aufgetaucht.«

»Deine Schwester? Aber das ist doch kein Grund, hier gleich einen auf *The Fast and the Furious* zu machen. Vielleicht hat sie den Termin einfach vergessen; das passiert mir auch ständig, wenn man die schon Monate im Voraus ausmacht.«

Felix wollte schon zurückpampen, da fiel ihm ein, dass er Anna noch gar nichts von Natalies Problem erzählt hatte. Er hatte Angst davor gehabt, dass Anna nicht mehr ernst nehmen würde, was er mithilfe seiner Schwester herausgefunden hatte, sobald sie erfuhr, dass Natalie ASS hatte. Er löste die rechte Hand vom Lenkrad und rieb sich über die Stirn. »Das kann ich ganz sicher ausschließen.«

Anna setzte an, etwas zu sagen, doch sie schluckte ihren Einwand hinunter und ließ ihn reden.

»Natalie leidet an einer Autismus-Spektrum-Störung. Ich will das jetzt gar nicht groß ausführen, aber ihre Routinen einzuhalten, ist für sie das Allerwichtigste. Nie im Leben würde sie einfach so einen festgelegten Termin bei ihrer Therapeutin verpassen oder ihn gar vergessen.«

»Autismus«, wiederholte Anna. »Du meinst, sie ist so wie der Typ, den Dustin Hoffman in *Rainman* spielt?«

»Ja«, antwortete Felix spontan, fand aber bei näherem Nachdenken, dass er Natalie damit unrecht tat. »Nicht ganz so heftig vielleicht, aber wenn du eine Vorstellung davon haben willst, wie das Leben mit ihr ist, dann kommt das dem schon nah. Wie gesagt, eine Abweichung von ihrer Routine, zu der dieser wöchentliche Termin gehört, ist undenkbar. Ohne triftigen Grund würde sie dem nicht fernbleiben.«

»Daher kennt sie also Robin Thaler? Er ist ihr Reittherapeut und nicht einfach ein Bekannter?«

»Willst du mich jetzt dafür runtermachen, dass ich dich belogen habe?«, brauste Felix auf. »Das ist gerade nicht der richtige Zeitpunkt, echt.«

»Nein, gar nicht, komm mal runter«, wiegelte Anna ab. »Ich hatte da gerade nur so einen Gedanken.«

»Welchen?« Felix überholte einen Radfahrer und übersah dabei beinahe eine rote Ampel, vor der er nun eine Vollbremsung machen musste.

»Wo finden die Therapiestunden statt? Auf dem Hof der Wimmers?«

Felix winkte ab und musste sich zusammenreißen, dem Radfahrer nicht den Mittelfinger zu zeigen, der wegen der sinnlosen Überholaktion hämisch grinsend durch das Beifahrerfenster schaute. »Nein, das heute wäre ein Termin bei ihrer Psychotherapeutin gewesen. Warum?«

»Ich meinte die mit Thaler. Die sind doch auf dem Hof der Wimmers!«

»Ja, die schon, aber der Termin jetzt eben nicht. Da hätten wir in eine ganz andere Richtung gemusst.«

»Und Wimmer kennt sowohl dich als auch deine Schwester?«

Felix schaute kurz zu ihr rüber; ihr Gesicht spiegelte Besorgnis wider. »Ich verstehe nicht, worauf du hinauswillst«, sagte er.

»Scheiße, Mann, ich meine, dass der Pferderipper nicht Gmeiner ist. Carsten Wimmer ist der, den wir suchen!«

»Was sagst du da?«, fragte Felix alarmiert und hatte Mühe, den Wagen in der Spur zu halten. Sie hatten die Praxis beinahe erreicht. »Wie kommst du darauf?«

»Weil so alles zusammenpasst. Tiefnagel kannte Wimmers Vater, der ein richtiger Tyrann war. Er hat seinen Sohn zum Beispiel dazu gezwungen, lebendige Katzenbabys in die Güllegrube zu werfen, und geschlagen hat er ihn auch. Wimmer war Bettnässer bis ins Teenageralter, und er hat seinen Vater nach einem Unfall lebendig aufgefunden und sich so lange Zeit gelassen, Hilfe zu holen, bis es zu spät war, um ihn noch zu retten. Danach fingen die Angriffe auf die Pferde an. Und zu guter Letzt ist es Wimmer, der die Lieferungen des Futters in ganz Bayern ausfährt.«

»Oh, Scheiße. Und ich bin gestern in seine Lagerhalle reingestiefelt und hab mich wie ein Volltrottel bei seiner Mutter nach der Werkstatt erkundigt, wo er seine Mordwaffen herstellt, während er ein paar Meter entfernt stand und vermutlich jedes Wort gehört hat«, sagte Felix und parkte den Wagen in zweiter Reihe.

Noch etwas schoss ihm durch den Kopf. Auf dem Supermarktparkplatz, dieser Typ im Auto. Er hatte sich noch gewundert, woher er ihn kannte. Die Sonne hatte sich in der Windschutzscheibe gespiegelt, und er hatte ihn nur ganz kurz gesehen, aber das Gesicht war ihm bekannt vorgekommen. Und plötzlich wusste er auch, woher. Das war Carsten Wimmer gewesen. Der Pferderipper! Und der war genau in dem Moment vom Parkplatz gefahren, als Natalie losgelaufen war.

Felix schaute sich um, in der Hoffnung, dass sie falschlagen und Natalie jeden Moment um die Ecke bog. Auf dem Bürgersteig entdeckte er etwas, das dem Rucksack seiner Schwester verdammt ähnlich sah. Ein Riemen war abgerissen. Von Natalie selbst war keine Spur zu sehen.

Felix sprang aus dem Auto und ging mit einem Tunnelblick auf den Rucksack zu. Anna, die hinter ihm irgendwas vor sich hinredete, blendete er aus. Eine schreckliche Erkenntnis drängte sich ihm auf. Er war Wimmer zu nahe gekommen. Viel zu nah. Dafür hatte der sich nun Natalie geholt.

38. Kapitel

CARSTEN verlangsamte das Tempo des Wagens. Es war schwieriger gewesen als erwartet, sich die Schwester des Schnüfflers zu krallen. Zunächst hatte sie sich losgerissen, als er sie am Rucksack packte, um ihr die Spritze in den Hals zu rammen. Zum Glück hatte sie nicht geschrien, und er war schnell genug bei ihr gewesen. Die Wirkung des Betäubungsmittels hatte zügig eingesetzt, sodass er sie in Richtung des Autos ziehen konnte.

Den Passanten, die die Szene neugierig aus der Ferne beobachteten, schaute er kopfschüttelnd entgegen und machte eine Handbewegung, die signalisieren sollte, dass die Kleine sturzbetrunken war. Falls sie den Vorfall dennoch der Polizei meldeten, würden sie den Wagen und das Kennzeichen von Thaler nennen, denn den hatte er sich letzte Nacht für die Aktion geholt.

Er war einfach zu schlau für die Bullen, nur dieser verdammte Schnüffler war ihm auf die Schliche gekommen. Doch das hatte sich auch bald erledigt. Mit Thalers Geständnis und seinem Tod würden die Ermittlungen eingestellt werden, da konnte sich der Detektiv auf den Kopf stellen und mit den Füßen wackeln.

Auf dem Weg zu seinem Versteck hatte er beim Tierarzt gehalten, um sich das Gegenmittel für die Narkose zu holen und dem Mädchen direkt zu verabreichen. Er hatte das Mittel niedrig dosiert, aber es war für Pferde gedacht, und er konnte es nicht gebrauchen, dass die Kleine jetzt stundenlang weggetreten war oder gar daran verreckte.

Als sie den Feldweg erreichten, fesselte er sie, sodass sie ihm nicht entwischen konnte. Wenn sie denn endlich aufwachte.

Nach zwanzig Minuten war es so weit. Ihre Augenlider flatterten, dann kam Leben in sie. Carsten stieg aus und zog sie aus dem Wagen. Mit dem Seil um die Knöchel konnte sie nur kleine Tippelschritte machen, während sie auf das Versteck zugingen, in dem er Thaler festhielt. Obwohl sie mit den Fesseln bei einem Fluchtversuch nicht weit kommen würde, hielt er ihren Oberarm umklammert, während er mit der freien Hand das Tor aufzog. Da es keine Fenster gab, herrschte drinnen nur diffuses Licht, sodass er seine Taschenlampe einschaltete.

Er zog das Mädchen hinter sich her und schloss das Tor. Thaler, den er an einem Balken festgebunden hatte, zuckte zusammen, als Carsten den Lichtkegel durch das Dämmerlicht schweifen ließ.

»Robin!«, rief das dürre Gör und ruckte mit dem Oberkörper.

Carsten ließ sie los und sie stakste auf ihn zu, wobei sie mehrere Male über ihre eigenen Füße stolperte und schließlich stürzte.

Er lachte und legte die Lampe auf einen Heuballen, sodass sie genau in Thalers Gesicht leuchtete. Das Blut seiner Kopfwunde verlieh ihm ein zombiehaftes Aussehen.

»Was soll das?«, krächzte Thaler, als er erkannte, wen Carsten ihm da gebracht hatte. Er riss zornig an den gefesselten Händen, aber das Seil saß fest genug, er würde sich nicht losmachen können.

Die Schwester des Schnüfflers rappelte sich hoch und kroch auf den Pädagogen zu, als würde sie erwarten, dass der sie vor ihm beschützte.

»Keine Chance, Kleines«, murmelte Carsten und grinste in sich hinein.

»Warum ziehst du sie mit in die Sache rein? Sie hat überhaupt nichts getan!« Thaler funkelte ihn wütend an, dann wandte er sich dem Mädchen zu, das sich mittlerweile neben ihn gekauert hatte. »Keine Sorge, alles wird gut.«

»Getan, getan. Jeder muss irgendwann sterben, ob er nun was getan hat oder nicht. Und da du dich weigerst, den Brief zu verfassen, dachte ich mir, ich gebe dir einen kleinen Anreiz. Wir brauchen nur ein paar Anpassungen, da es am Ende ein Opfer mehr vom Serienkiller Thaler geben wird. Ein kranker Typ bist du, das muss ich schon sagen.« Carsten lachte dreckig, als er den verständnislosen Blick Thalers sah.

»Lass sie da raus!«

Carsten ging auf ihn zu. »Ich muss schon sagen, die armen unschuldigen Frauen, die durch deine Hand sterben mussten. Erst bringst du deine Ex um, weil sie dich verlassen hat, und aus Rache metzelst du die Frau ihres Liebhabers ab, damit auch er jemanden verliert. Aber damit nicht genug, du bist erst auf den Geschmack gekommen, also musste die Nutte ebenfalls dran glauben.« Er schaute kurz zu den stinkenden Überresten der Prostituierten und erinnerte sich an die schönen Stunden, die er mit ihr verlebt hatte. Dann widmete er sich wieder Thaler. »Als du Angst bekommen hast, dass der Schnüffler die Wahrheit rausfindet, hast du dir seine Schwester gekrallt und schließlich dich selbst gerichtet. Schau mal.« Er drehte sich zu dem Heuballen und nahm einen Block herunter, an dem ein Kugelschreiber klemmte. »Du wirst das jetzt alles hier aufschreiben, damit er wenigstens weiß, weshalb du sie mit in den Tod gerissen hast. Dann können auch die Ermittlungen abgeschlossen werden. Das wird dafür sorgen, dass der Detektiv seine Nachforschungen einstellt. Und sollte er das nicht … nun. Tragisch. Dann wird er wohl am Tod seiner Schwester zerbrechen und sich ebenfalls selbst umbringen.«

Er grinste die junge Frau an, die ihre Gefühle nun plötzlich doch nach außen tragen konnte. Entsetzen zeichnete sich auf ihrem Gesicht ab. Oh, es würde so eine Freude werden, sich mit ihr zu beschäftigen! Er würde sich viel Zeit lassen und jede ihrer so lange verborgenen Emotionen auskosten.

Robin hustete, seine Stimme war rau. »Das wird kein Mensch glauben! Die Geschichte wird ja immer irrer. Bei deinem Spiel mache ich nicht mit. Lass Natalie gehen, dann überlege ich mir, ob ich deinen bescheuerten Brief schreibe.«

»Ganz sicher nicht. Du kannst dir den Versuch sparen, den Helden zu spielen. Ich bestimme hier die Regeln, und eine lautet: Sterben werdet ihr beide.« Er warf ihm den Block vor die Füße. »Du kannst dir überlegen, ob du dabei zusiehst, wie ich sie langsam zu Tode foltere und meinen Spaß mit ihr habe, oder ob ich gnädig bin und es schnell mache.«

Die Schwester des Schnüfflers war wieder dazu übergegangen, auf ihre Füße zu starren und sich mit dem Oberkörper vor- und zurückzuwiegen. Dabei murmelte sie irgendetwas in sich hinein, das er nicht verstehen konnte.

»Hast du mir was zu sagen?«, fragte Carsten, doch sie reagierte nicht. Wie im Auto schien sie völlig auszublenden, dass er mit ihr redete. So eine behinderte Tussi aber auch!

Er winkte ab und schob den Block näher an Thaler heran. Sollte sie doch vor sich hin brabbeln. Nicht mehr lange, dann würde sich das auch erledigt haben. »Leg los, werd groß. Mach dich an den netten Abschiedsbrief. Und wehe, du versuchst, irgendwelche heimlichen Botschaften unterzubringen. Wenn ich welche finde, wird sie dafür büßen.«

Thaler räusperte sich. »Ich kann meine Hände nicht bewegen. Du musst mich losbinden.«

Carsten schmunzelte. Aber klar. *Keine Arme, keine Kekse,* oder, in diesem Fall, kein Abschiedsbrief. Allerdings würde er nicht darauf reinfallen und Thaler komplett befreien, schließlich war er nicht bescheuert. »Eine Hand erlaube ich dir.« Er beugte sich zu dem Pädagogen hinunter und hielt inne. War da ein Geräusch gewesen? Eine Stimme?

Er hastete zur Taschenlampe und schaltete sie aus. »Ihr seid still, sonst bereut ihr das«, knurrte er in Richtung seiner Geiseln.

Vermutlich war das irgendein beschissener Spaziergänger, der seine Hunde über die Felder rennen ließ. Das konnte er nun überhaupt nicht gebrauchen. Er schlich zur Tür, um einen Blick nach draußen zu werfen. Seine Finger zitterten, als er das Schloss einhakte und auf den Weg trat. Tatsächlich. Jemand stand mitten auf dem Feld und glotzte wie ein Ochs vorm Berg auf sein Handy.

39. Kapitel

»VERDAMMTE Scheiße!« Felix feuerte wütend sein Handy in den Wagen, wo es mit voller Wucht an Annas Schienbein krachte und im Fußraum landete. »Sorry, das wollte ich nicht.«

»Alles gut.« Sie bückte sich, um über die schmerzende Stelle zu reiben und das Gerät aufzuheben und in die Mittelkonsole zu legen. »Lass mich raten! Sie werden nichts unternehmen?«

Felix ballte eine Faust und holte aus, sodass Anna befürchtete, er würde jeden Moment auf das Auto eindreschen. Dann riss er sich aber zusammen. »Natürlich nicht. Sie ist ja erst seit maximal einer Stunde verschwunden, *falls sie das überhaupt ist.* Immerhin ist sie erwachsen, und wenn sie sich entscheidet, lieber einen Kaffee trinken zu gehen anstatt in ihre Therapiestunde, dann ist das ihre Sache«, äffte er mit abfälliger Stimme die Person nach, mit der er am Telefon gesprochen hatte. »Dabei ist ihnen scheißegal, ob sie zu tausend Prozent nicht auf so eine Idee kommen würde. Natalie trifft keine spontanen Entscheidungen, nie.« Er ließ sich resigniert auf den Fahrersitz fallen.

»Und was jetzt?« Anna knetete ihre Hände. Sie könnte Feindt informieren und ihn um Hilfe bitten, aber sie befürchtete, dass seine Reaktion ähnlich ausfallen würde. Was sie gegen Wimmer in der Hand hatten, war einfach noch nicht genug, um den Staatsanwalt zu überzeugen, der weiterhin fest davon ausging, dass Thaler der Täter war.

»Jetzt fahre ich zu Wimmer und prügle ihm die Scheiße aus dem Leib, bis er mir verrät, wo er meine Schwester festhält. Jede Wette, dass ich dort auch Thaler finde.«

Anna legte ihm beruhigend die Hand auf die Schulter. »Komm mal runter. Es hilft niemandem, wenn du den Kopf verlierst. Glaubst du denn, er hat sie auf den Hof gebracht? Das wäre seiner Mutter doch aufgefallen.«

»Ach, die deckt den Bastard doch.«

Anna überlegte kurz, dann schüttelte sie den Kopf. »Wenn Thaler da irgendwo gefangen gehalten wird, hätte sie dich gestern bestimmt nicht so freimütig rumgeführt.«

Mittlerweile befürchtete Anna, dass ihr Mandant nicht mehr lebte. Womöglich hatte Wimmer ihn in der Wohnung erschlagen und dann in der Maschine zerhäckselt, die die Rüben schredderte. Somit wäre er spurlos verschwunden, und für die Kripo würde es so aussehen, als wäre er geflohen. Aber was wollte er mit Natalie? Sie als Druckmittel benutzen, damit Felix und sie ihre Ermittlungen einstellten? Das würde immerhin bedeuten, dass Natalie noch lebte und sie eine Chance hatten, sie zu finden.

»Keine Ahnung. Irgendwo müssen die beiden ja sein.« Er presste sich die Fäuste auf die Augen. »Wenn er Natalie was angetan hat, bringe ich ihn eigenhändig um, und wenn ich dafür den Rest meines Lebens im Knast versauere.«

Während Felix vor sich hin brütete, kam Anna eine Idee, wie sie mögliche Verstecke aufspüren konnten. Es würde nicht angenehm werden, aber manchmal musste man für den guten Zweck über seinen Schatten springen. »Fahr los«, sagte sie zu Felix, der immer mehr einem Häufchen Elend glich.

»Wohin?«

»Zu meinem Büro. Ich will was nachsehen, denn im Keller hat er deine Schwester bestimmt nicht eingesperrt.« Sie sah Felix an, dass er keinen blassen Schimmer hatte, worauf sie hinauswollte, doch er startete den Motor und fuhr los.

Bei der Kanzlei angekommen, stieg sie aus und schaute ihn auffordernd an. »Was ist, kommst du nicht mit hoch?«, fragte sie, als er nicht reagierte.

Er schüttelte mit einem verkniffenen Gesichtsausdruck den Kopf. »Ich muss mir etwas Luft machen, sonst platze ich.«

Anna seufzte. »Also gut. Aber bau keinen Mist und halt dich bereit, falls wir losmüssen.« Sie warf ihm noch einen strengen Blick zu, dann eilte sie über das Treppenhaus nach oben und an Daniela vorbei, die gerade telefonierte.

Zuerst googelte sie den Hof der Wimmers, in der Hoffnung, dass ihr der Anruf bei Andreas erspart bliebe. Leider fand sie lediglich heraus, dass der Hof und die Liegenschaften ungefähr um 1930 von einem Erich Wimmer an seine Familie weitergegeben worden waren. Nirgends war verzeichnet, welche Ländereien der Familie gehörten.

Dann blieb ihr wohl nichts anderes übrig. Zähneknirschend wählte sie die Nummer ihres Ex-Freundes.

»Was verschafft mir die Ehre?«, sagte Andreas, statt sie zu begrüßen. Er klang kurz angebunden.

»Ich brauche deine Hilfe«, gab sie unumwunden zu.

»Ach?« Sie hörte, wie Leder knarzte. Anscheinend hatte er sich in seinem fürchterlich hässlichen, altmodischen Schreibtischstuhl zurückgelehnt. »Hast du Ärger mit den Typen, auf die du dich eingelassen hast, anstatt dich von mir beschützen zu lassen?«

Anna verkrampfte sich und hätte am liebsten den Hörer wieder aufgeknallt, aber Andreas war ihre einzige Chance, schnell an die benötigten Informationen zu kommen. »Nein«, sagte sie kühl. »Ich brauche ein paar Flurkarten, und da das dein Ressort ist, hatte ich gehofft, du würdest mir auf unbürokratischem Weg helfen.«

»Flurkarten?«, fragte er überrascht. Das Leder knarzte wieder. »Was hast du denn damit vor?«

»Ein Mädchen ist in Gefahr«, sagte sie. Felix' Schwester war zwar kein Kind mehr, aber es würde dringlicher wirken, wenn Andreas glaubte, sie wäre eines. »Ich möchte nachschauen, was alles zum Besitz des Mannes gehört, der sie möglicherweise gefangen hält. Bitte, Andreas, lass uns unsere privaten Probleme für einen Moment vergessen.«

»Ein Mädchen, sagst du? Und du glaubst, mit Flurkarten kannst du sie retten? Spielst du jetzt nicht nur Anwältin, sondern auch Polizistin?« Er klang belustigt, und sie wäre tatsächlich kurz davor gewesen, aufzulegen, wenn es nicht so wichtig gewesen wäre.

Was hatte sie nur jemals an diesem abgehobenen Mistkerl gefunden? Sobald das hier überstanden war, musste sie einen Weg finden, ihm klarzumachen, dass er sie ein für alle Mal in Ruhe lassen sollte. Wenn es sein musste, würde sie sich sogar noch einmal mit ihm treffen, um ein letztes klärendes Gespräch zu führen.

Dieses letzte Gespräch hat schon viele Frauen das Leben gekostet, dachte sie, aber darüber wollte sie sich im Moment keine Sorgen machen.

»Davon abgesehen, dass ich meinen Beruf nicht nur spiele, bin ich ziemlich sicher, dass ich sie retten kann, sofern ich nur herausfinde, wo sie ist.«

»Und du brauchst sie vermutlich sofort?«

»Ja. So schnell wie möglich.«

Er schwieg einen Moment. Anna bettelte im Stillen den Gott an, dessen Religion sie nicht einmal offiziell angehörte, dass Andreas' Antwort positiv ausfiel.

»Worum geht es?«, fragte er erstaunlicherweise, ohne weitere Bedingungen zu stellen.

»Um den Hof einer Familie Wimmer in der Nähe von Dachau. Ich brauche alle Liegenschaften, die zum Hof gehören. Mit Karten.«

Er brummte. »Es wird etwa …«

»Ich brauche sie sofort. Wirklich, Andreas, es ist sehr wichtig.« Sie wusste nicht, ob es an der Panik in ihrer Stimme lag, oder ob er tatsächlich einmal etwas Gutes tun wollte, jedenfalls versicherte er ihr, dass sie die Informationen in ein paar Minuten im Postfach hätte.

Anna war viel zu verblüfft, um gleich zu antworten.

»Anna? Alles klar? Du wirst dich aber nicht sinnlos in Gefahr begeben, ja?«

»Äh, klar, natürlich nicht. Das ist großartig. Danke.« Sie legte auf und ging in ihrem Büro auf und ab. Vom Fenster aus schaute sie auf die Straße, konnte die Stelle, an der Felix geparkt hatte, aber nicht sehen. Schließlich setzte sie sich, schaltete den Computer ein und öffnete das Mailprogramm. Natürlich war die Mail noch nicht da. Sie trommelte mit den Fingerknöcheln auf den Tisch und aktualisierte den Posteingang. Ein Blick auf die Uhr verriet ihr, dass nicht einmal zwei Minuten vergangen waren.

»Mist«, murmelte sie und kaute auf der Unterlippe herum. Dann klingelte das Festnetztelefon. Abwesend nahm sie den Hörer in die Hand.

»Feindt ist dran«, sagte Daniela.

Anna seufzte. Den konnte sie jetzt nun gar nicht gebrauchen. »Wimmle ihn ab. Sag ihm, ich hätte noch wichtige Termine und würde mich melden.«

Kurz Stille. Dann: »Ja. Ist alles in Ordnung?«

»Selbstverständlich. Ich bin nur gerade im Stress und warte auf etwas.« Anna legte auf und aktualisierte wieder den Eingangsordner. Nichts. Hoffentlich schickte Andreas die Daten tatsächlich und überlegte sich nicht in der Zwischenzeit, doch auf einer Gegenleistung von ihr zu bestehen.

Nach einer gefühlten Ewigkeit machte das E-Mail-Programm endlich das Geräusch für eine neue Nachricht und Anna klickte mit der Maus darauf. Die Sanduhr begann zu arbeiten.

»Bitte sei nicht abgestürzt.« Die Datei war knapp zehn MB groß. Anna klickte mehrmals auf den Anhang, doch nichts regte sich.

»Verflucht noch mal!«, schrie sie wütend und startete den Rechner neu. Bis das Gerät wieder hochgefahren war und das Programm öffnete, wurde sie fast wahnsinnig. Schließlich hatte sie Zugriff auf die Datei, und mit einem Doppelklick landete sie in der Vorschau und druckte die zehn Seiten aus.

Sie legte die Blätter auf den Schreibtisch und besah sich Seite für Seite. Die landwirtschaftliche Nutzfläche, die die Familie Wimmer besaß, erschien schier unendlich. Sogar ein kleines Waldgebiet gehörte dazu. Natalie und Robin, sofern er noch lebte, konnten überall sein.

Dann entdeckte Anna aber doch etwas, das ihr Interesse weckte. Ein kleiner Kasten mitten auf einem Feld, umgeben von Wiesen und Wäldern. Es musste sich um eine Scheune oder einen Bunker handeln. Die Stelle war ungefähr drei Kilometer vom Hof entfernt und könnte aufgrund der Abgelegenheit der ideale Ort sein, um jemanden festzuhalten. Sie packte die Blätter in ihre Tasche und stürmte aus dem Büro nach unten.

An der Stelle, an der Felix vorhin geparkt hatte, stand ein anderes Auto. Gehetzt schaute sie sich um. Er und sein Wagen waren nirgends zu entdecken. Anscheinend hatte er seine Drohung wahr gemacht und war zum Hof der Wimmers gefahren, um sich dort mit den Fäusten die Wahrheit zu erarbeiten. Sofort zückte sie ihr Handy und rief ihn an, um ihn aufzuhalten. Er nahm nicht ab. Sie sprach ihm auf die Mailbox, dass er keinen Mist bauen solle, und legte auf. Wie lange war sie in der Kanzlei gewesen? Vermutlich war er bereits angekommen. So ein Mist.

»Du Idiot!«, rief sie aus und war sich nicht sicher, ob sie sich selbst oder ihn damit meinte. Sie hätte sich denken können, dass er nie im Leben geduldig auf sie warten würde. Instinktiv griff sie nach dem Schlüssel in ihrer Tasche, bis ihr einfiel, dass ihr Auto bei Felix zu Hause stand.

»Idiotin«, sagte sie, und dieses Mal meinte sie definitiv sich selbst. Dann musste sie sich eben den Wagen von Daniela ausleihen.

40. Kapitel

AUF der Fahrt in Richtung Dachau versuchte Anna erneut, Felix zu erreichen. Er ging weiterhin nicht ran. Hoffentlich machte er nichts Unüberlegtes. Wenn sie mit ihrer Annahme falschlag und Felix Wimmer krankenhausreif prügelte, hatten sie keine Chance mehr, herauszufinden, wo er die beiden gefangen hielt. Sie überlegte, ob sie zum Hof fahren sollte, um ihn aufzuhalten, entschied sich aber dagegen. Es war wichtiger, Natalie und Robin so schnell wie möglich zu finden und die Polizei zu informieren. Um Felix konnte sie sich auch danach noch kümmern.

Am Ziel angekommen, parkte Anna Danielas Wagen am Waldrand und ging mit der Karte den Weg entlang, wobei sie Ausschau nach einem Gebäude hielt. Da ein Hügel ihr die Sicht auf das dahinterliegende Gelände versperrte, konnte sie nichts erkennen. Sie würde wohl oder übel mit ihren hochhackigen Schuhen über das Feld laufen müssen. Wieso hatte sie sich immer noch keine Turnschuhe ins Auto gelegt? Aber das hätte ihr jetzt auch nicht geholfen, denn in Danielas Wagen wäre dann trotzdem kein Ersatzpaar gewesen.

Schimpfend stieg sie über einen niedrigen Zaun und begann, in die Richtung zu laufen, wo die Scheune sein müsste. Immer wieder sackte sie in den ausgetrockneten Boden ein. Hier merkte man deutlich, welche Folgen es hatte, wenn es im Frühjahr immer seltener ergiebig regnete. Überall waren große Furchen von Traktorreifen, und sie hatte Glück, wenn sie hier durchkam, ohne sich die Knöchel zu brechen.

Einmal hielt sie an, um es erneut bei Felix zu versuchen, doch ihr Telefon blieb stumm. Sie hatte hier draußen keinen Empfang. Auf was für eine Selbstmordmission hatte sie sich da überhaupt begeben? Wenn sie jetzt Wimmer in die Arme liefe, wäre hier niemand weit und breit, der ihr helfen könnte. Nicht mal Daniela hatte sie Bescheid gesagt, wohin sie sich auf den Weg machte. Wie äußerst umsichtig von ihr!

Wahrscheinlich wäre es am vernünftigsten, einfach wieder umzukehren und Feindt dazu zu drängen, einen Suchtrupp hier herauszuschicken. Andererseits würde es dessen Einsatz immens erleichtern, wenn sie einen konkreten Anhaltspunkt hätte. Sie müsste das Gebäude ja nur kurz aus der Ferne sehen, dann könnte sie wieder verschwinden. Außerdem bestand immer noch die Gefahr, dass Feindt sie abwies.

Nein, das konnte sie nicht riskieren. Sollte Natalie etwas zustoßen, würde Felix sich das vermutlich nie verzeihen, und ihr auch nicht, wenn sie tatenlos wieder abziehen würde. Stöhnend wandte sie sich nach links und erklomm den kleinen Hügel, der von Büschen bewachsen war. Mit ihren Schuhen verfing sie sich im Gestrüpp und zog sie schließlich aus, was auch nicht viel besser war, denn der Untergrund war voller Steine und spitzer Äste. Wenigstens vermied sie so, ständig umzuknicken. Eine Pferdebremse stach sie in die Wade, und fluchend zerschlug sie das Insekt. Der Biss brannte und schwoll sofort an.

Auf dem Hügel angekommen, entdeckte sie in der Ferne etwas, das der Kasten auf der Flurkarte sein musste. Am Waldrand stand ein verfallenes Gebäude, das so aussah, als wäre es lediglich aus ein paar Brettern zusammengezimmert und notdürftig mit einem Dach abgedeckt worden. Es wirkte uralt, und Anna konnte sich kaum vorstellen, dass Wimmer dort seine Opfer festhielt. Andererseits war die Stelle so abgelegen, dass hier vermutlich nie jemand vorbeikam und es daher egal war, wie hellhörig der Verschlag war.

Sie beobachtete die kleine Scheune einen Moment, neben der ein paar Pferde grasten, aber nichts regte sich. Sollte sie genauer nachschauen? Nur mal durch die Ritzen der Holzbalken linsen? Sie musste sich ja nicht bemerkbar machen. Vielleicht war Wimmer gar nicht da, und sie könnte die beiden Geiseln ohne große Probleme befreien. Wenn sie den Mörder doch entdeckte, konnte sie sich einfach schnell in den Wald schlagen und irgendwohin verschwinden, wo sie Empfang hatte, um von dort aus die Polizei zu rufen.

Als sie fluchend den Abhang auf der Rückseite des Hügels hinunterstolperte, bemerkte sie, dass sie einen riesigen Umweg genommen hatte. Mit dem Auto hätte sie von der anderen Seite her fast bis an den Waldrand fahren können, von wo aus es höchstens die halbe Strecke zu der Hütte gewesen wäre.

Wenige Meter vor dem Ziel blieb sie stehen, um Felix eine Sprachnachricht zu schicken. Sollte ihr etwas geschehen, würde die irgendwann sicher durchgehen, wenn das Handy es für einige Sekunden schaffte, zumindest einen winzigen Balken Empfang zu bekommen.

»Felix, Anna hier«, sagte sie überflüssigerweise, denn das würde er anhand des Kontakts wohl sehen. »Ich habe über einige Flurkarten eine Scheune gefunden. Sie befindet sich etwa drei Kilometer nordöstlich vom Hof der Wimmers am Waldrand.« Sie schaute sich um, um ihm einen Fixpunkt zu nennen. »Hier sind zwei Hochsitze und …«

Dann spürte sie einen festen Griff um ihren Nacken. Das Telefon fiel ihr aus der Hand und sie stieß einen Schrei aus, doch die Person hinter ihr zog sie an sich und legte ihr eine Hand über Mund und Nase. Es roch nach Erde und irgendwie süßlich, und Anna schnappte panisch nach Luft, schaffte es aber kaum, Sauerstoff in ihre Lungen zu bringen.

Mit den Ellbogen schlug sie nach hinten aus und strampelte dabei mit den Beinen, was es nur noch schlimmer machte. Ihr wurde schwindelig. Sie spürte noch, wie die Person sie um die Hüften packte und mit sich schleifte, dann wurde alles schwarz um sie.

41. Kapitel

KAUM dass Anna im Hauseingang verschwunden war, fuhr Felix los in Richtung Wimmer-Hof. Für ihn gab es keinen Zweifel, dass Carsten Wimmer der Pferderipper war und sich Natalie gekrallt hatte. Es passte einfach alles zusammen, und er musste herausfinden, wo dieser Mistkerl seine Schwester hingebracht hatte.

Anna brauchte er dabei nicht an seiner Seite, sie war in ihrer Kanzlei sicherer als auf dem Pferdehof. Wenn er allein unterwegs war, konnte ihr wenigstens nichts passieren. Außerdem hatte er nicht vor, Wimmer mit Samthandschuhen anzufassen. Wäre Anna dabei, würde er sie nur in eine illegale Situation bringen, und das wollte er nicht.

Auf dem Weg tauchten immer wieder die Bilder vom Tatort in Sinta Hoymanns Wohnung in seinem Kopf auf. Anstelle von Thalers Ex-Freundin war es aber Natalie, die auf dem Boden lag, das Gesicht zertrümmert, der Oberkörper durchbohrt von Messerstichen. Ihre Augen waren aufgerissen, und in ihnen lag ein Ausdruck von Angst und Enttäuschung darüber, dass ihr Bruder sie im Stich gelassen hatte.

Mit Tunnelblick raste er die Landstraße entlang und fluchte über einen Rollerfahrer, der offenbar noch nie etwas vom Rechtsfahrgebot gehört hatte, denn er tuckerte gemütlich in der Mitte der Fahrspur. Trotz einer Kurve überholte Felix den Jugendlichen und verpasste beinahe den Feldweg, in den er abbiegen musste. Endlich erreichte er den Hof. Er wischte sich eine Träne der Wut aus dem Augenwinkel und stieg aus.

Vor dem Hoftor tastete er nach seinem Handy, um nachzusehen, ob Anna schon etwas herausgefunden und sich gemeldet hatte. Anscheinend lag es noch im Auto in der Mittelkonsole, wo Anna es hingepackt hatte, nachdem es gegen ihr Schienbein geknallt war. Egal. Er hatte keine Zeit zu verlieren.

Am Anbindeplatz entdeckte er Frau Wimmer, die neben einem Pferd stand und das Bein des Tieres anhob. Der Huf ruhte auf ihrem

Oberschenkel, und sie stocherte darin herum. Von ihrem Sohn war nichts zu sehen. Natürlich nicht, der war ja auch gerade mit Natalie beschäftigt. Mit geballten Fäusten stürmte Felix auf die Frau zu.

Der Hofhund, der mal wieder nicht eingesperrt war und in der Nähe in der Sonne lag, fing an zu bellen. Das Pferd wurde unruhig und ruckte auf drei Beinen herum. Frau Wimmer pfiff den Hund zurück, der aufgesprungen war und Anstalten machte, in Felix' Richtung zu laufen. Das Tier setzte sich wieder, starrte aber Felix weiterhin mit hochgezogenen Lefzen an.

Der blieb in gebührendem Abstand stehen. »Wo ist meine Schwester?«, rief er.

Frau Wimmer drehte sich mit überraschtem Gesichtsausdruck um. Offenbar hatte sie ihn bislang nicht bemerkt. Als sie ihn erkannte, setzte sie ein Lächeln auf. »Ach, Sie sind's. Ihre Schwester ist nicht hier. Heute ist doch gar kein therapeutisches Reiten.« Sie ließ das Bein des Pferdes zu Boden sinken und richtete sich auf.

»Sie wissen genau, wovon ich rede! Ihr Sohn …« Das war ein dummer Einstieg. Er hätte langsam beginnen müssen, aber dafür hatte er keine Zeit. Natalie hatte keine Zeit!

Frau Wimmer kam auf ihn zu und wischte sich die Hände an der Hose ab. »Wie bitte?«

»Wo ist Ihr Sohn, verdammt?« Er musste sich zusammenreißen, um sie nicht anzubrüllen.

»Ich dachte, Sie suchen Ihre Schwester«, sagte sie. Entweder war sie eine gute Schauspielerin oder sie hatte wirklich keine Ahnung, worum es ging.

»Frau Wimmer, wo ist er? Es ist wichtig!«

»Woher soll ich das wissen? Wir haben zusammen gefrühstückt, und dann ist er losgefahren, weil er was in der Stadt zu erledigen hatte.«

Ja, meine Schwester entführen, dachte Felix. Eine unbändige Wut breitete sich in ihm aus. Er deutete zur Maschinenhalle. »Ist er dadrin? Hält er Natalie dort gefangen? Oder hat er sie in den Keller gebracht?«

»Was reden Sie da?« Die Miene von Frau Wimmer verfinsterte sich.

Felix trat näher an sie heran und fixierte sie mit seinem Blick. Wusste sie wirklich nichts oder deckte die Hexe ihren wahnsinnigen

Sohn? »Wenn Sie mir nicht sofort sagen, wo Ihr Sohn sie hingebracht hat, dann vergesse ich mich. Er hat bereits zwei Menschen auf dem Gewissen. Wollen Sie etwa, dass meine Schwester auch noch stirbt?«

Sie schnappte nach Luft. »Also hören Sie mal! Wie kommen Sie darauf, so etwas zu behaupten?«

»Weil Ihr Sohn ein krankes Arschloch ist. Seit Jahren bringt er Pferde auf den Höfen um, die er mit seinem Futter beliefert. Und jetzt reicht ihm das nicht mehr, und er vergreift sich an Menschen, nachdem Sinta Hoymann ihn dabei erwischt hat, wie er ihr Pferd angegriffen hat. Sie musste sterben, weil er befürchtet hat, dass sie ihn auffliegen lässt.«

Frau Wimmer schaute ihn verständnislos an, dann lachte sie auf, als habe er ihr gerade einen Witz erzählt. »Machen Sie sich doch nicht lächerlich. Der Carsten hat es nicht mal geschafft, sich des Katzennachwuchses zu entledigen. Wie oft hat mein Mann mit ihm an der Güllegrube gestanden und versucht, ihn abzuhärten? Es war klar, dass er das irgendwann mal übernehmen muss, aber er hat's nicht hinbekommen. Niemals würde er einem Tier was antun, und schon gar nicht einem Menschen. Und was soll Ihre Schwester mit der ganzen Sache zu tun haben?«

Felix schüttelte den Kopf. So kamen sie nicht weiter. Wenn sie wirklich bislang die Augen davor verschlossen hatte, dass ihr Sohn ein blutrünstiger Psychopath war, dann würde er sie jetzt auch nicht davon überzeugen können. Aber daran glaubte er ohnehin nicht. So blind und naiv konnte niemand sein.

»Hören Sie endlich auf, sich ahnungslos zu stellen!« Felix verlor die Beherrschung und packte die Frau am Arm. »Ihr Sohn hat meine Schwester entführt, um meine Ermittlungen gegen ihn zu stoppen, und er wird sie umbringen. So, wie er Sinta Hoymann und Veronique Gmeiner ermordet hat. Und wenn Sie mir nicht sofort sagen, wo er sie festhält, sind Sie mit dafür verantwortlich, dass ein weiterer Mensch stirbt.«

»Lassen Sie mich sofort …!«, rief Frau Wimmer und versuchte, sich von ihm loszumachen, doch sein Griff wurde immer fester. Der Hund war mittlerweile wieder aufgesprungen und stand bellend neben ihnen. »Sie tun mir weh! Hilfe!«

»Rücken Sie endlich mit der Sprache raus!« Der Hund sprang Felix an, gleichzeitig spürte er einen dumpfen Schlag am Hinterkopf. Mit schmerzverzerrtem Gesicht sank er in die Knie, wo das Tier sofort über ihm war und nach ihm schnappte. Er roch den stinkenden Hundeatem und befürchtete, die Bestie würde ihm jeden Moment das Gesicht wegfressen, da wurde sie am Halsband zurückgezerrt.

»Ich schlage vor, Sie verschwinden schnellstens vom Hof und lassen sich hier nicht mehr blicken«, sagte eine männliche Stimme.

Felix betastete stöhnend die Wunde und richtete sich dann auf. Vor ihm stand Björn Gmeiner mit einer Schaufel in der Hand und starrte ihn wütend an. »Haben Sie mich verstanden? Sehen Sie zu, dass Sie Land gewinnen, sonst rufe ich die Polizei!«

»Hey, was ist denn hier los?«, mischte sich eine fremde Stimme ein. Felix drehte sich um und entdeckte Annas Ex-Freund, der auf sie zukam und eine beschwichtigende Geste machte. Als er Felix erreicht hatte, legte er ihm einen Arm um die Schulter. »Hast du mal wieder ein wenig über die Stränge geschlagen, Kumpel? Der Alkohol tut dir nicht gut. Komm, wir gehen.«

Felix wollte sich losreißen, musste aber einsehen, dass er hier nicht weiterkam. »Also gut«, knurrte er und ließ sich von Annas Ex vom Hof führen.

42. Kapitel

WIE lange war sie bewusstlos gewesen? Ein paar Minuten, Stunden, einen Tag? Anna versuchte, sich aufzusetzen, aber ihr war so schwindelig, dass sie sich sofort zurück ins Stroh fallen ließ. Der Gestank nach Verwesung raubte ihr fast den Atem. War das ihr Mandant, dessen Leiche in dieser Scheune verrottete?

Als sie die Augen öffnete, erkannte sie zuerst eine junge Frau, bei der es sich um Felix' Schwester handeln musste. Ihre Hand- und Fußgelenke waren mit Klebeband umwickelt. Neben ihr saß Thaler im Schein der Taschenlampe. Zu ihrer Erleichterung waren beide am Leben. Der Geruch musste also woandersher stammen. In der Mitte der Scheune stand ein dunkler Schatten, der von hinten angeleuchtet wurde, sodass Anna kein Gesicht erkennen konnte. Natalie starrte in ihre Richtung, und nun merkte auch Wimmer, dass Anna aufgewacht war, und drehte sich mit der Lampe in der Hand zu ihr.

»Ah, die Anwältin, die Superheldin spielen wollte und sich dadurch selbst in die Scheiße geritten hat.« Wimmer lachte heiser. »Was hast du hier zu suchen?«

Der Lichtstrahl wurde direkt in Annas Gesicht gerichtet, und sie kniff geblendet die Augen zusammen. Ein dumpfer Schmerz grub sich durch ihre Hirnwindungen. »Na, was wohl?«, nuschelte sie. Ihre Stimme klang heiser, und ihre Zunge klebte beim Sprechen am Gaumen.

Die Lampe näherte sich schwankend, dann packte Wimmer mit seiner großen Hand ihre Wangen und quetschte sie zusammen. Sie roch seinen Atem und Schweiß. »Ts, ts, ts. Du bist ganz schön frech. Zu frech für die Situation, in der du gerade steckst.« Er ließ sie los und richtete sich auf. Die Taschenlampe legte er auf einem Heuballen ab, sodass Anna nicht mehr davon geblendet wurde. »Aber wo du recht hast, hast du recht. Es ist offensichtlich, was du hier gesucht hast. Die Frage sollte eher lauten, wie du darauf gekommen bist.«

Anna räusperte sich und unterdrückte das Bedürfnis, sich übers Gesicht zu wischen. »So schwer war es nicht, herauszufinden, wer hinter all dem steckt. Die Staatsanwaltschaft ist übrigens bereits informiert. Es ist nur eine Frage der Zeit, bis das SEK hier auftaucht.«

Einen Moment wirkte Wimmer verunsichert, doch er fing sich schnell wieder. »Alles klar. Deshalb stiefelst du hier ganz allein und barfüßig durch die Gegend, in deinem schicken Kostüm. Weil die Bullen dringend deine Hilfe brauchen, oder wie? Du musst mich für ziemlich unterbelichtet halten, hm? Ich bin ja bloß ein Bauer, die haben ja alle nichts im Kopf.« Er spuckte ihr ins Gesicht.

Anna atmete tief durch und wischte sich mit dem Handrücken den Speichel ab. Dann deutete sie auf den Knochen, der aus einer Lederscheide an seinem Gürtel ragte. »Vielleicht haben Sie einfach einen Fehler zu viel gemacht.« Sie musste ihn in ein Gespräch verwickeln, um sich Zeit zu verschaffen. Hoffentlich hatte ihr Handy die Sprachnachricht mittlerweile versendet, sodass Felix sich auf die Suche nach ihnen machen konnte. »Als Sie damals die Waffe in dem Pferd stecken ließen, haben Sie der Polizei einen ersten Hinweis geliefert.«

Felix' Schwester gab einen Laut von sich, der wie eine Mischung aus Triumph und Entsetzen klang. »Fehler. Jeder Serientäter begeht irgendwann einen Fehler, der ihn verrät«, murmelte sie vor sich hin.

Anna sah Wimmer fest ins Gesicht, der sich weiterhin unbeeindruckt zeigte. »Und dann sind Sie so leichtsinnig, diese Waffe auch für die Morde an Sinta Hoymann und Veronique Gmeiner zu verwenden. Mit der heutigen Technik ist es ein Kinderspiel, Ihnen die Taten nachzuweisen.«

Wimmers Blick wanderte ebenfalls zu dem Knochengriff. Er umfasste ihn und zückte das Messer. Anna war entsetzt, wie scharf die Steinklinge tatsächlich war. Bei einer selbst gebauten Waffe hatte sie nicht damit gerechnet.

»Also gut, ich gebe dir in diesem Punkt recht. Das mit dem Messer war vielleicht blöd. Aber das gehört ja nicht zu mir, wie mein Name an der Tür.« Er stockte kurz und summte mit versonnenem Gesichtsausdruck die Melodie des Schlagers von Marianne Rosenberg.

Der Typ ist völlig wahnsinnig, dachte Anna. Wenn nicht wirklich jeden Moment die Polizei durch die Tür stürmte, würden sie allesamt durch Wimmers Hand sterben. Ihr wurde übel bei dem Gedanken daran, wie Wimmer ihr die Steinklinge in den Körper rammte, mit der er auch Sinta Hoymann und Veronique Gmeiner umgebracht hatte.

Wimmer war mittlerweile ein Stück von ihr zurückgetreten und hatte die Lampe wieder direkt auf ihr Gesicht gerichtet. »Eigentlich warst du nicht eingeplant, aber das Schicksal meint es gut mit mir, dich hier auftauchen zu lassen, kleine Anwältin. Du gibst mir wertvolle Hinweise, worum ich mich kümmern muss. Die Feilen zum Herstellen der Klinge müssen noch in Robins Wohnung deponiert werden.« Er schaute zu Thaler, und Anna überlegte, ob sie ihn anspringen sollte. Allerdings hielt er das Messer, auf das sie ihn dummerweise hingewiesen hatte, angriffsbereit nach oben. Wenn sie es dumm anstellte, würde sie sich einfach nur selbst aufspießen.

»Damit kommst du nicht durch«, nuschelte Annas Mandant; seine Stimme klang, als hätte er Schleifpapier verschluckt. Wie lange wurde er hier schon ohne Wasser festgehalten?

»Du hältst den Mund, Pädagoge. Du hast doch keine Ahnung. Die Superhelden-Anwältin rundet das Bild wunderbar ab. Immerhin hat sie es nicht geschafft, deine Unschuld zu beweisen. Du bist zwar aus dem Knast gekommen, aber giltst noch immer als der Hauptverdächtige. Kann man in allen Zeitungen nachlesen. Deshalb hast du nicht nur diese Kleine hier«, er trat nach Natalie, die aufschrie und auf dem Hintern vor ihm zurückwich, »abgemurkst, sondern deine Anwältin gleich mit. Am Ende testest du deine Klinge an dir selbst, und zack, alles erledigt.« Wimmer stand auf und klatschte in die Hände. »Ein wunderbarer letzter Akt. So gefällt mir das. Wir müssen nur den Brief noch mal ein wenig ändern, aber dafür haben wir ja genug Zeit.«

Während Wimmer das verkündete, versuchte Anna zu lauschen, ob sie draußen irgendein Geräusch hörte. Wo blieb Felix, wo die Polizei? War die Nachricht überhaupt versendet worden oder waren sie auf sich selbst gestellt? Natalie war, wie auch Robin Thaler, gefesselt und konnte ihr bei einem Kampf nicht helfen.

Aber vielleicht konnte sie ihn mit Worten überzeugen. Das war ihr Job, und es war die einzige Möglichkeit, wie sie hier noch lebend rauskommen konnten, sofern nicht gleich Felix oder tatsächlich eine SEK-Einheit durch die Tür stürmte.

»Glauben Sie wirklich, dass Sie damit davonkommen? Wie lange halten Sie Herrn Thaler jetzt schon hier gefangen? Haben Sie ihn mit Nahrung versorgt, mit Getränken? Er ist gefesselt. Das wird man bei der Obduktion feststellen. Die Polizei ist nicht dumm, Herr Wimmer.«

Ihre Einwände schienen ihn nicht zu erreichen. Er zuckte nur mit den Achseln und schaute sie gelangweilt an. »Die Bullen sind dämlicher, als du glaubst, Superheldin. Wie konnte ich sonst über Monate hinweg meiner Leidenschaft in ganz Bayern nachgehen, ohne dass mir jemand auf die Schliche gekommen wäre? Kannst du mir das erklären?«

»Sie hatten einfach Glück.« Anna versuchte, gelassen zu klingen. »Aber das haben Sie aufgebraucht. Pferde zu töten, ist die eine Sache, Menschen eine andere. Da schaut die Kripo schon etwas genauer hin.«

»Die haben doch ihren Schuldigen.« Er ging zu Thaler und schlug ihm mit der flachen Hand ins Gesicht. »Der hier, der seit Monaten von seiner Schickse betrogen wurde, weil er es ihr einfach nicht richtig besorgen konnte. Björn hat mir so einiges erzählt. Junge, du bringst es nicht!«

Thaler spuckte heiser irgendwelche Flüche in seine Richtung und ruckte an den Fesseln, wobei Natalie ihn verängstigt anstarrte.

»Lassen Sie sich nicht provozieren, Herr Thaler«, sagte Anna leise. Sie mussten jetzt alle die Ruhe bewahren und besonnen bleiben, wenn sie nicht sofort abgestochen werden wollten.

»Genau, du Weichei. Halt lieber mal den Ball flach«, äffte Wimmer sie nach. Dann bewegte er sich in Richtung von Felix' Schwester und packte sie am Arm. Natalie schrie auf und krümmte sich zusammen, doch Wimmer war stärker und zerrte sie auf die Füße. »Es wird Zeit, dass wir es beenden. So langsam bekomme ich Hunger, und es wird mir auch zu langweilig, mich mit euch zu unterhalten.«

»Wenn Sie nach Sinta Hoymann aufgehört hätten, vielleicht wäre die Polizei dann noch auf Sie reingefallen«, sagte Anna schnell, um seine Aufmerksamkeit wieder auf sich zu lenken. »Aber welchen Grund sollte Herr Thaler gehabt haben, auch Veronique Gmeiner umzubringen?«

»Genau«, krächzte Thaler. »Oder die da drüben. Die wirst du mir nicht in die Schuhe schieben können.«

Wimmer leuchtete mit seiner Taschenlampe in eine der Ecken, und Anna folgte mit ihrem Blick. Ein Schwarm Fliegen stob auf und landete sofort wieder auf einem blutgetränkten Bündel, das sich beim zweiten Hinsehen als menschlicher Körper herausstellte. Anna bekam eine Gänsehaut. Daher kam also der Gestank. Eine weitere Leiche, ein weiteres Opfer von Wimmer. Wer war die arme Frau?

Anna schluckte heftig, um den aufsteigenden Mageninhalt zurückzudrängen. »Herr Wimmer, sehen Sie es ein«, sagte sie. »Sie sind zu weit gegangen. Welche Erklärung soll die Kripo denn dafür finden?«

Wimmer schnaubte. »Sind wir jetzt hier bei Richterin Barbara Salesch, oder was? Ist mir doch egal, was er für einen Grund haben sollte. Sie hat eben zu viel gewusst. Ich weiß nur, warum ich sie getötet habe: Weil es mir verdammt viel Spaß gemacht hat.« Das Letzte sprach er mit einem seltsam melancholischen Unterton aus.

»Spaß!«, wiederholte Anna und dachte an die Tatortfotos aus Sinta Hoymanns Wohnung. Sie schüttelte sich innerlich.

»Es war so schön, wie sie mich angesehen hat. Ganz anders als die Pferde.« Mittlerweile hatte er Natalie losgelassen, die wieder zu Thaler geflüchtet war, der beruhigend auf sie einflüsterte. Wimmer legte die Arme um seinen Oberkörper, wie um sich selbst zu umarmen. »Pferde sind so naiv. Beim Sterben haben sie mir immer noch hoffnungsvoll in die Augen geschaut. Sie haben mich angefleht, ihnen zu helfen, sie zu retten, aber ich war doch der, der sie getötet hat, nicht wahr? Ich würde sie nicht retten, ich wollte ihnen nicht helfen. Alles, was ich wollte, war, ihnen beim Sterben zuzusehen.«

»Und dann haben die Pferde nicht mehr gereicht?« Annas Magen zog sich zusammen, sie schmeckte bittere Galle.

»Nein.« Er lachte leise. »Bei Sinta habe ich gemerkt, dass es was völlig anderes ist, einen Menschen zu töten. Sie wusste ganz genau, dass ich der Boss bin. Derjenige, der entscheidet, ob sie lebt oder stirbt. Und sie wusste, wie meine Entscheidung ausfallen wird. Da war kein Flehen, keine Hoffnung. Da war …« Er brach ab. Offensichtlich hatte er keine Worte für das, was er empfand. »Sie musste sterben, weil sie zur falschen Zeit am falschen Ort war. Wäre sie nicht mitten in der Nacht in den Stall gekommen, wäre nur ihr Pferd draufgegangen. Aber ihr Tod hatte einen höheren Zweck. Er hat mich auf die nächste Ebene gehoben.«

»Was machen Sie, wenn Sie hier fertig sind?«, versuchte Anna, ihn am Reden zu halten.

Er drehte sich zu ihr. »Was meinen Sie?«

»Sie haben Ihren Sündenbock getötet. Wem wollen Sie künftige Morde unterschieben?«

Er antwortete nicht. Darüber hatte er anscheinend noch nicht nachgedacht. Plötzlich veränderte sich sein Gesichtsausdruck. Wütend verzog er den Mund und stürmte auf Anna zu.

»Es reicht mir jetzt, du Anwaltsschlampe. Ich hab keine Lust mehr, meine Zeit mit deinem Gelaber zu verschwenden!«

43. Kapitel

MIT dröhnendem Schädel stand Felix vor seinem Auto. Er hatte dumm und völlig überstürzt gehandelt, aber er bekam das Bild seiner toten Schwester nicht mehr aus dem Kopf. Je länger er darüber nachdachte, desto bewusster wurde ihm, dass die Zeit davonlief und dass Carsten Wimmer vor nichts zurückschrecken würde.

»Was haben Sie denn hier verloren?«, fragte er Annas Ex, der sich ihm als Andreas vorgestellt hatte.

»Ich wollte eigentlich Annabelle davon abhalten, in ihr Verderben zu rennen, aber anscheinend brauchen Sie auch ein Kindermädchen.« Er lachte abfällig.

Felix ging nicht auf seine Provokation ein. »Wie meinen Sie das? Warum sollte Anna in ihr Verderben rennen?«

»Sie hat mich um die Flurkarten von dem Besitz der Wimmers gebeten, weil sie irgendein Mädchen befreien wollte, und jetzt erreiche ich sie nicht. Ihr Handy hat keinen Empfang, und ich befürchte, sie ist auf eigene Faust losgezogen.« Seine Miene nahm einen besorgten Ausdruck an.

»Flurkarten«, wiederholte Felix, beugte sich in den Wagen, um nach seinem Handy zu angeln, und wählte Annas Nummer. Ihr Ex hatte recht, kein Empfang. »Was könnte sie da gefunden haben?«

Andreas zuckte mit den Schultern. »Ich habe sie mir natürlich auch angesehen. Das Einzige, was mir als Versteck einfallen würde, ist ein Gebäude auf einem Feld etwa dreitausend Meter in diese Richtung. Könnte ein landwirtschaftliches Gebäude sein oder ein Bunker oder so etwas.« Er deutete zum Waldrand, der in der Ferne zu erkennen war.

»Abgelegen und über einen Feldweg zu erreichen.« Adrenalin schoss durch Felix' Körper, die Kopfschmerzen wichen einem leichten Ziehen im Nacken. »Und Sie glauben, Anna könnte allein losgezogen sein?«

»Zuzutrauen wäre es ihr. Sie wollte schon immer mit dem Kopf durch die Wand. Das macht sie zu so einer guten Anwältin.«

Felix öffnete erneut die Fahrertür und setzte sich hinters Steuer. »Los, worauf warten Sie?«, rief er Andreas zu.

Nachdem der Schnösel eingestiegen war, lenkte Felix das Auto zurück auf den Weg, der sich etwa hundert Meter vor dem Hof gabelte. Rechts führte er am Grundstück der Wimmers vorbei in Richtung Norden. Ein paar hundert Meter weiter stand ein Wagen.

»Da vorn! Das ist das Auto von ihrer Assistentin«, sagte Andreas angespannt.

»Mist, das hat sie doch nicht wirklich gemacht!«, brüllte Felix und folgte dem Weg weiter geradeaus. Er war schuld daran, dass sie sich auch noch in Gefahr begeben hatte. Es hätte ihn nicht mehr als etwas Anstrengung gekostet, Ruhe zu bewahren und auf sie zu warten, dann wären sie gemeinsam hierhergekommen.

Wo das Fahrzeug der Assistentin geparkt war, endete der Weg und die beiden mussten aussteigen. Weit und breit waren weder eine Scheune noch ein Bunker zu sehen. Zu ihrer Linken erstreckte sich ein Hügel, über den man nicht hinwegblicken konnte. Felix steckte sein Handy ein und kletterte über einen niedrigen Zaun. Bis zum Hügel rannte er, gefolgt von Andreas, und als sie diesen erklommen hatten, erschien endlich eine alte, baufällige Scheune.

Auf der Koppel um das Gebäude standen drei Pferde. Vermutlich hatte Carsten die Aufgabe, sie auf den Hof zu bringen, denn die Tiere wirkten unruhig. Von Anna war nichts zu sehen. Hoffentlich hatte Wimmer sie nicht erwischt.

»Das muss es sein«, sagte Felix.

»Ich rufe die Polizei!« Andreas zog sein Handy hervor. »Verdammter Mist, hier auf dem Dorf hat man keinen Empfang.«

»Wir haben keine Zeit, auf die zu warten. Ich gehe rein«, sagte Felix und setzte sich in Bewegung.

Andreas machte Anstalten, ihm zu folgen.

»Gehen Sie lieber zurück zum Auto und fahren Sie irgendwohin, wo Sie telefonieren können«, sagte Felix schnell und warf ihm seinen Schlüssel zu.

»Aber Anna … Sie brauchen doch sicher Verstärkung.«

Ganz bestimmt nicht von einem Sesselfurzer wie dir. Am Ende muss ich dich auch noch beschützen, dachte Felix. »Ja, und zwar von einem Sondereinsatzkommando. Machen Sie es dringend am Telefon.«

Andreas schaute ihn unentschlossen an. »Ist es nicht sicherer, wenn wir zu zweit …«

»Gehen Sie schon! Ich lenke den Täter ab, bis Hilfe eintrifft«, forderte Felix ihn noch einmal auf, und Andreas setzte sich endlich widerwillig in Bewegung.

»Passen Sie auf, dass meiner Annabelle nichts passiert«, sagte er noch, dann verschwand er über den Hügel.

Felix wandte sich um und rannte geduckt bis zur Scheune, wobei er die Pferde ignorierte, die sich glücklicherweise ebenfalls nicht sonderlich für ihn zu interessieren schienen. An der Bretterwand angekommen, blieb er stehen und wartete, bis sich sein Atem beruhigt hatte, während er lauschte.

Von drinnen hörte er Annas Stimme. Ohne lange zu überlegen, umrundete er das Gebäude bis zum Tor, entschied sich dann aber anders und hetzte zum nahe gelegenen Waldrand, um dort nach einem Stock oder Ast zu suchen. Er brauchte irgendwas, um sich gegen Wimmer wehren zu können.

Zurück bei dem Verschlag zog er vorsichtig an dem Stahlgriff, um das Schiebetor zu öffnen. Es rumpelte lediglich auf den verrosteten Schienen, auf denen es eingehängt war, regte sich jedoch keinen Zentimeter. Felix umfasste den Griff fester, stellte sich seitlich und ließ sich nach hinten fallen, als sich das Tor plötzlich mit Leichtigkeit bewegte und er auf den Rücken knallte. Dabei verlor er seine improvisierte Waffe.

Er rollte sich herum und stemmte sich auf die Unterarme. Ein Schwall von Verwesungsgestank kam ihm entgegen, und das Erste, was er sah, war Natalies Gesicht, die ihn angsterfüllt anstarrte.

»Felix!«, rief sie, und er fluchte leise, da sie Wimmer so auf ihn aufmerksam machte. Wobei er das sicher schon selbst mit dem Tor geschafft hatte.

Felix schaute sich im Dämmerlicht der Scheune um. Anna kam in sein Sichtfeld, sie blutete an der Stirn. »Wo ist er?«, fragte er.

»Hinter …«

Felix drehte sich um, aber nicht schnell genug. Etwas Hartes traf ihn an der Schläfe, und er wurde zur Seite geworfen. Warme Flüssigkeit tropfte ihm in die Augen und nahm ihm die Sicht. Blut! Instinktiv rollte er sich zur Seite und wich so einem weiteren Schlag von Carsten Wimmer aus.

Felix sprang auf und wirbelte im Dämmerlicht herum. Mit dem Handrücken wischte er sich über die Augen. Von rechts kam Wimmer auf ihn zugesprungen, das Messer erhoben, bereit, es Felix in die Rippen zu rammen.

Felix suchte einen sicheren Stand, wie er es aus dem Kampfsporttraining kannte, und drehte sich dem Angreifer mit der Schulter entgegen. Kurz bevor er ihn erreichte, schlug Wimmer jedoch einen Haken. Statt auf Felix stürzte er sich mit einem Kampfschrei auf Natalie, die sich auf dem Boden zusammenkrümmte und schützend ihre Hände über den Kopf hielt.

Mit einem Satz folgte Felix ihm. Von hinten warf er sich auf Wimmer, umklammerte ihn und ließ sich zur Seite fallen, weg von seiner Schwester. Seine Schulter kam hart auf dem Boden auf, aber er rollte sich sofort ab, beugte sich leicht nach vorn und schlug mit der Handkante gegen Wimmers Kniescheibe. Etwas knirschte, und Wimmer brüllte auf. Blind fuchtelte er mit dem Messer durch die Luft, aber Felix hatte sich längst aus seiner Reichweite begeben.

»Geben Sie auf. Sie haben keine Chance«, sagte Felix außer Atem und wich seinem Schlag aus, denn Wimmer war ihm hinterhergekrochen. Aus dem Augenwinkel sah er, dass Anna hinter Thaler hockte und versuchte, dessen Fesseln zu lösen. »Die Polizei ist bereits informiert.«

Wimmer dachte jedoch gar nicht daran, zu kapitulieren. Mit lautem Gebrüll schoss er hoch und attackierte Felix mit seiner Waffe. Die Klinge schrappte über seinen Unterarm, als er versuchte, nach Wimmers Handgelenk zu greifen, und hinterließ einen brennenden Schnitt. Als Wimmer erneut ausholen wollte, nutzte Felix die Gelegenheit und stürmte mit gesenktem Kopf auf ihn zu. Mit voller Geschwindigkeit rammte er seinem Gegner die Schulter in den Magen. Der stieß prustend die Luft aus und fiel nach hinten über. Gemeinsam krachten sie gegen einen der morschen Balken, der bedenklich knackte. Felix hatte das Gefühl, dass die ganze Scheune ins Wanken geriet.

In der Zwischenzeit hatte Anna es offenbar geschafft, Thaler und auch Natalie loszubinden. »Raus hier!«, rief sie und packte Natalie am Arm, die sich sofort losriss. Von fremden Menschen berührt zu werden, war so ziemlich das Schlimmste für sie. Anna griff wieder nach ihr, während Thaler bereits losrannte, um sich in Sicherheit zu bringen.

»Achtung!«, schrie Natalie ihrem Bruder zu, doch zu spät. Felix sah den Deckenbalken nicht kommen, der auf ihn herabsauste und ihn zu Boden warf. Ein weiterer krachte herunter und begrub ihn unter sich. Vergeblich versuchte er, sich zu befreien, doch er schaffte es nicht, unter den Balken hervorzukriechen. Das Gewicht drückte ihm die Luft ab.

Wimmer hatte sich inzwischen wieder gefangen. Er nahm sein Messer, rannte auf Thaler zu, ließ die Klinge durch die Luft sausen und erwischte den geschwächten Pädagogen am Oberschenkel. Mit einem Schmerzensschrei fiel dieser zu Boden, und Wimmer war sofort über ihm.

Anna zerrte die zappelnde Natalie aus der Scheune, während Felix tatenlos zusehen musste, wie Wimmer mit seinem Messer auf Thaler einhackte. Die Klinge verursachte ein schmatzendes Geräusch, als sie wieder und wieder ins Fleisch eindrang. Im fahlen Licht sah Felix, wie sich eine Blutlache auf dem Heuboden ausbreitete. Thaler gab keinen Laut mehr von sich.

Felix ließ den Kopf auf den Boden sinken. Seine Befreiungsversuche wurden im Keim erstickt. Die Balken waren zu schwer, und je heftiger er kämpfte, desto mehr schienen sie ihn unter sich zu begraben. Es hatte keinen Sinn, er kam hier nicht raus. Wenn Wimmer mit Thaler fertig war, würde er sich Natalie und Anna holen. Felix hatte verloren.

In diesem Moment kam Anna mit lautem Gebrüll zurück in die Scheune gerannt. In der Hand hatte sie den Ast, den Felix vorhin am Waldrand aufgehoben hatte. Mit einem dumpfen Schlag landete der auf Wimmers Kopf, der sofort stöhnend in sich zusammensackte. Schwer atmend stand Anna über dem Bauern, das Geschäftskostüm ramponiert, die sonst so penibel gestylten Haare standen in alle Richtungen ab. Anscheinend traute sie dem Frieden nicht, denn sie schwang den Ast erneut, um Wimmer damit zu schlagen. Noch zwei weitere Male hieb sie auf ihn ein, bis sein Stöhnen verstummte und sie zu Felix eilte, um ihm zu helfen.

In der Ferne waren Sirenen zu hören. Sofort machte sich Erleichterung in Felix breit. Andreas hatte offenbar Erfolg gehabt. Sie würden es hier herausschaffen. Lebend!

Mit vereinten Kräften gelang es ihnen, die Balken von Felix herunterzuwuchten. Völlig außer Atem ließ Anna sich ins Stroh sinken und vergrub den Kopf in den Händen. Ihre Schultern zuckten, anscheinend weinte sie.

Felix rappelte sich hoch. Jeder Atemzug schmerzte wie Feuer, und er brauchte einen Moment, bis ihm nicht mehr schwindelig war. Er wollte Anna gern trösten, doch zuerst musste er sich um Wimmer kümmern und nach Thaler sehen. Er nahm ein Seil, das auf dem Boden lag, und ging zu dem bewusstlosen Bauern, dem er, die Zähne zusammengebissen vor Schmerz, die Hände auf den Rücken fesselte. Dann kniete er sich neben den Pädagogen und fasste nach dessen Puls.

Es war zu spät. Thaler war tot.

Epilog

ZWEI Wochen waren vergangen, seit Anna gemeinsam mit Felix den wahren Killer geschnappt hatte, doch der Gedanke an die entsetzlichen Stunden, die sie mit Natalie und Thaler in Gefangenschaft verbracht hatte, war ihr so nah, als seien sie erst wenige Tage her. In den Anfangstagen hatte Anna kaum schlafen können. Immer wieder hatte sie darüber nachgedacht, wie nah sie dem Tod gewesen war und wie schnell das Leben vorbei sein konnte. Erst seit sie letzte Woche einen Termin bei ihrem Therapeuten wahrgenommen und ihm ihr Herz ausgeschüttet hatte, schlief sie wieder besser, aber die Ereignisse würden sie noch lange verfolgen.

Sie fragte sich, wie es erst Natalie gehen musste, die aufgrund ihrer autistischen Störung Probleme damit hatte, sich anderen zu öffnen. Würde sie je verarbeiten können, was ihr zugestoßen war? Dass der Pädagoge, zu dem sie Vertrauen gefasst hatte, nicht mehr lebte? Ein weiterer Schlag für sie, der sie in ihrer Entwicklung zurückwarf, wie ihr Felix berichtet hatte, als sie ihn im Krankenhaus besuchte.

Anna stand am Tor zu Felix' Haus und blickte nach oben, wo Licht brannte. Ein herzhafter Geruch wehte ihr um die Nase; er hatte gekocht und sie eingeladen. In einer Papiertüte steckten ein Ciabatta-Brot und eine Flasche Rotwein. Für Natalie hatte sie einen Kuchen mitgebracht, den sie in einer Konditorei in der Innenstadt gekauft hatte.

Felix war vor zwei Tagen aus dem Krankenhaus entlassen worden. Von dem Kampf mit Wimmer hatte er ein paar Rippenbrüche und eine Gehirnerschütterung davongetragen. Da sich durch den Schnitt des verunreinigten Messers eine Sepsis gebildet hatte, war er sicherheitshalber einige Tage zur Beobachtung in der Klinik geblieben. Anna hatte ihn mehrfach besucht, um ihn auf dem Laufenden zu halten. Und auch, weil sie sich für das verantwortlich fühlte, was ihm zugestoßen war.

Er stritt das, ganz Gentleman, natürlich ab; sie hätten schließlich gemeinsam an dem Fall gearbeitet und wären beide erwachsene Menschen. Da er darauf bestand, gab Anna ihm zumindest insgeheim auch ein ganz klein wenig die Schuld. Wäre er nicht kopflos aufgebrochen, während sie …

Aber es war müßig, sich darüber Gedanken zu machen. Wie sagte man so schön? Hätte, hätte, Fahrradkette. Es war so gekommen, wie es gekommen war, und im Gegensatz zu Thaler hatten sie es lebendig aus der Scheune geschafft.

Annas Herz wurde schwer, wenn sie an ihren verstorbenen Mandanten dachte. Er hatte Sinta Hoymann nach der Trennung vielleicht schlecht behandelt, aber er war kein Mörder, und den Tod hatte er schon gar nicht verdient. Immerhin war er posthum entlastet worden, sodass seine Familie und seine Freunde bei einer Trauerfeier versöhnt von ihm hatten Abschied nehmen können.

Anna ging durch den überdachten Gang an dem Schuhgeschäft im Erdgeschoss vorbei nach hinten zur Haustür und klingelte. Es dauerte keine halbe Minute, bis der Summer ertönte und Natalies weiche, etwas monotone Stimme durch den Lautsprecher erklang. Vermutlich hatte Felix sie dazu gedrängt, an die Sprechanlage zu gehen, und man hörte ihr ihren Unmut darüber deutlich an.

»Ich bin es, Anna.«

Die Tür öffnete sich, und Anna trat ein. Im Hausflur ging das Licht an, und sie stieg die Treppen bis nach oben hinauf, wo Natalie sie bereits erwartete. Sie nickte ihr zu, und Anna betrat die Wohnung, aus der sie der Geruch nach italienischen Kräutern, Knoblauch und Käse empfing. Sie folgte Felix' Schwester durch den Flur direkt in die Küche und stellte die Papiertüte auf einen freien Platz der Arbeitsfläche. Felix stand an der Arbeitsplatte und rührte in einer Schüssel herum. In einer großen Holzschale entdeckte Anna grünen Salat, Tomaten und Gurken.

»Dir scheint es besser zu gehen«, sagte sie und stellte sich neben ihn.

Felix wandte den Kopf zu ihr und lächelte breit. »Gute Schmerzmittel.« Er wischte die Hände an einer Kochschürze ab und reichte ihr die Hand.

»Was gibt es denn?« Anna deutete auf den Backofen.

»Überraschung«, sagte er.

»Jedenfalls riecht es lecker. Soll ich den Wein schon mal öffnen?«

»Gern.« Er legte den Schneebesen zur Seite und wandte sich ihr nun ganz zu.

Er sah noch immer etwas lädiert aus, dunkle Schatten lagen unter seinen Augen. Mit einem gequälten Gesichtsausdruck griff er nach zwei Weingläsern aus dem Schrank über dem Kochfeld und reichte sie ihr.

Anna nahm die Flasche aus der Papiertüte und drehte sie auf. Sie war keine Weinkennerin, aber sie wusste von ihrem Vater, dass Schraubverschlüsse nicht gerade auf eine gute Qualität hinwiesen. Oder war das heute nicht mehr so? Warum hatte sie nicht einfach ein Sixpack Bier mitgebracht?

»Sorry, was anderes habe ich nicht gefunden.«

Er lachte. »Ich habe auch keine Ahnung von Wein. Solange er gut schmeckt, lass ich mir auch einen Schraubverschluss gefallen.«

Anna goss den Wein ein und reichte Felix das Glas. »Auf ein gutes Ende«, sagte sie und stieß mit ihm an.

»Na ja, mein Rücken findet das nicht«, sagte er und trank einen Schluck. »Mh. Der ist gut.«

Anna nippte und nickte. »Wie geht es Natalie?«, fragte sie leise und blickte zur Tür.

Er stellte das Glas ab. »Es geht ihr den Umständen entsprechend gut. Zumindest will sie mir das weismachen.«

Es gab vieles, was Anna gern gesagt hätte, aber sie wusste nicht, wo sie beginnen sollte.

»Wir waren ein verdammt gutes Team«, nahm ihr Felix die Worte aus dem Mund, und sie nickte. Schweigend drehte sie das Glas in ihrer Hand.

»Wie geht es dir?«, fragte er mit leiser, brüchiger Stimme.

Sie könnte ihm jetzt erzählen, dass sie nicht schlafen konnte, dass sie diese Stunden stark mitgenommen hatten, dass sie hoffentlich nie wieder in so eine Situation kommen würde, aber sie sagte all das nicht. Musste sie anscheinend auch gar nicht, Felix verstand sie auch so.

»Schon klar«, sagte er. »Das geht an niemandem einfach so vorbei. Wenn du reden möchtest, bin ich für dich da.«

Es war, als könnte Felix ihre Gedanken lesen, wobei Anna wusste, dass ihre Körpersprache leicht zu deuten war. Sie nahm noch einen Schluck Wein und packte das Brot aus, um es zu schneiden. »Danke, Felix.«

»Was ist mit Carsten Wimmer?«

Sie nahm das Brotmesser aus dem Messerblock. »Er sitzt in Untersuchungshaft. Seine Mutter kann immer noch nicht fassen, was er getan hat. Das wird eine Weile dauern, bis sie das alles aufgearbeitet hat. Eigentlich kann einem die Frau leidtun. Erst verliert sie den Mann, und jetzt stellt sich heraus, dass ihr Sohn ein psychopathischer Serienkiller ist.« Sie legte die Brotscheiben in den Korb, den Felix ihr hingestellt hatte. »Ob das Futter weiter vertrieben wird, ist noch unklar. Obwohl die Leute schnell vergessen, und sie waren ja alle zufrieden.« Sie zuckte mit den Schultern und spülte das Messer ab.

Felix öffnete den Backofen und nickte. »Ich denke, wir können alles ins Esszimmer bringen.« Er zog sich Topfhandschuhe an und holte eine große Auflaufform aus dem Ofen, die er auf ein Servierbrett stellte.

»Selbst gemachte Gemüselasagne nach Hertzlich-Rezept.«

»Wow. Das sieht großartig aus und riecht verdammt lecker.« Anna war überrascht, dass er ein so kompliziert klingendes Essen aus dem Ärmel zu schütteln schien. Sie selbst konnte überhaupt nicht kochen, und es beeindruckte sie, dass Felix hier zu Hause so gar nicht der Macho zu sein schien, den er vor ihr und ihrer Assistentin herausgekehrt hatte.

»Ich habe ein italienisches Originalrezept für Natalie etwas abgewandelt. Statt Fleisch ist ganz viel Gemüse drin, und die Nudeln sind selbst gemacht.« Er deutete auf eine Küchenmaschine, die in Annas Augen alles sein konnte. Wie man da Nudeln rausbekam, war ihr nicht klar, und sie wollte es auch gar nicht wissen. Vermutlich würde sie nicht mal den Teig hinbekommen.

»Gibst du noch das Dressing über den Salat und rührst ihn kurz um? Ich bringe schon mal die Lasagne ins Esszimmer und sage meiner Schwester Bescheid.«

Wenn er wüsste, dass so eine kleine Aufgabe manchmal schon zur Katastrophe führen konnte, hätte er Anna lieber gebeten, gleich Platz zu nehmen. Trotzdem nickte sie artig und mischte das Dressing in den Salat.

Als sie endlich im Esszimmer saßen und Felix jedem eine Portion Lasagne auf den Teller gegeben hatte, hob Anna ihr Glas. »Danke für die Einladung.«

Natalie hob ihr Wasserglas und trank, ohne aufs Anstoßen zu warten. Felix warf ihr einen strengen Blick zu, aber sie schien ihn nicht zu bemerken, sondern schob sich eine Gabel voll Lasagne in den Mund. Dann legte sie ihr Besteck neben den Teller und räusperte sich.

»Ich muss etwas sagen.« Sie schaute kurz zu ihrem Bruder, dann starrte sie wieder die Tischplatte an. »Ich muss mich bei Ihnen entschuldigen.«

»O nein, das ist doch gar nicht …«, setzte Anna an, aber Natalie unterbrach sie sofort.

»Dass ich Sie als inkompetent bezeichnet habe, war nicht korrekt von mir. Sie sind eine gute Anwältin und haben mir das Leben gerettet.« Dann nahm sie, als wäre nichts geschehen, ihre Gabel wieder auf und aß weiter.

Anna war zu perplex, um etwas zu erwidern. Sie schaute zu Felix, der grinsend mit den Schultern zuckte und ebenfalls mit dem Essen begann.

Als sie fertig waren und Natalie sich wieder in ihr Zimmer zurückgezogen hatte, standen Anna und Felix in der Küche. Felix schaltete die Kaffeemaschine ein, die kurz darauf blubberte und zischte und einen verführerischen Duft verströmte.

»Gib es zu, du hast deiner Schwester gesagt, dass sie sich entschuldigen soll«, sagte Anna zu ihm, während er die Milch aus dem Kühlschrank holte. »Oh, für mich bitte schwarz.«

»Nein, das kam wirklich ganz allein von ihr. Ich war auch total überrascht, dass sie überhaupt ein Wort rausbekommen hat. Eigentlich wollte sie sich weigern, gemeinsam mit uns am Tisch zu essen, aber ich konnte sie überreden. Du hast anscheinend echt einen Stein bei ihr im Brett.«

Anna grinste. »Das freut mich. Dann kann ich also in Zukunft auf ihre Mitarbeit zählen, wenn ich dich engagiere?«

Felix zog die Augenbrauen hoch.

Anna legte ihm die Hand auf die Schulter. »Nun schau nicht so. Du hast es doch gesagt, wir waren ein gutes Team.«

»Also ich bin da, wenn du einen Ermittler brauchst. Ach übrigens, hast du gehört, dass gegen Siering ein Ermittlungsverfahren läuft?«, fragte er.

Anna stellte die Tassen auf die Anrichte. »Wie bitte?«

Felix strich sich durch die Haare. »Die Info hab ich von einem alten Kontakt. Ein Hofbesitzer hat ihn wohl angezeigt, weil er die Tiere weiterhin gefüttert hat. Einem Zuchthengst ging es wohl so schlecht, dass man die Zucht aussetzen musste, bis man festgestellt hat, dass es an dem Brot lag.«

»Nicht zu fassen. Dabei schien der Kerl völlig harmlos zu sein.« Anna dachte daran, welche Auswirkungen der Fall auf so viele Leben hatte. Auch Björn Gmeiner war noch Teil von Feindts Ermittlungen, da nicht ausgeschlossen werden konnte, dass er als Mitwisser infrage kam. Anna hatte von Anfang an ein seltsames Gefühl bei ihm gehabt.

»Die Frau, die im Stall gefunden wurde, wer war das?«, fragte Felix dann.

Anna reckte sich und setzte sich auf die Anrichte. »Die Tötungsart stimmte mit den ersten beiden Opfern überein. Es hat sich herausgestellt, dass die Frau eine Prostituierte aus Oberstaufen am Bodensee war. Laut Gerichtsmedizin muss sie nach den ersten beiden Opfern getötet worden sein. Wimmer hat sie zur Scheune gebracht und dort mit mehreren Messerstichen ermordet.« Es schüttelte sie, wenn sie darüber nachdachte, dass sie mit einer Leiche auf engstem Raum eingesperrt gewesen war. Und dass sie beinahe auch so geendet hätte.

»Carsten Wimmer schien gerade erst anzufangen. Wir haben ihm die Suppe gehörig versalzen.«

»Mhm, ja.«

Der Kaffee spuckte noch einen Klecks in die Kanne, und ein leises Zischen erklang, das sich fast anhörte wie ein erleichtertes Aufatmen.

»Lass uns auf den Balkon gehen. Ich brauche frische Luft.« Felix schenkte Kaffee ein und verließ die Küche.

Anna folgte ihm und setzte sich auf einen Klappstuhl. Der Blick ging über die Amper, die Sonne war nur noch durch einen lilafarbenen Lichtstreifen am Horizont zu erkennen. Darüber wölbte sich ein dunkelblauer Himmel mit vereinzelten Sternen.

Sie tranken schweigend ihren Kaffee, und Anna fühlte sich zum ersten Mal seit Langem zufrieden und nicht mehr so allein. Sie warf einen verstohlenen Blick zu Felix und dachte, dass es auch ihm so gehen musste, denn er sank seufzend in den Stuhl und legte seine Beine auf das Geländer. Sie tat es ihm gleich. Hoffentlich würde ihr nächster Fall weniger gefährlich und aufreibend sein.

- Ende -

Eine kleine Bitte zum Schluss ...

Wir hoffen, Ihnen hat dieses Buch gefallen ...

Der schnellste Weg, andere Leser da draußen an Ihren Erfahrungen mit diesem Buch teilhaben zu lassen, ist eine Rezension im Online-Buch-Shop. Ihr Feedback hilft nicht nur anderen Lesern, Neues zu entdecken, sondern auch dem Autor, zu verstehen, was aus Lesersicht in diesem Buch gut und weniger gut ist. So kann sich der Autor weiterentwickeln und Ihnen sowie anderen Lesern in Zukunft noch schönere Geschichten präsentieren. Außerdem sind Ihre Erfahrungen, Erkenntnisse und Eindrücke als ehrliches Leser-Feedback eine enorme Wertschätzung vieler liebevoller Arbeitsstunden, die in dieses Buch geflossen sind.

Danke also schon im Voraus, wenn Sie sich zwei bis drei Minuten Zeit nehmen und eine kleine Bewertung zum Buch z.B. auf Amazon veröffentlichen.

Mehr zur Autorin finden Sie auf
www.facebook.com/melisa.schwermer,
www.instagram.com/melisaschwermer, www.melisa-schwermer.com
und www.feuerwerkeverlag.de/melisa-schwermer

Abonnieren Sie auch unseren Verlags- und Autoren-Newsletter und erfahren Sie so als Erster von unseren **Neuerscheinungen, Autorennews** und exklusiven **Buch-Gewinnspielen**:
www.feuerwerkeverlag.de/newsletter

Weitere Bücher des Verlages

Siehst du, wie sie sterben?

Gunnar Schwarz

Ein Serienkiller verziert seine weiblichen Opfer mit mysteriösen Zeichen und Botschaften. Anschließend tötet er sie und platziert die Körper an sorgsam ausgewählten Orten. Nach dem Fund der dritten Leiche muss Kriminalkommissar Marc Wittmann sich eingestehen, dass er mit seinen Ermittlungen nicht weiterkommt. Er wendet sich an die eine Person, die er eigentlich nie wieder sehen wollte: seine Ex-Freundin Frieda Rubens, die namenhafte Psychologin, Buchautorin und Expertin für abnorme Rechtsbrecher. Zu spät erkennen die beiden, wie persönlich das eigentliche Ziel des Killers letztendlich ist …

Nasses Grab – Zwischen Mord und Ostsee

Thomas Herzberg

Am Ostseestrand der Halbinsel Holnis, Dänemark in Sichtweite, wird die schrecklich entstellte Leiche eines Mannes gefunden. Eine Hiobsbotschaft, die kurz vor Start der neuen Urlaubssaison zahlende Gäste abschrecken könnte. Somit ist bei den Ermittlungen Leisetreten angesagt. Ina Drews und Jörn Appel – das neue Team der Flensburger Mordkommission – kommen da gerade recht. Aber schon ihr erstes Aufeinandertreffen endet im Eklat, wofür es gute Gründe gibt. Während sich die beiden widerwillig zusammenraufen, geht es mit den Ermittlungen anfangs erfreulich schnell voran. Doch mehr und mehr versinkt alles sicher Geglaubte in einem Strudel aus Lügen und Halbwahrheiten. Hinzu kommt Druck von oben, mit dem sich Ina und Jörn noch zusätzlich herumschlagen müssen. Dabei gerät selbst der Mordfall zeitweise in Vergessenheit...